生活缓缓，自有答案

韩小蕙

主编

光明日报出版社

图书在版编目（ＣＩＰ）数据

生活缓缓，自有答案：读风卷 / 韩小蕙主编. --
北京：光明日报出版社，2024.3
（四读年选）
ISBN 978-7-5194-7761-5

Ⅰ.①生… Ⅱ.①韩… Ⅲ.①散文集 – 中国 – 当代
Ⅳ.①I267

中国国家版本馆CIP数据核字(2024)第038598号

生活缓缓，自有答案——读风卷

SHENGHUO HUAN HUAN, ZI YOU DA'AN —— DU FENG JUAN

主　　编：韩小蕙

责任编辑：谢　香　徐　蔚
封面设计：李果果　　　　　　　责任校对：孙　展
版式设计：谭　锴　　　　　　　责任印制：曹　净

出版发行　光明日报出版社
地　　址：北京市西城区永安路106号，100050
电　　话：010-63169890（咨询），010-63131930（邮购）
传　　真：010-63131930
网　　址：http://book.gmw.cn
E-mail：gmrbcbs@gmw.cn
法律顾问：北京市兰台律师事务所龚柳方律师

印　　刷：河北朗祥印刷有限公司
装　　订：河北朗祥印刷有限公司
本书如有破损、缺页、装订错误，请与本社联系调换，电话：010-63131930
开　　本：145mm×210mm
字　　数：220千字　　　　　　印　　张：8.75
版　　次：2024年3月第1版　　　印　　次：2024年3月第1次印刷
书　　号：ISBN 978-7-5194-7761-5

定　　价：58.00元

百年来的薪火相传

四读年选·序

韩小蕙

相比于其他门类的跌宕起伏，我认为散文这些年过的还是平实日子。

不过平实是平实，散文的写作却从来不缺乏激情，就像初春时节的枝头，看似没多大动静，却一天天在变绿、含苞，乃至于忽然一夜春风来，千树万树的花儿就竞相绽放了。特别是优秀的散文写手们，于探索创新，于拓展散文的写作手法等方面，从来就没有满足过，从未停下攀登的脚步。

古代的太遥远就不提了。自白话文时代始，一批批大家筚路蓝缕：梁启超、鲁迅、胡适、朱自清、梁实秋、沈从文，茅盾、刘白羽、杨朔、秦牧等。新时期启程后，散文和随笔像满天的彩霞，像漫山的杜鹃，像沙漠里的金沙，像大海里的浪花，有一段时期甚至几乎所有的作家、艺术家、学者、教授、工程师乃至会写字的人，都拿起笔来写散文，一大批名篇名作如银河泄水，喷涌而出，到处奔腾在报刊、广电、互联网、手机、书店、图书馆乃至所有文化场合。太阳对着散文微笑，散文对着世界微笑，轰轰烈烈的散文写作真是惊涛拍岸，卷起千堆雪；真是大海狂涛，一片汪洋知向天际线。

这滚滚滔滔的扬波中，后浪推前浪，旧浪推新浪，当然是历史的必然，社会的必然，文学发展的必然，也是人性不断求新、求变、求发展、求前进的必然。世上智者何其多，才俊何其多，每个人都在努力耕耘，争取写出别出心裁、与众不同的佳作。

于是，一代代的积累，就有了《少年中国说》（梁启超）、《野草》（鲁迅）、《背影》（朱自清），就有了《白杨礼赞》（茅盾）、《夜走灵官峡》（杜鹏程）、《茶花赋》（杨朔），就有了《赋得永久的悔》（季羡林）、《不悔少作》（金克木）、《负暄三话》（张中行），就有了《过不去的夏天》（张洁）、"燕园系列"（宗璞）、《流向远方的水》（谢冕），就有了《文化苦旅》（余秋雨）、《我与地坛》（史铁生）、《清洁的精神》（张承志）……

于是，一代代的求索，就有了"狂飙散文""革命散文""现实主义散文""浪漫主义散文""先锋实验散文""在场主义散文""非虚构散文""哲理散文""心灵散文""诗性散文"，乃至"微信散文""AI散文"……

于是，一代代的传承，就仍有着"百万雄师过大江"一般雄壮的散文队伍，仍在日日不辍、孜孜矻矻地行进在散文的康庄大道上；就仍有着热心乃至痴迷的万千读者，不离不弃地随行。

作为一个散文工作者，我是看见好文章就走不动道儿的职业病患者，老想把自己读到的一篇又一篇佳作，分享给天下所有人；并且还老想着应该为社会、历史和后人，留下这些属于我们这个时代的印记。因此，尽管自己写文章的感觉更爽，但我终究还是舍不下编辑散文集的事业——我觉得这是我自己的人生必须做、而且是必须做好的一项重要工作。

所以我就自讨苦吃，与光明日报出版社合作，每年编辑出版这套“四读年选”丛书。“四读”者，谓读风、读史、读人、读心（兼及读书）也。丛书不求字数多，但求文章好，但求记录下我们这个时代走过的脚迹。

我听见鸟儿在树上啁啾歌唱。我听见绿叶和花儿在喁喁私语。我听见麦子稻子在拔节生长。我听见牛儿羊儿在喊叫。我听见风儿在拍抚一只蝴蝶。我听见两只蚂蚁在传递消息。我听见海浪在拍打礁石。我听见太阳在驾车前行。我听见老屋在哼唱旧歌。我听见动车在急速奔跑。我听见苹果和梨子在树上荡秋千。我听见炊烟在送出红烧肉的香味儿。我听见快递小哥在紧张中喘息奔跑。我听见学子们在读写吟诵。我听见超市里的商品在轮转。我听见成千上万个二维码在快乐地蹦跶。我听见飞机在飞。我听见云儿在飘。我听见动物园里在打闪腾挪。我听见各个战线上的劳动者们在艰苦奋斗、顽韧不息、咬紧牙关、不舍不弃，豁出命来为一家老小的好日子挥汗苦干着……

这就是我们的生活。

这也是我们经历的散文。

2023.7.22 初稿，8.15 定稿

于北京西城燕草堂

目 录

故 乡

地　域

风 采

故乡

冯艺

福屯，福屯

福屯，是我的祖籍和福地。

辛丑年初，福屯村委会给我捎信，说我们的老宅空置，无人居住，长期失修，残朽之形有碍观瞻，影响家乡乡村振兴的村容村貌，希望我们拆旧建新。父亲与兄长年少离乡，如今已不在世；姑姑远嫁他地，亦已鲐背，我成了家中长者。拆，还是不拆？拆了后，还建不建？拆了建新宅，花了钱也无人常住。这个问题让我纠结。

我虽不在家乡土地上出生和生活，但福屯之于我，却是父辈所经历与承载的历史、记忆以及由此而产生的情感，也是我内心与故土之间无法切割的血缘纽带。

自二十世纪四十年代初离开老家，历经三十多年风雨，父亲才第一次回老家。我也是那一次跟随着父亲第一次走进福屯。那时候，感觉回老家的路很遥远。先是坐很久的汽车到一条江边，接着搭了一个晚上的轮船，第二天上岸再坐汽车。下了车，沿着一条河的岸边走，直到走不动为止才到家。父亲说，这叫皇吉河，是一条连通很多大山底下的地下河。那时候，刚刚恢复高考，从地理复习的书上，我知道地下河也叫暗河，是碳酸盐岩分布区一种独特的喀斯特现象。这种穿山的地下河，河的水面与地表河的水面等高，往往是连接相邻两个溶蚀盆地中地表河的通道。皇吉河两岸青山耸峙，河面水汽袅袅，氤氲着一种古诗里常常提及的牧歌意境。河水舒缓地流动，顺着蛇一样的山谷流淌，平添了几分清幽和隔世的感觉。

徒步数里，前面突然阔朗起来，一个村落兀然而现。"福屯到了。"父亲说。我家的老宅就在河边，是一座陈旧的"干栏"。"干栏"是老家人称吊脚楼的壮话，意为"栈台上的房子"。因为山里雨量充沛，土地湿润，植被茂盛，为了避免地面潮湿瘴气的侵蚀，人们便在平地或斜坡上立柱架楹，编竹为栈，下层架空，上层居住，自然通风，即使是盛夏，屋内也能舒适宜人。村里的建筑都是这样，从山脚到河边，大小不一，参差不齐；或现于山脚，或隐于林中。

家门前有棵粗大的龙眼树，是有年份感的古树，我猜想是爷爷的爷爷种下的。向着河边伸出的树权上有一个很大的鸟窝，筑窝的鸟一定很大吧。走到树下，头顶上空鸟儿鸣啭，那是它们在安逸的家里幸福歌唱。我想，鸟儿很聪明，它们在河上的树权筑巢，可以避开村里那些爱掏鸟窝的调皮小孩儿。

读过鲁迅，熟悉他说的一句话："地上本没有路，走的人多了，也便成了路。"其实，人类也本没有故乡，某个地方待得久了，便成了故乡。那一次是"三月三"，我与族人们上岜苗山祭拜先祖。族里长者明祥老伯指着最高处的一块高大的墓碑对我说，那是我们的老祖宗。他说北宋皇祐四年（1052），广南边陲反叛，攻陷邕州，继而攻破沿珠江九州，包围广州城，岭南一带动荡不安。宋仁宗遂命名将狄青率官军南下广西，迅速讨平了南疆之乱。平乱之后，因路途遥远，交通不便，盘缠已尽，许多北方士兵便留了下来，与当地土著女子屯田成婚，繁衍后代，有了今日的乡村。

我朝已经风化雨蚀多年的碑刻仔细一看，有模糊的"明嘉靖年"的字样。明祥老伯把用红布包裹着的已经发黄的族谱翻开，横平方正的楷书跃然纸上，记载着我们的先人来自山东青州。人类的迁徙，总有其内在的原因，尤其中国人，不逢大事绝不会轻易离开祖辈生息之地。明祥老伯的说法，丰富了我的想象，脑海便有这样的画面：一个春日的午后，一支刚刚打完仗的北方官军，一路奔波进入南方边陲山里，他们每个人的眼前都交织着青山绿水组成的美景，云霞是绚丽的，大地是宁静的。他们不约而同地寻找到不再离开的理由——疲惫的身体和沉重的行囊已经难以移动了。他们相信这块土地可以生息出一个新的世界，尽管他们的足音带着眷恋、忧伤和无奈，但最终还是止住漂泊的脚步，成为这里的先人。

然而，明嘉靖年与北宋皇祐年相隔几百年，福屯立村真有那么久的历史吗？我想，也许碑刻的明嘉靖年间才更为准确。那时正是田州岑猛之乱，且田州距福屯只有三四百里路，我的先人是否就是那些远离北方家乡、被拉来平定岑猛之乱的官军一员？他倦了残杀，与数名同伴躲进山里的福屯过起平常人的日子。我不想当面质疑明祥老伯手上的族谱，这样会伤害他的面子和感情，毕竟，历史上关于迁徙的传说总是模模糊糊，民间的编撰又并非十分准确。但凡族谱，往往经历数百年的传承，岁月的洗刷、时光的积淀，已约定俗成了遥远的风景，留给无数个像明祥老伯这样的长者，作为一代接着一代的谈资。正是有了他们的演绎和传播，才使乡土有了民间的历史和民间的文化。毕竟先人选择这个地方，拾荒拓土，开辟基业，泽被后世，还把这方水土命名为"福屯"。我相信"福屯"的命名不会是随意的，必然少不了关于风水的传说。

明祥老伯谈起福屯的风水时眉飞色舞。他说，明嘉靖年王守仁来到广西，就开始对广西各地实地堪舆。有一天他路过皇吉河，这里的百姓杀鸡捉鱼厚而待之。守仁感到此处人贤礼重，当即前往冯氏先人墓地实地考察，绕墓一周，顺着罗盘眺望远方，即对族老说："脉气地气所在，鲤鱼上树哉。"果然，那天大雨滂沱，河里涨水。瞬间，皇吉河里数百条金鲤跃出水面，有些鲤鱼竟跃上岸树，极为神奇壮观。守仁临别时说："青牛卧波，畅饮河流，此地了得！福矣！"福屯得名，便与这则风水逸闻有所关联。这虽是传说，但听了还是令人心生欢喜。想起父亲历经风雨，大难不死，最终还能回到家乡，定是得到了福屯福气的庇佑。因为这既是先辈们最早的生命力和创造力破土萌芽的根源，也是我生命的源头和灵魂的根系。祖辈们的福地，自然也是我的福地。

记得费孝通先生在《乡土本色》的开篇："乡"指的是乡下人生活的村落，"土"指的是土地、泥土。自周代开始，我国就把村落称作"里"。"里"，从田从土，"恃田而食，恃土而居"，说明既然选择了乡村，他们就不像游牧民族或商业人群那样四处行走，而是守护在自己的乡土，像庄稼一样把根深深地扎在乡土。

平时，父亲总是对我们尽情地说起那些艰难岁月走过的大江大河，却从来没有与我们聊过老家田园的一湾碧水。但我相信，在这之前一个个寂寞和思念煎熬的夜晚，父亲一定会常常梦见这条皇吉河。清澈的河水，一定是他儿时常常玩耍的地方，因为这条小河是村里孩子的游乐场，天天都能掀起一波波喧嚣的水花。天快黑了，忙碌了一天的母亲们记起了孩子，在一片呼唤或责骂声中，玩得正乐的孩子们一个个不舍地从河里走了上来。

可是，那天走进家门，父亲再也回不到过去，面对着老屋中堂墙上爷爷奶奶的相片，走过枪林弹雨和心灵摧残不曾流过一滴眼泪的父亲，却无法关住泪水的闸门。屋外那潺潺的水声，让他感受到无边的寂寞，他那受尽苦难的父母早已如水远去，目之所及，空寂清冷，他的心里阵阵作痛。那天，我懵懵懂懂感受到父亲体内一缕关于故乡的气息。

历史对人类最大的悲痛，就在于人们往往不记得它。我想父亲一定曾经把流过家门的河作为一个可以推心置腹的倾听者，看着身边流过的河水，想要找寻一条可以成就他梦想的奔腾不息和汹涌跌宕的时代大江。终于有一天，他沿着河走，翻山而去，看着远方更高更大的山峦，心一点一点地升腾起一种血性。他知道了"国家""革命"的概念，他要寻找更大的江河，把生命的激情释放于广宇之下、百姓中间。

然而，对许多像父亲这样的人而言，留在老家终日牵肠挂肚的父母，就像墙上的相片，脸上布满深深的皱纹，一如这块土地的沟壑，留存了许多历史的印迹；一如我们的干栏，淡然地看着这个世界和他身边的人，看着这个世界发生的变化。可是，地处荒僻，交通不便，亲人们依然一天两餐玉米粥度日，在世外桃源里素净却苦涩地慢慢凋敝、破败、被遗忘……

好在这个时候，"东方风来满眼春"，风的渗透无所不在，让每一个角落都弥漫着风的气息。我虽然身在城市，但每一份生命履历表上都有着不可抹去的原乡。尽管老家已没什么直系亲人，但远房亲戚还是不少，老家还是我在内心与故土之间无法切割的血缘纽带。40多年来，每一次回到福屯，都能发现一些新变化。福屯有了高速公路，蜿蜒平阔的大路两旁是逶迤的高山群落，山色由绿及苍。下了高速公路，在连接乡村的柏油马路上，我习惯把车里的空调关了，降下车窗，当风穿身而过，心里满是清爽。这样的风带着木叶的清香、山岚的苍羽、花果的芬芳、山泉的甘洌，温润着所有远归的赤子。

家乡人的生活一天天好起来，饭桌上日常的杂粮饭、土鸡、土猪等农家菜，倒成了我们这些城里人的馋虫和念想。我尤其钟爱家乡的糍粑。福屯水源丰富，阳光充足。分田到户后，乡亲们种下的糯米粒大洁白，芳香浓郁，是制作糍粑的上好食材。糍粑是家乡最传统的"糕点"。每逢节日，家家户户都会传来春捣糍粑的"咚咚"声。婶嫂们站在春池的四周，按着顺序从左到右，边春边聊，笑声阵阵，在单纯而欢喜的烟火中糍粑就做成了。当亲人们把热乎乎的糍粑递给我时，那股独有的糯香扑面而来，我恨不得将整个糍粑一口塞进嘴里。家乡的糍粑打开了我的味蕾，慢慢咀嚼，唇齿留香。

高速公路拉近了家乡与城市的距离，年轻人走出大山，或到大湾区，或到省会打工，还把"桂林米粉"开到北上广深。人们走出去，返乡时还把卷舌的普通话带回了家。我好奇地问过他们，怎么操起普通话来了？他们说，在外面闯荡，不说普通话不好交流，普通话不是谁逼你的，而是自然而然学会的。视野拓宽了，有了钱，回家盖栋新房。他们把外出打工中的不同审美观，融入了乡土建筑中，不经意间荟萃起一座座不同形式的新楼房，为福屯留下了多元文化的痕迹。如今，乡道铺上了柏油，路边装上了路灯，皇吉河两岸修葺一新，搞起了乡村旅游。福屯变了，卫生、整洁、明亮，新兴的观念也慢慢形成了。

清晨，我在皇吉河边散步，绿树掩映，花草丰茂，随风摇曳，河水汩汩流动，水光潋滟，鱼儿游动，鹭鸟翱翔。田野上勤耕早作的身影，被葱绿背景衬托下映在乡场上，自然生动。每一块土地都有自己的身世，每一块土地的身世，都是人的前生后世。此时，我们的那座破旧多年的干栏，从来也没有想到过，有一天它也会被岁月淘洗，淡出一代人的记忆了。侄儿遇上好年景，学的是建筑学专业，毕业后一直在建筑行当里打拼，在城市里安居立业，生活有盈余。知道村委会的意思后，他决意把老宅推倒重建。他说，重建就要建一座保留杆栏元素的房子，把乡情留着，把根脉留住。于是，他亲自设计，兄弟们齐上阵，返乡监理施工。

　　秋分时节，老家的新宅已活出了新的模样，它沐浴着几代人的福气，稳稳安放在福屯的土地上。它将成为我对乡村情感慰藉中的一个牵挂存在，也成为生活在城市中的我以及儿孙们对乡土感情的延续。有了它，我会常回去看看，多吸纳福田之福；有了它，门前那棵老龙眼树定会生发新枝，树上的鸟儿，也会欢快地在新宅上空自由地飞来飞去……生机勃勃的福屯，已成为我和我的家人常常念叨的所在。

原载《民族文学》2021 年第 12 期

丁
帆

老屋手记：梦里不知身是客

　　白云苍狗，半个世纪了，那间在一座坟茔上建起的土坯屋，成为我灵魂驿站中永远无法抹去的栖息地。

　　一次次在梦中回到那个老屋里，鸡鸣犬吠，蛙声蝉音，青灯黄卷，飘雪夜读。

　　一次次在梦中看见了那浩渺的水荡，水天一色，白帆点点，孤鹜落霞，莲荷碧天，麦浪滚滚，稻花飘香。

　　还是在那个老屋里，凄风苦雨，雪窖冰天，清水冷灶，饥不择食。

　　还是那个浩渺的水荡，风雨交加，寒耕热耘，披星戴月，风餐露宿。

　　无论是诗意的画面，还是悲惨的图景，都牢牢地植入我的灵魂深处，成为无法抹去的影像，叠印在我的梦境与现实生活之中，如"庄生晓梦迷蝴蝶"一样，我用半个多世纪来叩问自己——我是梦里的客呢，还是梦里的主？我是现实中的客呢，还是现实生活中的主？

　　无须歌颂苦难，也不必忏悔，我们那一代人的青春就是一段无法抹去的历史记忆，关键在于每一个经历过那个岁月的人，是如何站在历史的桥头上去凭栏"看风景"，去认识"看风景"中的我。

显然，我的《老屋手记》不是陀思妥耶夫斯基笔下的悲惨写照，如赫尔岑所说："这部作品将永远赫然屹立在尼古拉黑暗王国的出口处，就像但丁题在地狱入口处的著名诗句一样惹人注目，就连作者本人大概也未曾预料到他讲述的故事是如此使人震惊；作者用他那戴着镣铐的手描绘了自己狱友们的形象，他以西伯利亚监狱生活为背景，为我们绘制出一幅幅令人胆战心惊的鲜明图画。"而我只想用平静的心态去回忆那个时代里我与农民共同度过的苦中作乐生活景象。正如陀氏在《卡拉马佐夫兄弟》中所言——"旧的悲伤就像人生的一大奥秘，会逐渐转化成平静的、令人悠然神往的欢乐，代替少年气盛、血气方刚的将会是心平气和、乐天而又达观的老年。"这便是参透人生的哲思。

记得那些年农闲时，我坐在自己十六岁就参与挑河工建成的大溪河畔，一遍遍地背诵那些一知半解的唐诗宋词时，最感喟的是那些充满着伤感的诗词，比如朱敦儒的《卜算子·旅雁向南飞》："旅雁向南飞，风雨群初失。饥渴辛勤两翅垂，独下寒汀立。鸥鹭苦难亲，矰缴忧相逼。云海茫茫无处归，谁听哀鸣急。"

偶然读到李煜的《浪淘沙令·帘外雨潺潺》，一句"梦里不知身是客"让我眼前一亮，幡然点醒我去探寻自己是这水乡的"客"还是"主"的命题。然而，奇怪的是，当我离开那个"异乡"以后，多少年来，在我的梦里，我分明就是那个叫作"异乡"的"主"。

"梦里不知身是主"，那是在回城绝望时的感受，我只能摘下"异乡客"的帽子，把自己融化在浩渺水乡的蓝天白云中；当我离开那个"异乡"进入新的生活时，我才有了"梦里不知身是客"的醒悟。

我在这种梦境与现实的交替轮回中回眸那六年的生活，皆是因为我的青春落在了那个不知是"异乡"还是"故乡"的土地上和水波里了，它成为我人生中一个不断"闪回"的历史长镜头，虽然它的底片是黑白的。

于是，我想把那个埋藏在灵魂墓地里的青春木乃伊挖出来抱抱，不是因为矫情，不是因为忏悔，只是"为了忘却的纪念"。

一九七五年，我用两天两夜时间写了一部四万多字的中篇小说《水乡儿女》，那是仿《吕梁英雄传》《新儿女英雄传》的稚作，现在回想起来，思想与艺术的浅薄，让我羞赧得无地自容，细想起来，那也是摆脱不了"梦里不知身是客"的魔影所致吧。

一九七八年，我满怀悲哀的激情写下了一篇短篇小说《英子》，当我收到《北京文学》用稿通知书的时候，久久不能自已，默默无语。然而，在最后一刻，因为"色调灰暗"被主编枪毙了，我捧着"梦里不知身是主"的泣血之作，以焚烧底稿来祭奠我青春创作的热情，发誓从此不再写小说。再后来，看到汪曾祺《受戒》《大淖记事》中"英子"的面影，不禁咬舌潸然。

二十世纪八十年代至九十年代，我开始写"插队系列"的散文随笔，新世纪以来我又写了《饿乡记食》那样的散文，都是因为无法摆脱"梦里不知身是客"的情结，我深知这个梦魇注定会终生缠着我，成为我的"梦中情人"，无论她是妖魔还是天仙。

一九八七年，在我离开那个水乡十三年后又一次回到老屋前，见到的仍然是昔日的风景和旧人的容颜。乡亲们一个个从田里爬上来，拊掌大笑。在昔日的邻居家里谈笑风生，畅叙旧情，我分明清楚自己是"异乡客"，却也沉浸在不是"客"的情境中。

大溪河的水面上仍然漂移着农耕文明时代的帆影，屋后的小河潺潺流水依旧，水码头上传来姑娘小伙们的嬉闹声，隔河相望的邻里诉说乡间的新闻逸事，仿佛"英子"的面影又一次浮现。

本土的主人告诉我这个异乡的主人，他们已经可以天天吃两顿干饭了。

黄昏的云霞笼罩在炊烟缭绕的寂静水乡氤氲中的水彩画，便又一次进入我的梦境中，平添了几分活气。

这次江苏作协组织采风，本来我已经回绝了，突然，那个"梦里不知身是客"的情结又一次勾起了我的回乡之情，于是，省作协请了Z君和县里的几个干部陪同我一道踏上了归途。

阔别了三十四年，我最想看到的是那些曾经被我写进散文随笔中的场景和人物。宝应县城里的变化如何？那个让我冒着霏霏细雨来回奔袭八十里，去为购买那本刚刚出版的浩然的《西沙儿女》，还是为了去买一本郭沫若的《李白与杜甫》，在夜行坟场时遇到"鬼打墙"的那个新华书店今安在？那个红卫桥北面青石板小巷里的"震丰园饺面馆"遗迹尚存否？我与发小一起就着醉蟹喝"荷花牌"宝应大曲的"东风饭店"在否？那个曾经由纤夫背纤走水路去下舍甸的下河码头旧貌若何？那个遗落下我一年青春故事的下舍镇上供销社和粮管所如今样貌怎样？我得在亦真亦幻中一一寻觅我的青春足迹。

其实我最想看到却又最怕看到的就是那个老屋前前后后如今的风景与人，它是"物是人非"还是"人是物非"呢？

行前，作家朋友们都说那里的变化肯定很大，旧貌换新颜，让你无法辨认出昔日的旧影了，我说，我倒是希望看到旧时的田园和昔日的邻居，因为那是永远镌刻在我的灵魂深处的影像。

说实话，我又何尝不想祈福它有天翻地覆的变化呢，像周立波当年浪漫地写出《山乡巨变》一样，我希望有一个水乡巨变，让栖居在那里的乡亲过上天堂般的生活；然而，我还是恐惧变化搅碎了"梦里不知身是客"的梦境，将我的灵魂底片彻底销毁，让我无法在"梦里的客"和"现实的主"的时空之间进行精神的游弋。

一群男男女女的老者在村头迎候，我一眼就认出了阔别三十多年的芳邻吉五爷，强忍着泪水，一把紧紧地握住他的双手，哽咽着蹦出了"我最想见的人就是你啊！"，因为他的形象一次次出现在我的梦里。问及那些当年在一起干活的壮劳力，却已有一多半离世了，而村里剩下的都是空巢老人，他们的下一代都奔赴了被不断城市化了的都市。

我的老屋还在！虽然已经被邻人翻盖围成了三间瓦屋且带灶间的小院，但是格局却一点没变，屋后的小河仍在，水码头遗址尚在，只不过是捆绑成的柳树棍换成了水泥墩，我依稀又听到了半个世纪前人们在河边的对话，行船者与岸边挑水浆衣、淘米洗菜的姑娘少妇的嬉闹，甚至是邻里间的争执和詈骂。

如今一切都归于寂静，只听得一两声不知是喜鹊还是老鸦的鸣叫，河面上已经没了行船，只有浮萍在微风中晃动。

这些景象让我不由得想起了雷切尔·卡森在我插队的那个年代前就写下的著名散文《寂静的春天》，我清醒地认识到，梦境里的"不知身是客"应该成为这个即将消失的村庄的"主人"。

前些天散文家朋友冯秋子给我寄来了她编写的苇岸《大地上的事情》增订本和三巨册的苇岸日记《泥土就在我身旁》，此版本的代序是那个每天午夜凌晨与我进行灵魂交流的老友林贤治一九九九年为《太阳升起以后》所写的序："苇岸走了。他的品质和精神留了下来。苇岸存在是大地上的事情。他与大地同在。"想当年，我们之所以把苇岸的作品选入高中语文教材，就是因为苇岸说："梭罗说，文明改善了人类的房屋，但并没有同时改善居住在房子里的人。我相信这一点。对于人类这一整体的改善，我也许不再抱有信心。但明天并不是世界末日，每一代都是重新开始的，就个体来说，都是可以趋于完善和完美的。"

然而，我们这些曾经住在这种老屋里的人又会对世界做出怎样的选择呢？

我并非一个矫情的写者，但是苇岸把泥土与人的生命相连的观念感动了我，让我决定做一回泥土的主人："我应该能看到生命，每天发生变化，感到泥土就在我身旁。能够战胜死亡的事物，只有泥土。"这也是我两度在瓦尔登湖畔思考梭罗为什么离群索居的焦点问题。其实，苇岸与梭罗的答案是一致的，他们留恋原始的自然风景，他们眷恋农耕文明带来的灵魂的寂静与平和，是对人类现代文明负面效应的诘问与反抗。人类文明发展的脚步不可阻挡，我们也要不断面临精神的困惑，你看见了吗？我看见了吗？他看见了吗？——我们看不见瓦尔登湖上"神的一滴"，也看不懂为什么泥土对人类生命那么重要。

编者秋子真的是有心人，她分别在三本书的扉页里夹上一枚纸片式的书签，质朴却又合乎苇岸的观念，上面书写的三段话足以概括出我此行的感受。

"麦田一割尽，大地便被绿色淹没了，再没有一个耸立的事物能让人想到泥土。"——是的，农村机械化扫除了农耕时代人们在田间劳作时的辛劳，但也屏蔽了泥土给人与人之间带来的交流的愉悦和欢乐，那种痛并快乐着的泥滋味和土气息消失殆尽了，试想，一个没有了泥土依偎的人类，将会发生什么呢？

"结满籽粒和果实的植物都把身子躬向太阳的方向，这是一种无言的敬仰和感激，一种收获后的报答。"——无疑，这近乎宗教似的箴言，对那些没有经历过农耕文明苦难的人们而言，是无法感受到贴近自然劳作的痛苦与快乐交织时的酸甜苦辣的，我并非那种高调宣扬回到苦难的抒情诗人，而是让人们正视被遮蔽的历史，超越社会政治的困囿，弘扬人与自然价值观的重构，这是对生命的尊重，因为大地和泥土也是有生命的。

"我坐在书房里，盯着雪片看，它们从迷乱的天空降下来很像长着小翅膀。"——我现在就栖居在安逸宽敞的大书房里写此文，但是，我的脑海里闪回的却是在老屋里青灯黄卷的阅读场景，我反躬自问：人类居住在有地暖有空调的舒适阔新屋里，就会对那些过去的苦难生活产生厌倦吗？的确，我们不能宣扬和美化苦难，那是法西斯的行径，我们不是完人，都有向往幸福的本能欲望和权利，我们不能像梭罗那样去过简朴的清教徒般的生活，但是，我们应该知道人还有他的另一面，那就是追求更高的精神品质的需求。

我在梦境与现实的"主"与"客"之间彷徨独彷徨，徘徊独徘徊。

我很想像苇岸那样："我有意光着脚，踩在松软、湿润、略带凉意的土壤上，我感觉我已与大地融为一体。"这虽然带有罗曼蒂克式的理想主义色彩，但是，我却不能，我们这一代曾经生活在这片泥土里的人，终究都回不去了。

历史不再给我机会，我只能定格在"梦里不知身是客"的虚无缥缈中。

原载《随笔》2021 年第 6 期

杭州听茶

一

杭州地界产不少茶，最有名气的当数"西湖龙井"。

作为中国十大名茶之首，"西湖龙井"素以色绿、香郁、味甘、形美"四绝"而著称，被誉为绿茶中的极品。

都说"一方水土养一方人"，其实，改成"一方水土养一方茶"也丝毫不为过。杭州茶博园的专家告诉我，"西湖龙井"之所以口感独特，与产地的气候、光照、土壤、水源大有关系。

狮子峰、龙井、梅家坞一带，地势北高南低，加之周围山峦重叠，林木葱郁，既能阻挡北方寒流，又能截住南方暖流。谷地里溪流纵横，泉水泠泠，经阳光照射，水汽蒸腾，在茶区上空常年凝聚成一片云雾。

对茶叶生长来说，这片云雾很重要：阳光直晒，口感就有些"暴"；完全没有阳光，则不利于茶树生长，即使勉勉强强长出了叶片，质地也太"懦"，经不起一泡。而这一带的云雾，不薄不厚，不淡不浓，可谓恰恰好！

好的茶田，必须通风。风也很有讲究：直来直去的风，太尖厉，嫩叶经不起蹂躏，叶片还没有舒展开来，汁液已损失了很多，做成的茶口感就会太"燥"。需要的是那种不徐不疾缓缓吹来的风。狮子峰、龙井、梅家坞一带的茶田，大多团拱在"畚箕状"的谷地里，沿畚箕口扶摇而上的气流，大都具有这种特点。

而且，这种气流在爬坡过程中往往因地势增高，遇冷凝霜。如此，便赋予茶田独特的小气候：无霜期短，空气湿度大，冬季低温时间长，直射的蓝紫光较少。

这种独特的气候，有利于植物中氨基酸等氮化合物的形成和积累。

无独有偶，造物主对这里的土壤也特别垂青：九溪十八涧带来许多矿物质，所以无论是山坡还是洼地，土壤中均富含茶树生长所需的钾、镁等元素。

种种因素叠加，为茶叶生产提供了得天独厚的自然条件。

千百年来，为了使龙井茶更具特色，茶农在种植方法上也进行了探索：茶田四周遍植香樟，茶畦之间插种桂树，于是，春日香樟花的清幽、秋日桂花的馥郁，便都一股脑儿浸入了茶树的每一片叶片。

你想一想，这样的茶叶泡出的茶汤，味道能差？

正宗的龙井茶，茶形似碗钉，色翠似糙米，滋甘似鲜醇，回味似兰香。总之，清淡低调，又不失优雅。1963 年 4 月，毛泽东同志在杭州刘庄品了龙井茶后曾感慨："龙井茶，虎跑水，天下一绝。"

龙井村，是九溪十八涧的源头，也是狮峰龙井茶的主产区。喝茶讲究的人，常这么说："狮、龙、云、虎，狮为首。"

也许是因为喝茶道行不深，我觉得口感都差不多。

狮峰龙井，所以名气大一点，应该与那个爱玩的乾隆有点关系。相传乾隆皇帝下江南时，曾到龙井村狮峰山下的胡公庙游玩，见此处山峦起伏，溪涧清冽，烟岚缭绕，满目翠微，他流连忘返。这时，看到远处绿油油的茶田里，几个穿着鲜艳衣裙的女子正在采茶，犹如一幅天然的山水画（这几个采茶女子，是不是杭州知府安排的，就不可知了）。乾隆来了兴致，蹚进田里像煞有介事地采了一番。

皇上采的茶，随扈官员岂敢怠慢！马上找来当地最好的茶师，精心炒好，请皇上带回。返京后，一次太后小恙，乾隆前去探视，交代把带回的龙井茶请太后品尝。

太后品后，免不了夸上几句。乾隆为了取悦太后，随即传令，将杭州龙井狮峰山下胡公庙前那十八棵茶树封为御茶，每年采摘新茶，专门进贡太后。

茶叶有多种人体需要的营养成分。最近看了一篇文章说，美国哈佛的研究机构多年研究发现，绿茶对各种癌症具有一定的抑制作用，包括乳腺癌、肺癌、前列腺癌和结肠癌。

文章言之凿凿：绿茶对肿瘤的化学预防作用主要归因于多酚类化合物。

我不懂化学，绿茶有没有抗癌作用，不敢妄言。但喝茶对身体有好处，对于经常喝茶的我来说，深有体会。

二

全国各地，都有各自的茶文化。杭州的茶文化有自己浓郁的地域文化特点。

明代钱塘人、著名戏剧家高濂在他所著的《四时幽赏录》里，把"虎跑泉试新茶"作为四十八种幽赏之一：

西湖之泉，以虎跑为最；两山之茶，以龙井为佳。谷雨前采茶旋焙，时激虎跑泉烹享，香清味冽，凉沁诗脾。每春当高卧山中，沉酣新茗一月。

其实，杭州人喝茶，何止"沉酣一月"。

喝茶，是杭州人生活的重要组成部分。

杭州人喜欢户外喝茶，一年四季，只要天气晴好，杭州的茶室、农家乐门前的空地上，都会支起一张张茶桌，坐满一个个茶客。桌上其实很简单，或一碟花生，或一碟瓜子，或一碟茴香豆，或一碟干笋丝，杭州人能悠笃笃地泡上半天，甚至一天。

这些喝茶的所在，收费大多不贵，一般工薪阶层都能消费得起。

春日、秋日，是杭州的旅游高峰期。要想喝茶，就要早点预订了，从早到晚，很少见到有哪张桌子空过。

听本单位一个老员工讲，老底子杭州人很会生活，即使在物质很不丰盈的二十世纪六七十年代，杭州人也不忘春日里去踏青、秋日里去登高。用玻璃瓶灌些茶水，买两根葱包桧或者几块定胜糕，一家人坐在湖畔，自在地享受旖旎风光。

杭州人有句口头禅，叫"小落胃"。我曾问过许多老底子杭州人，这句话究竟是什么意思？解释不太统一，大体的意思是：小小的满足。

其实，"小落胃"有大智慧。生活的要义，不管说得多么高大上，究其本质，不就是开门七件事——柴米油盐酱醋茶嘛。也许杭州的老百姓，才真正参透了生活的真谛。

品茶，一半是品茶味，一半是品美景。美味、美景俱佳，才可能有好心情，也才能品出醇厚悠长的味道来。

现在人们生活水平提高了，如果来个亲眷或是多年不见的老同学，大可以请他们到西湖边的茶楼去品茶。这些茶楼大多临湖，窗含西湖潋滟波，目尽环湖众山翠，室内檀香氤氲，有乐师持琵琶或古琴轻拢慢捻，韵味自然不俗。很给你撑面子呢。

茶博馆、湖畔居、理安寺等都是品茶的好去处。

理安寺，古称"涌泉禅院"，因内有与虎跑泉齐名的"法雨泉"而得名。这个寺躲在西湖群山的褶皱里。寺前一条小溪，终年碧水清清。水不深，水底游鱼、小虾清晰可见。周围是一望无际的楠木林。

杭州人很少来这里。许多人甚至不知道山里有这样一个所在。游客更是鲜有人涉足。

据载，五代时，高僧伏虎志逢禅师曾栖居于此地。吴越王为之建寺。

因为有山和林的阻隔，连风也刮不到这里。所以，这里一天到晚，静得出奇。能听到的，除了鸟叫声，就是法雨泉的"叮咚"声。

法雨泉，紧贴石壁，上覆石亭，靠石壁那面呈半弧形凹陷进石壁里。泉水不是从地里涌出，而是自岩隙里汩汩渗出，不时冒出一串串水泡。

壁顶汇聚的水汽，积聚到一定程度便"叮咚"跌入水中。因为安静的缘故，"叮咚"声如同被麦克风放大了一般，脆生生的，非常悦耳。

石亭朝外一面的石柱上，镌刻一副楹联"碧螺澄法雨，绿树荫清泉"。只有置身泉边，才能领略到此中的妙意。

这是一处冷泉，非常清冽。连泉底的细沙都看得清清楚楚。我曾经试过水温，砭人肌骨。坐在泉旁，向泉的半边，凉飕飕的。泉边有个平台可放两三张桌子，夏天在这里喝茶，不用吹风扇，绝不会出一滴汗。

因为水温低的缘故，夏天快正午的时候，泉四周水雾蒙蒙。冬日的早晚，外界气温低，这里亦是水雾蒙蒙。那种水雾，由水面翻卷着往上蒸腾，仿佛有一种巨大的力量在鼓捣着什么，给人一种神秘感。

古人有诗赞曰："晓为云气夕为岚，石上飞泉松下庵。欹枕欲眠惊未得，恍疑秋雨落澄潭。"

清代俞樾在其《春在堂随笔》一书中写道："寺僧导观法雨泉，清莹可爱。中有泉龙，不过二寸，而有四足，具五爪。"

其实，是俞老先生缺乏科学知识了。据考证，所谓的"泉龙"，是两栖类蝾螈的一种。这种珍稀古生物活化石，现在已不多见。我去理安寺喝茶，每次都瞪大眼睛寻找，一次也没有看到。

理安寺喝茶，价格比较公道：我第一次去时（大约是 2008 年前后），按人收费，每人 10 元。一壶茶，一盘吊瓜子，一盘花生米，你尽可以慢慢坐品。喝多久都行，没人催问。如果你想在这里留餐，也可以，两菜一汤，25 元。

这里礼拜天也鲜有人来，所以采访归来，我经常携笔记本电脑来这里写稿。有时候，一写就是一整天。

现在喝茶是不是涨价了？我不知道。

三

喝茶的地方，要论名气，恐怕当数"满陇桂雨"了。

当代文学大家胡适、徐志摩、郁达夫、巴金等名人笔下，都写过这里。1937 年春，周恩来与蒋介石还在这里举行过国共第二次合作的高层会谈。

满觉陇，又称满陇，是西湖南岸的一个小村落。村落夹峙于南高峰与白鹤峰之间的谷地里。一条石板路沿山势逶迤而下，房舍分布在石板路两边。因古时此地建有满觉院而得名。

这里满山满坡，房前屋后，溪边道旁，田畔两侧，清一色种满了桂树。

最初的桂树，大约由寺僧所植。后来，附近的村民祖祖辈辈都以种植桂树为生。史料记载：唐代起，桂树已蔚为壮观。又经千年积累，这里的桂树便绵延成林海，沿着谷地，逶逶迤迤、密密匝匝达数公里。

有资料说，这里目前已有上万棵桂树。

金秋时节，琼枝捧蕊，珠英吐芳，万树竞开。这里的空气、草木、房舍，甚至尘埃，都被香气浸透了。

因为桂树的品种不一样，一树丹桂一树红，一树金贵一树黄，一树银桂一树白。红、黄、白攒集在一个谷地里，随风荡漾开去，那是一种什么阵势？

花，有开必有落。桂花花期不长，未几，便落英缤纷，密如雨珠。人行桂树丛中，头上、身上，甚至鼻尖上、眉毛上，旋即都挂满了桂花，如同沐浴了一场豪华的"桂雨"。

地面刚刚扫过，这不，也就刚过了几分钟，又铺上了厚厚的一层。所以，称"满陇桂雨"，应该是很恰切的。

旧时杭州有"绝艳三雪"之说："西溪的芦花，名之秋雪；灵峰的梅花，名之香雪；而满觉陇的桂花，名之金雪。"

这样的盛景，明代人高濂的《四时幽赏录》里自然不会落下。在"秋时幽赏"里，他专门写了《满家弄看桂花》：

"桂花最盛处唯南山、龙井为多，而地名满家弄者，其林若墉栉。一村以市花为业，各省取给于此。秋时，策蹇入山看花，从数里外便触清馥。入径，珠英琼树，香满空山，快赏幽深，恍入灵鹫金粟世界。"

高濂不愧是养生达人，很懂得怎样享受：

"就龙井汲水煮茶，更得僧厨山蔬野蕨作供，对仙友大嚼，令人五内芬馥。归携数枝，作斋头伴寝，心清神逸，虽梦中之我，尚在花境。旧闻仙桂生自月中，果否？若向托根广寒，必凭云梯，天路可折，何为常被平地窃去？疑哉！"

无论是花开时分，还是花落刹那，在桂花树下喝茶，都是一种无与伦比的享受：裹着浓浓的香风，桌儿是香的，椅子是香的，杯盘是香的，茶水是香的，邻座的那个人是香的——不，所有的人都是香的……就这还不够，香味，还肆无忌惮地往鼻腔里钻；桂花，争先恐后地往茶杯里跳。别再犹豫了，你就连桂花一起痛快地喝下吧。

近些年，杭州旅游业如火如荼。为了延长花期，科研部门对桂树进行了品种改良，这里花已谢，那厢花方开，花期陆陆续续可以延长一个多月。村民们，家家户户院落里都摆满了茶桌。

桂花可嗅，亦可食。于是，杭州的茶食糕点，便和桂花攀上了关系。在满觉陇喝茶，佐茶的，少不了桂花糖、桂花糕、桂花瓜子。有的热心店家，还会殷勤地为你奉上一碗热气腾腾的桂花圆子羹。

我曾向满觉陇一位九旬老翁请教过桂花糖的制作方式。初始，老先生王顾左右而言他。熟了，才透了点玄机：桂花将谢时，在桂树下，铺一张大被单，然后爇香熏撩。随着香烟缭绕，桂花便纷纷坠落到被单上。

"就这么简单？"我紧追不放，赶紧又奉上一支烟。

老先生过足了烟瘾，这才又透了一点秘诀：香，离花的距离一定要掌握好。约三寸，不可太近，也不可太远。太近，破坏了桂花香味；太远，不利于桂花坠落。香的质地，最好是柏香而不是檀香——檀香太冲。香的形态，最好是塔香而不是线香。用塔香，是为了更好地控制香与花的距离。

桂花采下后，在背阳处阴干，放进大木桶里，撒上厚厚一层白糖，然后用厚布把桶盖扎紧——一定要密不透风。一丝丝空隙都不能留！这样经过半个多月发酵，糖分会渐渐融进桂花里，待糖化完了桂花变成了红褐色，便可以贮藏起来。

这种桂花糖，放多久都不会坏。无论是做糕饼，还是圆子羹，都是绝好的配料。老人神秘地说："过去，满觉陇许多人家就是靠卖桂花糖发了家。"

老先生还告诉我，采桂花，千万勿用棍敲。早落的桂花，质量很难保证。

这个道理容易明白：就像瓜农为了抢市场，瓜还未熟就摘了下来，口感能好吗？

我把老先生的商业秘密透露了出去，老先生不会怪罪我吧？

四

喝茶地点，如果你不追名气，可选的地方那就多了。

杭州周边的村庄，几乎家家种龙井茶，户户开农家乐。龙门坎、龙井、灵隐、翁家山、杨梅岭、梅家坞、外桐坞、叶埠桥、慈母桥等等，都是喝茶的好去处。

这里的农家乐，就开在茶田边上。有的家庭，甚至用木栈道把茶桌摆进了茶田里。

眼前的情形是怎样的呢？你且瞧：

那伴着山势蜿蜒起伏的茶垄，宛若大自然画出的绿色五线谱，而戴着斗笠的采茶姑娘就像是一个个跃动的音符。如果你有音乐细胞，一定迫不及待地想谱出乐章。

周大风先生那首著名的《采茶舞曲》，或许就是触景生情创作的吧：

溪水清清溪水长

溪水两岸，好呀么好风光

哥哥呀，你上畈下畈勤插秧

妹妹呀，你东山西山采茶忙

插秧插得喜洋洋

采茶采得心花放

插得秧来匀又快呀

采得茶来满山香

你追我赶不怕累呀

敢与老天争春光

…………

周大风先生是一位深受大众喜爱的音乐家，生前创作了许多脍炙人口的作品，这首《采茶舞曲》，至今仍传唱不衰。

这首歌曲，原本是周先生为越剧现代戏《雨前曲》谱写的主题歌。歌词清新活泼，曲调富于江南地方特色。

这首歌，还凝聚着周恩来总理的心血呢。

1958 年 9 月的一天晚上，周总理和邓颖超同志在北京长安剧场观看《雨前曲》后，来到后台与演员畅谈。周总理高度评价了这首主题歌，同时也建议："有两句歌词能否改一下，'插秧插到大天亮，采茶采到月儿上'，插秧不能插到大天亮，这样人家第二天怎么干活啊？采茶也不能采到月儿上，露水茶是不香的。"

遵照周总理的嘱托，周大风回到杭州后就到梅家坞茶乡体验生活。可绞尽脑汁，也想不出更好的词句。

几年后的一天，周大风正在茶园劳动，一辆轿车停在了身边，走下来的竟是周总理。周总理和蔼地问他，词改好没有。

周大风只好实话实说。

总理沉吟了一下说："你看，改成'插秧插得喜洋洋，采茶采得心花放'如何？"

一位日理万机的总理，一直惦记着一个普通的文艺工作者和一首歌曲。真是令人感喟！

从中体现的是，人民总理时刻把人民的利益放在心上。在总理的眼里，人民利益没有小事啊！

<h1 style="text-align:center">五</h1>

说到喝茶，想起了苏东坡和茶的一个典故：

一次，苏轼游莫干山，来到山腰一座寺观。和尚见来人衣着简朴，冷冷应酬道："坐！"摆摆头对小沙弥吩咐道："茶！"

苏轼落座。同和尚闲谈几句，和尚见来人出语不凡，马上请苏轼入大殿，摆下椅子说："请坐！"又吩咐小沙弥："敬茶！"

苏轼继续与和尚闲聊。苏学士那是什么学问呀！妙语连珠，金句滔滔，惊得和尚暗叫不好——今天碰到高人了！他赶紧问："施主尊姓大名？"

苏轼捻须一笑："小官乃杭州通判苏子瞻。"和尚连忙起身，请苏轼进入一间静雅的客厅，恭敬地说："请上座！"又吩咐小沙弥："敬香茶！"

和尚低声下气地请苏轼题字留念。苏轼写下了一副对联："坐请坐请上座，茶敬茶敬香茶。"

"茶、上茶、上好茶"，喝出的是：世态炎凉！

就喝茶的境界来说，确实有层次之分。窃以为，可依次分为：喝茶、品茶、听茶。

一提喝茶，映入脑际的是"牛饮状"——奔波得累了，渴了，嗓子直冒烟，端起粗瓷大碗，一顿猛灌。末了，用手背狠劲一抹嘴巴。

品茶，则是擎着龙泉青瓷小杯，轻轻呷上一小口，慢慢咽下，然后，闭着眼睛细细回甘。

而听茶，则到更高境界了。

龙井村位于西湖风景名胜区的西南，通往村口的路上，有一个廊亭，上书：龙井听茶。

我第一次路过时，不觉莞尔：茶是用耳朵喝的吗？听茶，噱头罢了！

可回去细细一想，击掌赞叹：妙极了！一个"听"字，境界全出。

宋人罗大经《茶声》写道：

> 松风桧雨到来初，
> 急引铜瓶离竹炉。
> 待得声闻俱寂后，
> 一瓯春雪胜醍醐。

这首诗，叙述的是煮茶的全过程，很浅显，细品却余味无穷：你瞧，茶声初起，若松桧林中刮过一阵劲风，洒下一场急雨。主人迅捷地把煮茶的铜瓶拿离炉火正旺的竹炉。待到声音静寂下来后，掀开瓶盖，只见一瓯子春雪般的茶汤冒着浓浓香味扑鼻而来。主人不由得叹道:"哇,真好闻,比醍醐的味道还好啊!"

听,是指用耳朵接受声音。按照《说文解字》的解释,本字从𦔻,(tǐng)声,即耳有所得。

要想耳有所得,那就必须用心去感知。

而用心去感知,这茶,也就有了境界。

如同"美人莫凭栏,凭栏山水寒"一样,听茶,首先得有闲适的心情,急躁不得,太高兴、太悲戚也都不行。

只有心无俗事,意无杂念,荡去了胸中块垒,远离了尘世纷争,面前只有茶时,你才能和茶喁喁对话。只有这时,才有兴致"扫将新雪及时烹",才能体会到"茶烟轻飏落花风""从来佳茗似佳人"的妙趣。看到嫩叶在水中翻滚,你会颔首一笑,"状似凤头戏碧波"(而不是伍子胥过昭关——"心中好似滚油煎")。

听茶,得有一定的阅历。蒋捷那首《虞美人·听雨》写得真好:

少年听雨歌楼上,红烛昏罗帐。壮年听雨客舟中,江阔云低、断雁叫西风。

而今听雨僧庐下,鬓已星星也。悲欢离合总无情,一任阶前、点滴到天明。

的确,不同的年纪,对人生的体悟是不一样的。听茶,实则听的是人生,听的是阅历,听的是学识,听的是好恶,听的是境界,听的是过往的一切一切。

稚童,一张白纸,再好的茶,能听出味吗?不可能!

听茶,得有合适的场合:

> 寒夜客来茶当酒，
> 竹炉汤沸火初红。
> 寻常一样窗前月，
> 才有梅花便不同。

听茶，如同饮酒一样，得有知己：

> 一枪茶，
> 二旗茶。
> 休献机心名利家。无眠为作差。
> 无为茶。自然茶。
> 天赐休心与道家。无眠功行加。

听茶，得有合适的时间，"矮纸斜行闲作草，晴窗细乳戏分茶"。忙得鬼吹火似的，头汤还没有泡成，就要去签一笔大单，能听出味吗？

或者身居叙利亚、阿富汗那样的国度，耳畔炮声隆隆，空中子弹乱飞，你得时不时窥着窗外的动静，纵有好茶，安能听乎？

听茶，得有合适的条件。首先茶不能太差：

> 雨前虽好但嫌新，
> 火气未除莫接唇。
> 藏得深红三倍价，
> 家家卖弄隔年陈。

听茶，茶器也得讲究，"泉甘器洁天色好，坐中拣择客亦嘉""活水还须活火烹，自临钓石取深清""素瓷传静夜，芳气清闲轩"。

听茶，得有一定的知识储备。听茶，从一定意义上讲，就是听文化。"香叶，嫩芽。慕诗客，爱僧家。"

有了知识的储备，才能有诗意的回甘，"焕如积雪，晔若春敷""竹下忘言对紫茶，全胜羽客醉流霞。尘心洗尽兴难尽，一树蝉声片影斜"。

只有到了这时，这茶，也才能"听"出功效来：

> 一碗喉吻润，两碗破孤闷。
> 三碗搜枯肠，唯有文字五千卷。
> 四碗发轻汗，平生不平事，尽向毛孔散。
> 五碗肌骨清，六碗通仙灵。
> 七碗吃不得也，唯觉两腋习习清风生。
> 蓬莱山，在何处？
> 玉川子，乘此清风欲归去。

茶，一旦到了"听"的境界，已经不是单纯满足口腹之欲了，正如黄庭坚云："味浓香永。醉乡路，成佳境。恰如灯下，故人万里，归来对影。口不能言，心下快活自省。"

是啊，此时已由"形而下"上升到了"形而上"的层面。听出了人生的感悟，听出了做人的道理……

饮茶，如果到了"听"的境界，才算真正品出了味道……

原载《湘江文艺》2021 年第 6 期

陈平原

山乡春节杂忆

　　要说过大年，还是乡下有味道。那种热闹、红火与喜庆，是城里人难以体会的。正因平日艰辛，乡下人特别看重春节的仪式感与烟火气。从 1969 年 10 月下乡插队，到 1978 年 3 月 2 日到广州上大学，我在粤东山乡总共过了九个春节。直到今天，一声"过年啦"，马上能召回许多温馨的场景。

　　说起来，我插队的山乡很不富裕，十个工分（壮劳力工作一天）也才两毛七（妻子在吉林插队，说那边是一块八）。可过年前后那半个月，不仅衣食足，而且文化生活丰富。春节临近，锣鼓紧催，不愉快事暂时抛到九霄云外，那可是插队生活里难得的幸福时光。那种红火与欢快的场面，比今天全家围坐看春节联欢晚会好多了。关键在于"不隔"，乡民们大都参与，而不仅仅是看客。

　　作为村里为数不多的知青，我每年协助宣委（大队宣传委员，记得是专职，不用下地干活）组织春节联欢，非常享受那种"与民同乐"的氛围。最常做的，就是大榕树下搭台子猜灯谜。前两年在台下猜，努力拿奖品；奖品贵贱无所谓，能在谜台前过五关斩六将，那是很风光的事。后几年则是坐在谜台上，帮助临场编谜，还有就是对答案、发奖品。谜台高筑，红红绿绿的谜语挂满大榕树，猜谜人报一下号码和答案，答对了，击打鼓心，咚咚声响，犹如喜报；答错了，敲敲鼓沿，也没什么不好意思的。

因兼及知识传播与文化娱乐，猜谜在粤东地区很流行。十多年前，我在巴黎的法兰西学院汉学研究所阅读，图书馆里藏有一册潮州人杨小绿（杨睿聪，1905—1961）编的《潮州俗谜》。这册 1930 年由支那印社刊行的小书，分自然、人事、身体、器物、食物、植物、动物七部分，辑录了广泛流传于潮汕民间的谜语二百多则，后附有"潮州歇后语"。在异国猛然撞见"老乡"，自是感慨万端，日后我在《俗文学研究视野里的"潮州"》（2010 年 4 月 11 日《南方都市报》）中专门提及。此书 1949 年香港潮书公司曾刊行增订本，不过我在乡下时根本无缘得见。能作为压箱底宝贝的，是每年县文化馆编发的谜语手册，还有就是若干事先制作的带本地风光的土谜语。

村子背靠大山，面朝水塘，左右村口好几棵老榕树，犹如把守要塞的大将军。山乡怀抱一足球场大小的水泥地广场，名为"清埕"；那是全村公共活动场所，白天晒谷晒麻，傍晚打球纳凉，节庆时看戏放电影，可谓一专多能。

那年头，民众被充分组织起来，需要安排各种文化体育活动。山乡因场地及器材所限，比较适合开展的，也就是大球和小球。乒乓球适合在室内打，有一年为吸引观众，在广场上举行比赛，于是风向决定了胜负。相对来说，篮球更有参与度与观赏性，春节前后，赛事此起彼伏。参与者都是计工分的，玩耍兼赚钱，何乐而不为？我个子不高，虽有满腔热情，只是在准赢或准输的状态下，才被允许上场过把瘾。印象中，我们村的球队实力不济，从没进入公社前三，也就无缘县里的决赛了。

最惬意的，还是协助放电影。公社电影队轮流到各村放映新片，最理想的，莫过于档期刚好在正月。即便是平常日子，电影队进村，总得有人陪伴，帮助挂幕布、架机器、圈地盘以及维持秩序等，当然，还陪同吃饭。那是最美的差事了，我只轮到有限的几次。来了尊贵的客人，允许动用村口池塘的鱼，现捕现烹，味道好极了。那时好看的电影不多，记忆特别深刻的，不外朝鲜电影《卖花姑娘》（长春电影制品厂，1972）、南斯拉夫电影《瓦尔特保卫萨拉热窝》（北京电影制品厂，1973），还有国产片《闪闪的红星》（八一电影制品厂，1974）、《海霞》（北京电影制品厂，1975）等。放过电影后的好些天，大家不断谈论及追忆，那才真叫余音绕梁。可惜外国人名地名太绕口，实在记不住，村民于是将那部好看的南斯拉夫电影简称为"三个字保卫四个字"。多年后，我跟远隔千山万水、同样有插队经历的朋友聊天，一说"三个字保卫四个字"，他马上明白是指《瓦尔特保卫萨拉热窝》。可见，天南海北，民众的智慧是相通的。

当然，我最记挂且怀念的乡村文化生活，还是学戏与讲古。一是记的工分比较多（学戏二十天，讲古半个月），二是这两件雅事与我日后从事的工作，竟有某种隐秘的关系。

先说学戏，那可是惊心动魄的故事。1970 年年初，宣委通知我近期不用下地干活，改为参加春节演出节目的排练。临时搭建的剧组，包含乐队、演员及后勤，有二三十人。农闲季节，给二十天时间排戏，不但赚工分，且经常吃夜宵，自然很开心。排戏的老师来自县文化馆，在好些村子轮流执教，让我们先熟悉剧本并背台词。记得大戏是《张思德》，还有一个作为搭配的小戏，名字忘记了。借助网络检索，方才知道中国青年艺术剧院 1967 年 10 月曾创作并首演六场话剧《张思德》，而后贵州省花灯剧团 1968 年演出过大型花灯剧《张思德》。同名潮剧估计是移植的，但眼下找不到剧本，不敢说死。

拿到剧本，首先分派角色，各派势力争持不下，最后宣委拍板，让我这没有任何背景的外来知青演主角。好些嗓子及扮相都好的"老演员"，因文化水平太低，教他们读剧本很费时间，这大概也是宣委选我演主角的原因。我半天就能记住的台词，很多人背了五六天，才勉强过关。后来我发现，不全然是记忆力问题，反正记工分，慢慢来，没必要逞能，这也是一种农民式的狡黠与智慧。那年我十六岁，看那些俊男靓女打情骂俏，实在长见识。一周后，台词基本背熟了，老师开始教唱。一天下来，我坚决要求换角，因嗓音不行，无论如何唱不上去。宣委让我继续留在剧组，转岗为后勤服务，平时帮助阅读剧本，演出时负责提词。其实，只要踩对锣鼓点，唱得上去，且扮相俊俏，台词对错没关系的。都是业余演员，用的是新剧本，又只演一次，没必要记那么牢。现场有我提示，不怕下不了台。

接下来的训练，白天学唱新戏，晚上来几段大家都会的老戏。潮剧是中国十大剧种之一，几年前我为吴国钦、林淳钧著《潮剧史》（花城出版社，2015）写序，提及此书以下论述让我大为振奋："第一，潮剧迄今已有580年历史，比影响巨大的京剧、越剧、黄梅戏、粤剧要长得多；第二，明本潮州戏文七种的出现，为明代潮州地区的社会生活、民情风俗、语言运用等提供了宝贵资料；第三，'时年八节'的民俗活动成为潮剧勃兴的推手，也决定了潮剧的美学品格；第四，潮剧不仅是粤东平原最具代表性的艺术品种与文化符号，还流行于福建南部、港澳及东南亚一带，是维系海内外两千万潮籍同胞乡梓情谊的重要文化纽带。"民间广泛流传，老少都能哼几句的，多属于《陈三五娘》《苏六娘》《井边会》《扫窗会》等经典剧目。"文革"中，这些表现帝王将相才子佳人的老戏不让演了，但民间随便唱唱还是可以的。

初一晚上的正式演出，效果很不错。反正都是乡里乡亲，粉墨登台也能认得出来。台上唱什么不太要紧，台下观众指指点点，品评优劣乃至互相争吵，反正很热闹，这样就行了。大概太紧张了，主角经常忘词，我在后台提示的任务很重，一个晚上下来，嗓子都喊哑了，感觉比前台表演还累。

二十天的"演艺生涯"，多年后仍让我津津乐道。去年中央电视台戏曲频道来潮州拍摄专题片《品戏·读城》，坚邀我专程回家乡当临时向导。说起我曾吃过半个多月的"潮剧饭"，导演很兴奋，计划就从我失败的学戏故事说起，还专门回我插队的山乡，拍摄了老祠堂（现在是村里的文化活动中心）里村民清唱潮剧的场面。那场面我太熟悉了，触景生情，哇啦哇啦又说了一大通。可惜后期剪辑时，发现跑题了，"读城"变成了"读乡"，只好忍痛割爱，只保留了若干村民清唱潮剧的镜头。

与学戏的铩羽而归相反，我的讲古非常成功。记得是 1973 年春节，大队宣委希望开拓新的文化品种，分派我大年初一讲古。在空旷的清埕上，与猜谜、球赛争夺观众，可不是一件容易的事。当初问我题目，我脱口而出"水浒"。除了这部小说我很熟悉，更因故事情节跌宕起伏，打打杀杀，更适合民众趣味。给我两周温书的时间，非常从容，那时年轻，基本上过目不忘，多看两遍总可以记牢的。只是讲一整天古，大不了六七小时，如何剪裁是个难题。最后竟无师自通，选择了以武松故事为中心，类似扬州评话大家王少堂的"武十回"（我读到江苏文艺出版社 1959 年版《武松》，已经是多年后的事了）。大年初一，乒乓球台上放一张书桌、一把椅子、一个开水瓶和一个茶杯，还有就是高音喇叭，连醒木和纸扇都免了。

此次清埋讲古，效果极好，直到春节过后，走在路上，总有老人小孩指指点点，说这人了不起。我之选择水浒故事，与时政没有任何关系。但被安排说《红楼梦》，确与特定政治氛围有关。考虑到我的讲古价廉物美，指定我第二年春节就说《红楼梦》。说是半个月若太紧张，可以再增加温书时间。没想三天过后，我落荒而逃，宁肯下地干活，也不要这雅差事了。因为思前想后，实在没把握能用宝黛爱情故事吸引众多山乡民众。

多年后，我撰写博士论文《中国小说叙事模式的转变》（上海人民出版社，1988），竟然福至心灵，分析同属章回小说，《红楼梦》之所以迥异于《水浒传》，很大程度在于作家创作心态由拟想中的"说—听"转为现实中的"写—读"。后者容易回到说书场，前者则很难。尽管保留"欲知后事如何，且听下回分解"的说书人口吻，但《儒林外史》《红楼梦》等其实已经是纯粹的书斋读物了。

四十多年过去，插队生活早已烟消云散，唯独山乡春节的热闹与红火，至今仍萦绕脑海。考虑到山乡的文化生活与县文化馆的指导有关，我撰写了《文化馆忆旧》（2020 年 8 月 2 日《南方都市报》），又在潮州市主办的文化沙龙上，做了《文化馆的使命与情怀》的主旨发言，大意是：五十年代以后的群众艺术馆或文化馆的建制，一直在完善中。九十年代以后，因商业化大潮兴起，舞台演出及电影生产等的市场化取得巨大成功，但也留下不小的遗憾。年轻人从小看电视、逛网络，熟悉远在天边的各种文化形式（对蕴藏在其背后的政治或商业因素习焉不察），而忽略近在眼前的本地风光。表面看也很热闹，但与当地日常生活脱节，民众没有参与感，只是买票当看客，实在可惜。这才促使我重新思考那些兼及"在地、实感与参与"的市县一级文化馆，在满足人民群众日渐增长的文化需求方面，到底该如何发挥更大作用。

前年及去年，我在台北、潮州及深圳分别举办了三次书法展，好多观众对其中一幅作品感兴趣，那就是《乐声》："弦诗雅韵又重温，落雁寒鸦久不闻；犹记巷头集长幼，乐声如水漫山村。"附记是："近日重听潮州音乐《平沙落雁》《寒鸦戏水》等，忆及当年山村插队，每晚均有村民自娱自乐的演奏，不胜感慨。"不是因为字或诗写得特别好，而是那种乡村生活及文化氛围，让很多人感动。

近期我重回当年插队的粤东山乡，被告知生活方式变了，很多原先的文化活动升级换代，唯独村民自娱自乐演奏潮州弦诗依旧，夏秋夜里，照样是"乐声如水漫山村"，这让我很欣慰。

原载《美文》2021 年第 2 期

吴光辉

一座古楼的时光暗喻（节选）

一

凄雨，秋风，悲曲，搅乱一楼思绪。

傍晚时分，一团迷雾升腾在清冷的运河水面上，江苏淮安中洲岛上的清江浦楼，就被淮剧那梨花带雨的凄婉曲调笼罩起来了。

一曲《大悲调》如千钧之重喷薄而出，在这座古楼西侧古戏台的上空画了一道弧线，"哇"的一声随着悲苦的惯性滑翔起来，一直奔向这座高楼而来。那凄婉颤抖的旋律，沾着秋雨，透过寒水，湿淋淋地在这座楼的四周缭绕不散。

此刻，古戏台上一位素衣女子头扎白巾，怀抱婴儿，满脸凄苦，咪啦啦的一声撕心裂肺的哭喊，清唱出那曲《大悲调》，这座古楼好像也随之一起泪如泉涌。

就这样，这座朱红色的建筑，完全被淮剧的音韵浸透入骨了。

这时，那古朴的斗拱飞檐已不再是她的华美霓裳，那闪烁的琉璃楼顶已不再是她的灿烂华盖，那高耸的朱红廊柱也已不再是她的壮丽仪表，这座古楼所有的建筑元素全都被解构重组成了悲惨的曲调和凄苦的音符。

自此，清江浦楼就变成了一座戏曲的楼，从上到下都萦绕着戏剧的韵律，从里到外都充满了曲艺的悲情。

这座楼身高十八米，主楼三层，层层飞檐翘角，一层东向正门建有翘顶，门楣上高悬着"清江浦"三个楷书大字。每层四周均建回廊，朱栏雕窗，底层的四周则有十八根朱红顶木环绕。登上楼顶，打开窗棂，极目远眺，运河的风光便尽收眼底。主楼西侧还建有一片附楼，为清江浦记忆馆、淮安名人馆、淮安戏曲博物馆、运河博物馆等，景区内还有大量的石碑石刻石像。

这时，一曲由凄婉悲催的板胡伴奏的淮剧"拉调"次第飘来，这座古楼就变得凄凄惨惨戚戚起来了。清江浦楼的每一片琉璃瓦上全都落满了淮剧悲喜交加的音符，每一根朱红柱木上全都环绕着淮剧悠扬婉转的旋律。

我觉得，淮剧肯定就是清江浦楼的半个魂。

二

一阵淮剧开场的锣鼓传来，激活了这座沉寂多时的建筑。

满脸风霜的古楼刚刚被修葺过，浑身上下还散发着油漆的气味，她就像当今过气女星做过整容的那张粉脸，看似青春年少，实已风烛残年。

素衣。淮调。清唱。曲未终，情已伤。

我觉得这支淮剧悲悲戚戚的韵律，肯定就是清江浦楼对繁华往事的一种怀想。她是以现实的满身沧桑去追忆昔日的豆蔻年华，还是以如今的孤寂落寞去追忆失去的盛世浮华？

事实上，清江浦楼本来就有着曲折坎坷的人生履历。

清江浦原本不是楼名，而先是河名，然后是地名。

北宋词人李廌在《虞美人》中写有"玉阑干外清江浦"的词句，见证了"清江浦"三字在北宋时期就已出现。只是"清江浦"并非一座楼阁的名称，而是清河码头（今淮安市淮阴区）至山阳城（今淮安市淮安区）之间的运河名，这段运河到了元朝逐渐淤塞被废。另据《明史·陈瑄传》记载："瑄用故老言，自淮安城西管家湖，凿渠二十里，为清江浦。"因为当时的海运经常遭到倭寇骚扰，负责总督漕运的陈瑄于明永乐十三年（1415）春，动用几十万民工对淤塞的这段运河进行疏浚，使京杭大运河重新得以畅通，他便将疏浚的这段运河命名为"清江浦"。

自陈瑄开凿清江浦运河之后，在这段河的两侧迅速兴起了一座新兴的城市，这就是以河名来命名的清江浦城了。作为城市的清江浦（现淮安市区），由于拥有"南船北马，九省通衢"交通要冲的地位，河务和漕运迅速繁荣起来，明清两朝便在这座城市设立了漕运总督、河道总督、盐运使节，使之变成了明清两朝京杭大运河的漕运中心、治水中心。对此，明人诗句"晓日三岔口，连樯集万艘"，便是写清江浦帆樯如林、货积如山的繁华盛景。

清江浦从河名发展为城名，最后又延展为楼名。

就是在明宣德年间，陈瑄在淮安任职时，在这条被称为清江浦的运河边，在这座被称为清江浦的城市边，建造了一座同样被称为清江浦的楼阁。

当然，这时清江浦楼被环绕的戏剧乐曲，肯定不可能是悲悲戚戚的淮剧，很可能是慷慨激昂的淮海琴书。

鼓瑟。箫弦。琴梭。吹动楼角声破。

一支《百鸟朝凤》在庆典的现场传播开来，男艺人摇头摆尾地拉着二胡，女艺人在滴滴呱呱地敲打着扬琴，然后二人四目交会，便合唱起了高亢奔放、顿挫缓急的"滚板"来，尽情彰显出淮海琴书"九腔十八调七十二嗨哟"的铿锵气派。

这时的清江浦楼也就满怀喜悦地高耸在淮海扬琴的激越昂扬之中了。

三

清江浦楼就像是一具脸谱，成了运河戏曲文化的一个符号。

在清江浦楼西侧附楼淮安戏曲博物馆的门前有一座巨幅浮雕，正在向后人展现着二百多年前乾隆皇帝下江南途经清江浦时的盛大场景。在这里特别引起我关注的，是占据了这座运河风情浮雕重要位置的戏曲表演。

只见画面之上，驻扎在清江浦的江南河道总督高斌，别出心裁地在运河上用两艘大船搭建成一座水上戏台，恭请乾隆皇帝一边品尝着淮扬美食，一边欣赏着曼妙动听的戏曲。最高统治者南巡的船队就是这样一路朝着清江浦缓缓驶来。对此，清江浦民谣《渔歌子》作了极为精彩的描述："运河唱曲戏双船，美食助听两艳鲜。两艳鲜，悦龙颜，清江浦上乐安然。"

在运河里的双船戏台上，首先登场的是徽班，只见一青衣拖着"皮黄腔"，甩着长水袖，踩着细步，款款登台，然后用京白和韵白相间的"风搅雪"，给皇帝展现了一个闺中少女的声容仪态，最后娇滴滴地唱起了"二黄慢板"。这一声尖腔细调掠过运河的水面，袅袅婷婷地向乾隆皇帝飘了过来，也就让他左顾右盼，目不暇接，连连称赞。

这天是乾隆十六年（1751）的春天，在清江浦运河边的御码头上，几十个署道司府和十几个州县的七品以上官员，加上当地的工商企业主、文艺名流、绅士代表，共计两千余人，齐刷刷地跪倒在岸边山呼万岁。

当龙舟驶到御码头边的清江浦楼时，乾隆皇帝掉头仔细地欣赏了这座楼阁，一时高兴，欣然提笔挥毫，题写了"清江浦"三个大字。只是乾隆皇帝刚刚看戏时一高兴多喝了几杯白酒，此刻突然有了醉意，当他写到最后一笔时，毛笔微微颤抖了一下，将"浦"字的最后一点，点到了一横的下面。乾隆皇帝一看自己写错了字，脸上略显尴尬。

高斌深知自己必须和皇帝保持高度一致，便上前双手一拱说："陛下，您这最后一点，可谓是画龙点睛之笔。因为清江浦最怕的就是洪水了。今日陛下将这一滴水，降到了一横之下，真是匠心独具，从此我们清江浦必定淮水安澜，漕安运泰了！"

确实，这位高总督真真是吃透了老皇帝的心思，康熙与乾隆二帝都曾六次下江南，他们每次都必来清江浦视察，就是因为清江浦地处黄河、淮河、运河的交汇点，自宋代黄河夺淮以后，这里屡屡发生黄河洪水淹没运河，或者是黄河泥沙淤塞运河河床，运河两岸大堤不断增高，使运河在苏北成为一条高悬地面的悬河，经常影响到运河南北漕运的畅通。因此，乾隆皇帝就曾明确地说过："南巡之事，莫大于河工。"

此刻，乾隆皇帝听了部属这么一说，自然非常高兴，当即恩准将这三个大字镌刻在石板之上，高悬于清江浦楼的门楣。

四

古渡。危栏。星稀。楼倚一河秋思。

只见夜色伴随心绪一起黯淡，令这座孤独的小楼俯瞰悠悠运河，斜望一弯冷月，最后只剩下满身的灰暗，一脸的凄然。

这便是乾隆皇帝南巡之后，大诗人袁枚所看到的清江浦楼另一番情景了。他的眼前早已没有乾隆皇帝下江南时的盛世景象，只剩下无限的落寞惆怅。为此，他心情沉重地写道："闻道夜深风转紧，莫吹斜月上孤楼。"

这位袁大诗人与乾隆皇帝为同时代人，他所吟诵的"孤楼"，和乾隆御笔钦题的"清江浦"楼，虽然是同一座楼，表现出来的感受却大相径庭。

当然，这里必须说明的是，他们先后题写的清江浦楼，并不是中洲岛上的这座巍峨高大的清江浦楼，而是位于今天的华兴桥之西、里运河之南的那座低矮寒碜的清江浦楼。

这两座楼虽然全都叫"清江浦"，虽然是"同名同姓"，但楼体建筑和所建位置却有着完全不同的版本。

从中洲岛这座巍峨高大的清江浦楼一直向西，沿河前行约千米，便能看到一座同样挂着"清江浦"门匾的灰色小楼。

这座古建筑显得十分简陋矮小，周身砖木结构，呈青灰色调，仅二楼方窗为朱红。小楼共有两层，楼高不过五米，底座之长也只五米，宽约四米。小楼下层有券门穿堂而过，门宽二米有余，门高约二米，门楣嵌有石匾，刻有"清江浦"三个大字，正是乾隆皇帝当年的杰作。上层四周有六扇小窗。楼顶建有青砖屋脊，并铺十六行青瓦。

继而，我再仔细察看这座旧清江浦楼，方才得知中洲岛的那座清江浦楼居然是一个"仿版",这座旧清江浦楼的初建时间居然也无法查到,始建于明宣德年间陈瑄任上之说只是一种推论。再仔细察看这座简陋的旧清江浦楼,又得知它居然也不是"原版"。因为在这座小楼的碑刻上面,我看到了它两次重修的时间:"雍正己酉岁孟秋吉旦,道光甲申仲秋吉旦。"两次重修的官员是:"管理山清里河督捕理事分府夏□重建,钦加府衔山清里河理事分府张栋□重建。"这些碑刻的文字明确地表明第一次重建的时间是清雍正七年(1729)秋,第二次重建的时间是道光四年(1824)秋。这也说明原清江浦楼肯定在雍正七年(1729)之前就已建成了。

尽管清江浦楼始建于何年何月未见史料记载,却有多种书籍诗文描述了清江浦楼昔日的风采。《淮阴文物志》曰:"此楼建于运河之要冲,为漕船商旅之瞭望引航塔楼也。"可见清江浦楼曾亲历过运河上的千帆如林,百舸争流,漕盐纷至,更是恭迎过皇帝大臣。康熙皇帝第一次南巡时,便是登临清江浦楼,写下了:"红灯十里帆樯满,风送前舟奏乐声。"乾隆皇帝也在清江浦楼边写下了:"石闸万年固,清江千里通。"这些足以说明清江浦楼在当年是何等风光了。

此时,盘桓于小楼的四周,看到那青灰冰冷的砖墙早已变得黝黑斑驳,一株枯草居然从砖墙的缝隙里长出,正在风中静静地摇动着它细小的枝条。

西风。秋水。寂寥。楼前落木竞飘。

五

"黄河决口啦!黄河决口啦!"

那一阵又一阵仓皇惊恐的呼喊和悲惨万分的哭号,突然之间打破了清江浦城原有的平静，到处响起了鸡飞狗跳、人哭马叫的声音。不到天明，淮安、宝应、高邮、扬州四城全部被大水淹没，整个苏北平原变成一片汪洋。

清乾隆三十九年（1774）八月，"黄河决清江浦老坝口，口门一夜之间塌宽至一百二十丈，跌塘深五丈，全黄入运。滨运之淮、扬、高、宝四城官民皆乘屋"（据《清史稿·灾异》）。

从南宋到清代的漫长岁月里，苏北经历过数十次上百次的严重水灾。这期间有关苏北水患的文字记载甚多，"死徙流亡，难以计数"，"白骨成堆，田庐尽没"，"尸骸遍野，幼男稚女称斤而卖"，等等，不忍卒读。

许多饥寒交迫的百姓为生活所逼，把苏北的劳动号子串编成"门谈词"，沿门逐户一边演唱一边乞讨。这些外出逃荒的夫妻搭档、兄妹结伴或姑嫂联袂，把"门谈词"发展成二人对唱，再配上胡琴、串板，哭诉灾情，卖唱求施。

这就是因为水灾逃荒要饭而产生淮剧的历史原因了。

黄河夺淮的洪水来了，淮剧因此而生，清江浦楼却因此而毁。因为建造在运河岸边的清江浦楼，每当汹涌澎湃的洪水来临，便会首当其冲地受到冲击，这也是清江浦楼多次重建的历史原因了。

1872年，也正是因为水患破坏了运河的通航，清政府不得不决定"废河运，兴海运"。清江浦自此一落千丈，因运河带来的繁华富饶一朝陨落，清江浦楼也就一下子落寞衰败下来。新中国成立后，在淮安城南又开辟了一条新的运河，原来的清江浦运河也就失去往日南北航道的功能，这座又矮又小的清江浦楼似乎像个弃妇被人遗忘了。

丝管啁啾，怀古思幽。黯淡落寞的旧清江浦楼似乎只能在淮剧的悲调里，凄凄惨惨地了此残生。

枯树。老楼。悠悠。一河寒水东流。

<h1 style="text-align:center">六</h1>

烟雨。楼台。垂柳。凭轩正思秋。

在中洲岛上，走过一直在追思往事的"南船北马舍舟登陆处"古地标，穿过大有炫耀旧富之嫌的乾隆御碑亭、"清浦烟波"御牌楼和"康熙乾隆登岸"御码头，经过"世界文化遗产"石牌，踏过斑驳陈旧的运河驳岸古方石和被历史磨得发亮的石阶，再走过运河博物馆、淮安名人馆、清江浦记忆馆和淮安戏曲博物馆等一批仿古建筑，便来到了有着传奇身世的清江浦楼的脚下。

一阵秋风从运河的水面上轻轻吹过，令这座高楼的所有景致一下子变得湿润起来。楼角飘拂着几许烟霭，楼上环绕着若隐若现的筝声，楼下水岸的杨柳不停地摇摆出无限情丝。

这座高耸于中洲岛上的清江浦楼建于 2003 年。这座新楼与不远处的旧楼一样，全都面东背西，但形制体量则完全不同，彰显的气象自然也不可同日而语。只见眼前这座新楼，三面临水，三重飞檐，高大巍峨，大有君临天下之气。我甚至从她彰显出来的气度上推想，她是否在想重现自己的昔日繁华？

朱阁。雕栏。画窗。落满一楼沧桑。

虽然南船北马、辕楫交换的盛景早已随运河之水流进了历史的深处，虽然航灯早已暗淡，筝声也已远去，虽然清江浦楼一次又一次被毁，但她永远留住了厚重的记忆，永远记下了奇特的履历。

清江浦楼是一座戏曲的楼，是用戏曲记录自己悲喜人生的楼。

这里所说的戏曲，不仅有本土的淮海琴书和淮剧，还有京剧、评弹。京剧"通天教主"王瑶卿、麒派祖师周信芳、荀派"红娘"宋长荣，居然全都是清江浦人。直至今日，在清江浦楼里的古戏台上还有无数京剧票友在演唱。

繁盛已去，音韵犹在。

清江浦楼周围所有的树木花草就是淮剧的音符，一阵秋风吹过，所有的树木花草都能摇曳出淮剧悲怆的旋律；清江浦楼周围所有的石碑牌坊亭榭全都是"西皮慢板"，都能飘拂出一段段高亢激扬的京剧乐谱；清江浦楼脚下运河上的所有拱桥和无语东流的一河秋水，全都能流泻出江南评弹三弦琵琶的婉转低吟。这淮剧的悲情、京剧的激越、评弹的轻柔，全都汇聚在一起，渗透着清江浦楼的每一寸肌肤，浸蚀着清江浦楼的每一块骨髓。

清江浦楼，不但能让北方的京剧、本地的淮剧和江南的评弹在一起合奏，还能让新旧两座清江浦楼在一起共存，更能让南与北、新与旧、兴与衰、悲与喜在一起和谐同处。

我想，这就是清江浦楼的胸襟和城府，这也是清江浦楼的包容品格。

如今，我看到那承载着国家命脉的漕船盐舟早已驶过眼前的运河，早已驶向历史的深处，眼前只剩下一河的南腔北调始终缠绕着这座清江浦楼吟唱不休。

浮华已去，品格犹在。

清秋。残月。楼角。倚栏夜听箫。

原载《钟山》2021 年 A 卷

杨闻宇

饥饿的日子如浮云一样飘去

　　夏日忙天，关中农村忙于收割，谓之龙口夺食。粮食人户，颗粒归囤，才算是"夺食"成功。

　　遮掩村庄的树梢间，穿梭的黄鹂焦急地鸣啭着："算黄算割！算黄算割！"田野里，半拃长的沉甸甸的麦穗儿在南风里悠悠摆荡，一层推一层地轻轻摇曳。光着脊梁挥镰的汉子俯身在滔滔的麦浪里，面对着殷实而馨香的土地，向麦海深处奋勇地埋头挺进，挺进时很少直起腰来。此时倘若有人在那淌汗的紫红背上平搁一叶瓦片，汉子定能在半里长的田垄间走割一个来回，瓦片也纹丝不动——行大事不顾细微，挥汗如雨，也就顾不得身后所遗落的麦穗了。

　　连带着秆儿的遗穗，如金色的羽箭似的，胡乱散落在麦茬地里。这时节，所谓的"屋里人"便成为割麦汉子天然的"后备队"——田野遗穗，自然是留给女人的了。这也算是造化的安排吧。

　　晨光熹微，只要能依稀瞅得清穗儿，女人们就赶忙下地，逐垄逐畦地捡拾。想要拾满一篮穗儿，少说也得一起一伏地磬折上千次腰肢。实在是累得腰酸腿疼，撑持不住时，就抹抹汗水，歇坐在地中央的水井旁，将拾得的穗儿揉揉搓搓，一把一把吹去糠芒……

当她们在苍茫暮色里拖着疲惫的身子回村时，肘挎篮儿之外，襟儿里裹的、帕子里提的，便都是纯净的麦粒。人虽尘垢满面，风鬟雾鬓，渴累憔悴，可善良的眸子深处，却隐隐闪动着喜色。这样勤苦上八九天，篓子里会攒出亮莹莹的新麦，从中匀出一些粜于集镇，为小儿女和丈夫缝制一身素净衣衫，换下旧年敝衣，苦涩中便沁出淡淡的清甜，这是怎样难得的一种幸福哟！

女人珍惜散落于地的穗儿，挥镰的汉子，也盼望自家女人能多捡些遗穗。为生产队刘麦时，有时候便下意识地疏手拐镰，多些遗落。夜深人静时，从枕头上悄悄向"屋里人"透露点小风。翌日大早，媳妇便以急促紧迫的声气将小儿女从梦中拽起，脸也顾不上擦洗，随便绾绾来不及梳理的乱发，匆匆忙忙就出村了。鸡犬醒着，老狗知趣，影儿似的将主人送出门，不声不响，就悄悄折回窝了。有的人家为了拾麦，连那常年蛰居的老母亲也跌跌撞撞地加入黎明的麦茬地里来了。

家家户户，未曾相约而脚步同响，田野里刹那间人影散乱，脚手丛杂，亲近和睦的邻里们，晓色中彼此睃上一眼，心照不宣，忙低下头，遍地立时卷起一片抢拾麦穗的飒飒声，像风在掠动，像鸡在争啄。偶尔有锐利的麦茬扎破了小女儿的手指，轻轻地啜泣，马上就引起身旁母亲压紧嗓门的训斥声："悄着！快拾！"

八百里秦川风水好，脉气润，女人们模样儿俊气，可那一双手却麻利得像刀刃似的。在从前青黄不接的日子里，屋里动不动揭不开锅，邻里间就暗相串联，常在半夜里爬出被窝，结伴到略远的外乡去采苜蓿。苜蓿，本是张骞出使西域时从大宛国引进的饲马之草，可那嫩芽儿拌在锅里，不析水，又粘饭，在充饥的春芽里实属上品。月暗风紧，黑地里行事，白日一朵一朵掐苜蓿突变成连把猛擤，沾露和泥，连根挟草，一副急促生风的架势。

"饥寒生盗贼"，冥冥间似乎真的有主宰命运的幽灵，将天生的纤纤素手畸形化了。用这样的染绿未褪的手指来捡拾麦穗，"越轨"形迹便在所难免——趁旁人不留神，就闪电般旋开手去，从邻垄"唰"地攘一把尚待收割的穗儿，裹进自己的篮底。那时的生产队长也机警得很，只要是从田埂分界处逮住一个攘穗的女子，不管她平日管自己叫伯还是叔，当即撕破脸皮，扯高喉咙，连声斥骂，以此警告、敲打那俯首拾麦的一大片身影。倘若遭骂的是一位冬剪窗花、春绣小鸟的待嫁姑娘，脸皮儿薄，低低俯首，一串晶莹的泪珠便洒向脚下熟悉的土地……

渐亮的晨光，依旧恬静，朝霞弥漫在金黄色的旷野上，路畔青草梢头的露珠闪闪烁烁，如龙宫珠玑之出海曙。饥馁冲淡了人情。众人推选出来的生产队长，维护着集体的利益，表面厉声斥骂，心底却是五味杂陈。

困难的日子如浮云一样，总会过去。生活纳入正轨之后，忙天照旧是一派旺火景象：镰刀银光熠熠，在麦浪里像鲤鱼跌膘似的上下翻飞，"叭叭"脆响的红缨鞭在大路上空挽动鞭花，马牛驮着座座相连的金山，绵延流动。

为了抢时光、多出活，午饭便由女人们送到井台上来了。这时候你会发现，男人们蹲在地上狼吞虎咽时，送饭的女人，无论是年轻媳妇还是年迈的母亲，摆妥饭食之后，头顶一方遮阳的帕儿，很快就进了麦茬地，一穗一穗地捡拾，神情是那样专注、入神……

《诗经·小雅》记载："彼有遗秉，此有滞穗，伊寡妇之利。"妇女、儿童，在成熟的原野上静静地拾麦，清旷、丰盈、和平、恬静，这是尚勤尚俭的乡里美风，形成的是简约迷人的圣洁画卷。如此画卷，让我想到《圣经》里上帝创造万物，最后才造就女人的记载，最后的造就，该如何理解呢？天若有情天亦老，有谁能解得开这个谜语呢？拾麦之事，作为一条约定俗成、流传既久的生活小溪，数千年来是怎么周折变迁的，无从细考了。歉岁拾麦，谨度饥荒，捡取的是延续庄稼人生命的微粒；丰稔岁月，珍惜的是苦涩汗珠入土后的结晶，人们始终敬重的是哺育生命的高天厚土。

现在，家乡城市化了，上述情景已然远去，可当年那熟悉的画面，我能忘却吗？十多岁时，若是浪费一粒粮食，立马就会遭到父母的严厉责骂。现在进入老境，看到有的年轻人把粮食不当粮食，余餐剩饭随便扔弃，痛惜之际，我还能上前去责问、规劝吗？

当前，世界不少地区已开始闹粮荒了。粮食已成为国与国之间较量的潜在武器——在这个世界上，谁敢排除饥饿乌云重新袭来的可能性呢？

原载 2021 年 9 月 4 日《中国财经报》

雍措
（藏族）

躺出去的人（节选）

村长带着一个一点儿长得不像凹村人的人进村。

那人腆着大肚子，头大大的，肩膀宽宽的，远看那人似乎没有脖子，大头直接安在两个肩膀中间。那人走在凹村进村的小路上，七歪八歪的，仿佛凹村人走了一辈子的一条好路在他脚下不是一条好路，地上到处是吃他双脚的嘴。可能是那人长得特别宽大，他走过的地方一股浓浓的陌生味儿久久散不去。风不往那人走过的地方吹，太阳不往那人走过的地方晒，一家习惯每天顺着小路喊一个丢失几年娃的嘴在风中张着，始终没把那喊了几年的一声喊喊出去，是那人的来让一个娃的名字丢失在凹村那天的早上。路边的草自己把自己歪在一边，树上的叶子自己把自己往天上飘，有几头自己放自己的羊正准备出圈门，见那人来一个转身往回走，这样一个早晨它们宁愿饿肚子，也不想在路上去遇见那个人。那天，生活在凹村的人、动物都觉得不同寻常，他们心慌慌的，脑袋热热的，人在屋里来回地走，动物在该干什么的时候什么也不想干了。天闷闷的，似乎隔壁几个村子的热气都在朝凹村挤，那一刻凹村像罩在一个大麻布口袋里，让人喘不过气来。

那天，凹村的所有都觉得有什么大事要发生。

一个村子有什么大事发生，一村子的动物最先知道。

有一年，凹村的动物齐声声地叫，狗叫出狗的声音，猪叫出猪的声音，马叫出马的声音，老鼠一群群从山洞跑回凹村，有的跑得太快，刹不住脚，落到正准备出门干活的人的脚背上、裤腿上、一把锄头上，还有的落在一个奶娃吃饭的碗里，发现不对劲儿，一骨碌从碗里站起来，重新跑回到一条它们要走的路上。它们用惊恐的眼睛看人，那被惊吓到鼓着的眼珠子仿佛要从眼眶里滚落出来。那段时间，凹村到处是山顶跑到村子的动物，如一只只野鸡呀，一群群野猪呀，一匹匹野马呀，一只只野兔子呀，还有人从来没有见到过的几条大乌梢蛇。它们来到凹村，一股脑躲在凹村的北边，人远远看见几条乌梢蛇缠绕在一棵枯树上把头伸得高高地看它们下来的那座山，一群群野猪站在小路边上伸着长脖子看它们下来的那座山，一只只野鸡不走不动地站在草丛中看它们下来的那座山，还有一匹匹野马和一只只野兔子也躲在某处看它们下来的那座山。人不知道那座山怎么了，人也一眼一眼地看那座山，人看了几天，那座山还是那座山，尖挺挺地立在那里没什么变化。人没动物那么好的耐心，过了那几天人该播种还是出门播种，该打一块地的土饼子还是去打一块地的土饼子。人不知道那些动物那几天是怎么活自己的，人只知道自己不去干活，地里的活是不会自己干自己的。人只是不往北边去，人知道即使去了北边，通往北边的那条路、那块地也被山上下来的动物挤得满满的，人不想去那边挤一群动物的满。

那几天夜里，到处是动物们一片一片的叫声。老鼠的叫声又密又细，升不到空中去，它们的叫声铺在所有叫声的最下面，然后是一群羊的叫声、一群猪的叫声、鸡的叫声、狗的叫声、牛的叫声、马的叫声……人在晚上睡不好一场觉，凹村到处是人骂自己家动物闭嘴的声音，人想先管住自己家的动物，再去管那些从洞里和山顶上下来的动物就要好管多了。可是人越骂自己家养的动物，动物们叫得越厉害，人的骂声低低地压在自己家动物声音的下面，不起任何作用。人在暗里羞红了脸，人庆幸这不是在白天，要不脸都被自家的动物给丢尽了。他们灰溜溜地回到屋子，人说畜生就是畜生，你再好吃好喝地待它们，它们骨子里不识抬举的本性是改不了的。人在暗里到处找一团自己点酥油灯剩下的老棉花，他们把找到的棉花用手搓成团塞进耳心，气愤愤地钻进被窝，再用厚厚的被子盖住头，人在空气的紧中把自己重新睡过去。快天亮时，人听见凹村的某个地方吱吱地响，耳心里的棉花和厚被子都遮不住那种响，人扔开厚被子，取了耳心里的老棉花继续听，那吱吱的声音又一次响起，接着那响声一次比一次响得密，扯得凹村的地都在颤抖。人一下从床上爬起来，带着一家老小往院坝里跑。人一跑出院坝，看见凹村最南边的那座大山像一个站软脚的人，瞬间蹲坐了下来。那一刻到处尘土飞扬，石头和石头碰撞出来的火花照亮了凹村黑黑的夜。全凹村的人一个劲儿地往北边逃，到处是人喊人的声音，人喊自己家一条狗、一头牛、一匹马的声音，人边逃心里边抽着空地想：动物可真是聪明呀，动物可比人聪明呀。那次，凹村有几家人的房子被落下来的石头砸得粉碎，十几家的牛圈被滚落下来的石头打垮了墙体，但庆幸的是人都从那次山的垮中逃了出来，受伤的三十多头牛也在一个多月之后渐渐恢复了元气。

从那次之后，人对动物的异常都很关心。从那次之后，凹村的南边开出了一道大口子，人对那道口子充满警惕。人睡觉的时候不往南边睡，吸气的时候不往南边吸，人在说凹村的一些秘密的时候不往南边说。人总觉得自从凹村的南边缺了一个大口子之后，凹村的很多东西会从南边那道口子漏出去，那些漏出去的东西就是永远从凹村漏出去的东西，人即使骑一匹凹村最好的快马也追不回来。

那天村长带着那人来，凹村的动物见那人早早地躲了自己，鸡不跨出家门一步，狗躲在门后面嘤嘤地呻吟，牛和马把平时从来不想闭上的大眼睛紧紧地闭着。人偷偷背地里议论，村里一定又有什么大事要发生了。

村长是经历过那次山垮的人，那天他知道有很多双眼睛藏在某个地方死死地盯着他看，那些藏在某个地方的眼神透过一道门、一扇窗户、一堵墙的裂缝被挤得变了形地落在他身上，让他感到浑身痒痒的。人看见那天村长走出的步子不像他平时走出的步子，他走得慢吞吞的，仿佛身上有什么重东西压着他。

村长带着那人径直向索旺家走。索旺家的木门紧紧地关着，村长站在门口用手边敲索旺家的门，边"索旺索旺"地喊。过了很久，索旺揉着惺忪的眼睛从屋里走出来，开门看见是村长和一个不认识的人站在自己家的门口，一愣，接着问有什么事。索旺的问像问在一场梦里，黏糊糊的。村长没来得及开口，站在村长旁边的人笑嘻嘻地对索旺说："有点事，有点事。"那人垒在脸上的笑把脸盘上的所有肉聚在一起，索旺从来没有见过一个人笑出的笑那么肥厚，让他心中犯腻。村长看索旺还站在门中间，没有让他们进去的意思，就说："你是准备让我们一直站在你家院门口说话是吗？"索旺这才想起自己还堵在门口，急忙把身子闪到一边。村长埋着头往索旺家院坝里走，那人也跟着挤进门。那人走进门的一刹那，索旺感觉自己家的那扇门都要被他宽宽的身子填满了，索旺本能地往后退了两步，等那人完全进门，他才把门"咯吱"一声关上了。

村长站在院坝中间，不往堂屋里走。索旺也跟着村长站在院坝中间，木木的，仿佛自己还没有从一场睡中醒过来。那人一进院子，眼里就放着光。他站在索旺家的院坝中间，上上下下地打量索旺家的石头房子。打量完之后，他独自朝院子的一面土墙走，他先用手摸墙，再把自己的一张大脸往墙上靠，他用耳朵听一面墙里面的声音，左耳听了右耳听，听过之后，他回过头对站在院坝里的村长和索旺说："真是一面好墙呀。"他不断地重复着这句话，接着他蹲下身子，又用手轻轻敲踩在自己脚下的那块泥巴地，敲得小心翼翼的，好像在敲对他关闭了很久的一扇门。自然不会有人来给他开门，他用手抓起一把地上的黄土闻，然后自言自语地说："是那味道，是那味道，我又闻到它了。"他激动地从地上站起来，把一把自己从地上刚抓起的土递给村长。那人在做这些事情的时候，村长愁着一张老脸不理他。村长没接那人递给他的土。那人把手抽了回去，本来想把一把土重新放回地上，又舍不得地从裤包里找出一个塑料袋把土放进去，再把塑料袋裹好，放进裤包里。索旺低低地问村长："这人是谁？"村长看了索旺一眼，皱着眉头说："先进屋。"村长和索旺先走进屋，那人又在外面待了好一阵子才进来。

索旺家只有索旺一个人住，一年前他死了阿爸，阿妈因为过度伤心在阿爸还没有过头七时也跟着走了。在这之前，索旺有个相好的姑娘本来今年准备结婚，但是村里有个习俗，家里死了人要等三年才能办喜事。索旺的结婚之事也被拖了下来。姑娘耐不住三年的等，前不久嫁给了邻村的小伙子，索旺的人生从此变得空空荡荡的，他一下觉得人活着没意思了。他用一天的时间，把二十多头牦牛卖得干干净净的，把几十只羊卖得干干净净的，他说他以后的命就靠这卖二十多头牦牛的钱和几十只羊的钱养活了。人告诉索旺，那二十多头牦牛的钱和几十只羊的钱养活不了他多久，钱是一张张的脆纸，说没有就没了。他们让索旺学会用钱生钱，才能过好接下来的日子。索旺说，钱生钱有什么意思，你们一天都在想着做钱生钱、粮食生粮食的事情，到最后你们不是一样穷，一样觉得每年的粮食不够一家人吃吗？人说，活着就要想着怎样把自己活下去，活好活坏是命的事。索旺说，他只想让自己好好地过上一阵子自己想过的生活，至于过完自己想过的生活之后他会怎样，他说由天来定。人拿索旺没有办法，人说索旺其实也拿自己没有办法了。

村长给那人找了一个凳子坐，自己才坐下来。索旺听见那人坐在那个凳子上，凳子"咯吱"地响，那人挪了挪自己的屁股，凳子依然响，他有些不好意思地说："人长胖了点，没法。"村长坐在那人旁边，从腰间拿出叶子烟来抽，浓浓的烟雾把村长的脸一会儿盖得没有了，一会儿又从烟雾中显了出来。

索旺一屁股坐在堂屋的门槛上，他不知道说什么，就什么也没说。那人进屋了还在打量索旺家的房子。索旺发现，那人虽然胖，长在肥脸上的一对小眼睛的眼神却尖尖的，他看过的地方，似乎都留下了他看过的痕迹。索旺还发现，那人眼睛远看小，近看也不算小，只是他脸上的肉堆在一起，把一对长在脸上的眼睛挤小了。那人并不在乎索旺看他，他自从进屋，眼神就没落在人身上，他到处看，扭着身子地看，仿佛对整个索旺家的房子充满着好奇。

村长一支烟抽完，把烟杆在凳子边沿上敲了两下，接着把烟杆插回到腰间。"这位是县里派来的人，就是上次我们村里来过的那支考古队的领导。"村长说。听见村长介绍自己，那人把看四周的眼睛收了回来，他好像极不情愿地把眼神落在索旺身上，并冲索旺点了点头。

索旺没理那个人的点头。索旺记起村长口里说的考古队，他们在凹村待了十几天，整天拿着一些奇形怪状的仪器在凹村的村子里比比画画，比画好了，他们往凹村的土里挖一个个坑，他们挖的坑都不大，仿佛每个坑他们挖着挖着就没有兴趣往下挖了。他们叽里呱啦地说着凹村人听不懂的一些外话，无论凹村人问他们什么，他们都是笑笑，没任何话往下接。凹村人不放心那些外来的人在自己的村子里到处比比画画，一个个跑去找村长，村长只说："由着他们，我看他们能在凹村的土里翻出个什么名堂来。"村长是管一个村子的官，村长说的话村里人都听，他们心里也跟着村长一样想：看他们能在凹村土里翻出个什么名堂来。

他们任由那十几个人在凹村土里翻。那几天，凹村房前屋后的土都被那十几个人翻来翻去地看了个遍。人看见凹村很多旧东西从土里被他们翻了出来，一把旧镰刀，一顶旧帽子，一只手套，一团黑头发，还有被尼玛找了好多年的一个牛骨头酒壶……那些人把从土里找出来的东西扔在一旁，继续在没有挖过的土里找，那些被他们扔在一旁的旧东西没任何人去认领，孤零零地躺在他们身后，显得更加破旧。那十几个人在凹村待了十多天，在一个早晨收拾好他们的所有家什离开了。那些人走的时候，弄出很大的响动，似乎告诉人他们要走了。凹村的人知道他们要走了，故意在路上、门槛上、窗户上去遇见他们的走，他们其实想知道那些人的走，有没有带走凹村的什么。

他们离开之后，留给凹村的是他们到处挖的坑和遍地从土里翻出来的旧东西。村长发动村里有力气的年轻人去填坑，年轻人拿着那些扔得遍地的旧东西去问村长怎么处理，村长果断地说："一起埋了，那些旧东西的旧已经让它们不适合待在地面上了，如果让它们继续待在凹村地面上，它们也会感到难受。"年轻人听了村长的话，把那些旧东西全部埋进了土里。一天之后，凹村又恢复成了原来凹村的样子。人后来问村长："他们在凹村土里找到什么好东西了吗？"村长撇着嘴说："土里的好东西哪有那么容易找到的。"人想想也是，自己天天睡在这片土地上，吃在这片土地上，人在这片土地上把自己活老，人天天用锄头挖这片土地，那些家里鬼机灵的牲畜没事的时候一个劲儿地埋着头看脚下的地，如果地下真有什么，早被凹村的人和动物发现了。

人在那支考古队走了之后，悬着的心突然松下来。人那时才发现，考古队在的时候，人的心都绷得紧紧的，人心里在怕什么，那怕的东西连人自己都不清楚。人过了一段很闲散很闲散的日子，人走到那些被自己埋下去的旧东西上面，想多站一会儿，人觉得站在旧东西上面，脚麻酥酥的，仿佛地下面的什么东西在人站在上面的那一会儿时间里往自己身上蹿，它们蹿到人的头上，手指甲上，钻进人的腋窝里，然后消失不见了。但好像又不是，人说不清楚，人纳闷自己怎么了。人不敢把自己感应到的说给其他人听，人想是自己脑袋那段时间肯定出什么问题了。人明白脑袋一旦出问题就是大问题，人都怕别人说自己是脑袋有问题的人。

以前凹村来过一个脑袋出问题的人，他整天坐在凹村的青稞地里，跟满地的青稞说话，人把他从自家的青稞地撵走，他又跑到那家的青稞地边坐着，那家撵走，他又跑到这家，人到最后撵不动他了，人也就由着他在青稞地里对着青稞说着一年一年的话。人说，有这样的一个人给自己的一块青稞地说话也未必是一件坏事，人都怕孤单，地也应该一样。地只要感到孤单了青稞不好好长，地自己不肥自己，粮仓里的收成也会受到影响。想透这个理，人经常带好吃的给那个脑袋有问题的人，只要他收下自己给他的好吃的，人就把他带到自己家的青稞地边，让他跟自己家地里的青稞说话。

那个脑袋有问题的人在凹村的青稞地里跟青稞说了五年的话，有一天不见了。人拨开自己家密密麻麻的青稞丛到处找寻他，人想把自己对他的一声喊喊向一片片秋收的青稞。人突然发现，这五年人都不知道他叫什么，人在说到他的时候，都称他为脑袋有问题的人。人在青稞地里找了几天他，人在找他的时候把一个个自己做好的青稞饼或牦牛干高高地举在头上："青稞饼青稞饼""牦牛干牦牛干"地喊。人以前想让他跟自己家一块青稞地说话的时候，也是在一片青稞地里这样喊他，那时他总会从某片青稞丛中站起来歪着头看人。人还是没有找到他，人高高举在头上的青稞饼引来了一群鸟，鸟跟着人手中的青稞饼走，一路留下一片叽叽叽叽的鸟叫声。人把青稞饼喂给了鸟吃，人那时想的是自己多做些善事，菩萨可能会帮助自己找到他。

人说，像他这样的人，是离不开青稞地的，等我们这一季的青稞丰收了，地亮出来了，他兴许就随着青稞地的亮跟着亮了出来，说不定他是在茂密的青稞地里把自己睡过了头，谁都有过睡过头的那一天不是吗？只是他的睡比我们长了一些时日而已。那年，人匆匆忙忙收割自家的青稞，人边收割边在自己家的一片地里朝前呼喊着那个脑袋有问题人的名字，那个脑袋有问题的人在人的一次次寻找中有了一个个自己的名字，他叫布初，叫尼玛，叫松真，叫达呷……那是人为找寻他给他起的自己心中最吉祥的名字。那年，那个脑袋有问题的人的名字在凹村青稞地的上空带着一股成熟青稞的味道飘荡，人说仿佛凹村所有的青稞在空中追逐着一个人的名字在跑，人想拦也拦不住。然而，那年人割完了凹村所有的青稞，也没有发现一个在青稞地里睡过头的人。人很失落，人那几天把自己过得垂头丧气的，青稞没力气打了，地里剩下的小活也不想干了。人觉得自己心里缺了一个什么，那种空缺让自己的身体某个部位隐隐作痛，喉咙里时不时冒出一个个苦嗝来。

正当人沮丧得要命的时候，人看见凹村的一条狗从青稞地旁的山洞里叼来了一个头骨放在青稞地边，它冲着青稞地上空的天一声声地哀叫，那叫出的声音冰凉凉的，浸得人心痛。人走近看那个头骨，一眼就认出了他。人一阵难过，人商量着把头骨拾回去埋到凹村的西坡，人想他虽然不是凹村的人，可跟凹村的青稞说了五年的话，就冲这个他也应该得到凹村人的厚葬。人从家里拿来白布准备带头骨上山，狗却汪汪地叫，那叫声凶凶的，让人不敢靠近。人慢慢散去，人说今天狗不让带走头骨，明天再来。人从来没有想过，这样的等他们一直没有等到。夜晚来临，狗久久不肯离开，人看见一条狗和一个人的头骨相依在灰蒙蒙的月光下看着远方，人似乎又听见了那熟悉的声音对着一片亮出来的青稞地说着话，那声音在没有生长着一棵青稞的地里，显得空旷、寂寥、孤独、无边无际……

原载《百柳》2021 年第 4 期

阿拉旦·淖尔
（裕固族）

八个家草原

最美的仙境莫过于你的出生地，最好的爱莫过于母爱。我来到人世间这两种大爱我都拥有了，它们督促着我的生命有切肤的痛和永恒的爱。

我家的黑帐蓬像一头卧在地上的狮子稳稳地扎在八个家草原上。炊烟带着舞姿悠然地升向天空。八个家草原上忙碌的季节到了，我抱起刚刚出生的羊羔抚摸着流血母羊的额头轻轻唱起产羔季节的牧羊曲：

> 你看哟我亲爱的好伙伴
>
> 蔚蓝的天空恩赐给我们
>
> 黄金一样的草地
>
> 羊羔哟草原是你的家园
>
> 牧人的梦哟不是飞出草原
>
> 是像烈马一样奔驰在大地
>
> 羊羔的梦哟是在踏青的路上
>
> 不要被妈妈丢弃

妈妈哟山再高我能攀登

路再远我有妈妈……

我用歌声来安慰母羊们躁动不安的心。春天来临，泥土的芬芳和青草浓浓的气息飘满草原，召唤着疲惫的羊群，青草的鲜味吸引了寒冬过后的羊们，羊群闻到新鲜的青草顿然精神焕发，如回春的少年兴奋地奔跑，在草原上奋不顾身地扑向小草，一些母羊会把它们刚刚生产的小羊羔，孤零零地丢在偌大的草地上。

八个家草原像情窦初开的少女静静地坐在众山中，吐纳着它的争艳和豪情，它的坐姿如伏在地上的老虎，威严而矫情地守卫着大地上的生命。

我和家人在这片古老的草原上游牧，包产到户时，县里派人来组织大家用抓球的办法来分划这片草原，我家以抓球的方式一如既往抓到了本就属于我们放牧的这片草原。

抓球以后原则上这片草地它只属于我家，它是我家牛羊生存的根据地。但在我心里大自然它是没有边界和划分的，它属于人类共同的生存环境和共同的生命财产。

祁连山的每一片草原山脉都有它们不同的名字和不同的叫法，按草场的名字分配后，落实到每家每户人名下，从此这片草原就是属于你自家的了，你的牛羊也只能在你抓到的草场上游牧生存，再不能去侵犯他人的领域。即便没有包产到户我和家人也在这辽阔的大地上放牧牛羊，就像祁连山搬也搬不走，它生来就有。

出生在草原的人，性格豁达开朗活泼憨厚，即便有偷鸡摸狗个别的人，那是他自个儿长歪了，就如阴沟里长的树，它能和阳光里长的树对比吗！

这片茂密的原始森林长在群山环绕的山脉里,我和家人光明而孤寂地过着游牧生活,我家的帐篷驻扎在向阳靠西的一座红色山坳里,在这个长满芨芨草的山坳里,我们牧羊、挤奶、哭和笑,经历着游牧民族千百年来不变的生活。

牧民是很辛苦的,起早摸黑地赶着牛羊风雨无阻地放牧。我家的孩子们像羊羔子一样多,但都没能逃脱游牧,都没能走出这片高大而原始的草原,即使你不喜欢它,在你出生时命运已经注定了,让你和这些山山水水寒冷孤寂地紧紧绑在一起。

我出生时正是牧场上最忙碌的踏青季节,每年踏青都是牧人最辛苦的时候,吃了一个冬天干草的羊群,在春天来临时,它们的鼻子变得格外有嗅觉、格外敏感,哪里有新鲜的嫩草,它们就飞奔着往哪里跑。那些刚刚破出土嫩芽芽的小草,正在阳光里露出晶亮的小尖尖时还没等它茁壮成长就成了踏青季节羊们嘴里的美食。常常是那些体格健壮的羊优先抢到了小草,在啃食它们的过程中,还用尖尖的羊角顶着对方,以防其他羊抢食。春天羊抢青草,就如人吃世间美食一样香甜可口,窝了一个冬季的羊群在春暖花开时它们也该尝鲜换味了。

每年踏青这个季节,我都会抱起稚弱的羊羔,找一片嫩草地让它们来独处享受小草,而我呢,总是坐在它们旁边,默默地当羊羔的守护神,看着小草像蛋糕一样柔软地送进羊羔嘴里时,我有着用乳汁喂养孩子的快乐和幸福感!每当这时候大羊们根本不听话,失去了往日主人对它们口令的指挥,它们跟着风跑,闻着风里青草的气息不顾高低狂奔而去,速度快如闪电。这时候往往是牧人跟着羊跑,没有片刻的喘气和休息的机会,羊群已经又奔向另一片刚刚冒出小草的地方了。

春天最先长出青草的地方都在向阳的山坳里,不管山高或山低,羊都能准确无误地找到出土的小草，争先恐后地拥去，此刻羊的鼻子是羊寻食的专利机器，是羊寻找食物最有权威的武器，在青草没有成熟的季节里，人和羊都很辛苦都忙碌，直到整个大草原长成肥旺旺的绿洲时人和羊才能安稳下来。

我就是在这样一个忙碌的季节里不识时务地来到人世间，因此我的出生给家人带来一场不小的战争，原因是我家的羊群，为抢食嫩草，没有规矩地跑到了邻居家的草地上，踏死了一只出生没多久的小羊羔，这已经是我家羊群第数次的越界了，邻居呼噜闪电地找来讨一个说法，和我父亲大干了一场。两家保持多年的友谊彻底走到了尽头，随后我的父亲，那个性格刚烈倔强的老牧民，子弹一样冲进帐篷，抓石头一样，把我从热乎乎的石板炕上提起来扔到墙角。

我的阿妈，一个老实得话都不多说的母亲，流着眼泪把我捡起来抱进怀里，因为我的哭声耽误了阿妈去挡羊。

不久，我又一次遭到父亲的教训，也是因为我的哭，父亲不耐烦地在我额头上重重地留下了一个深深的指印。阿妈说整整一个月她都担心我不会哭，担心我死掉。阿妈说那天我一直没有声音，她在我的嘴里身上抹了厚厚的酥油，将我放在帐篷外的毯子上晒，晒了很久我终于有了哭声。

后来阿爸为了责备自己的过失，请来了牧场上年纪大的老喇嘛为我念经祈福。那一个月里我憨厚的母亲一直守着我，她担心我的四肢将来不健康。阿妈说半月后我恢复了婴儿的正常，在草原上又开始哭天喊地了。

就这样我在八个家草原上和羊羔们一起滚着爬着长大成了自然的牧羊人，直到我结婚才停止了我的牧羊生涯。我结婚后，我那父亲一样呵护我的弟弟，他扛起了牧场上大大小小所有的劳动。

　　黑瘦的弟弟日出放牧日落归来，伴着他的始终是无言的星星和那换季时没完没了的徒步搬迁，从冬窝子到夏牧场时弟弟往往累得瘦如干柴，汗流浃背。弟弟是一个忠诚憨厚意气风发的牧人，他始终坚守着这片孤寂装满故事和牧歌的草原。

　　那时没有手机，所有的通信工具都是人之间步行口传，后来有了手机时，弟弟经常给我打电话，他会选择一个高高的山峰站在那里连同八个家呼呼作响的风声给我打来一个又一个电话，述说着牧场上牛羊的事情。

　　我从弟弟的语气中能判断出此刻八个家牧场上天气阳光和青草的变化来，因为我太熟悉太了解把我从襁褓中灌大的这片草原它的气候和季节了。

　　有时候梦中我能清晰地看到青草顶破土层冒出来，有时候我能清楚地看到母羊产羔在羊圈里急促地转着圈圈亲昵地舔着湿漉漉的小羊羔，我甚至能闻到母羊生产时那带着血腥味的浓浓的淡淡的痛。

　　这些气息亲切温暖地袭击着我，那种混合着羊粪味草原味的气息会不时地抽搐我的心……草原、奶茶、牛羊、牧狗，紧紧地裹在我身上，浓浓地扎扎实实地把我养育成草原的女人，把我熏成离不开草原如歌如梦的女人。

　　即使在我生命最后的时刻，我也没有任何的理由去辩论流动在我血液里的牧人气质，它是我生命中无法改变的现实，我的心怎能不在草原呢！

　　当我看到电视上出现草原牛羊时，我会情不自禁地想到我的八个家草原，把我长成满身牛羊味的牧场它始终是我生命的源泉。

　　当我看到森林草原发生火灾时，我的身体会抽痛，那些我熟悉的有关森林草原的气味，它们会像刀子一样扎疼我，那熊熊燃烧的土地森林它不是土地和森林，它是我阿拉旦·淖尔的身体和头发，眼睛和双手，我感觉到我的皮肤它在疼痛、在尖叫……

2020 年我在电视里看到美国加州森林着火，看到四川山林发生火灾，对着电视我急得打电话，我想告诉消防部门我对草原的熟悉和我所知道的救火办法，那几天我寝食难安。其实我的土办法解决不了浩大的火灾。虽然失火的地方它不是我的八个家草原，但它是我对整个大自然人类的热爱和钟情。这种爱的理念它是不分区域乃至国界的。

在我 15 岁左右的一个夏天我们的八个家草原着了一次火，那天，阿妈去山下参加集体会议，阿爸早前就下山去治疗他的腰疼病了。我趴在草地上看书，羊群呢，在我身边静静地吃草，就在我抬头的瞬间，突然看见山梁下面不远的草地着火了。不大的火苗像溪水弯曲着燃烧，这时候的青草已经长熟了，火苗趴在地上火龙般迅速蔓延，可是前后看不见一个人，我急得大声叫喊我的邻居华旦姑娘，山那边的华旦根本听不到我的喊声。急迫之下我脱了上衣用衣服拼命地扑打火苗，草原上是很难碰到一个人的。我担心火燃大燃向森林，急得我上下左右猛打，用了我所有的力气和最快的动作灭火。

拿衣服扑打火苗这个动作反而使火燃得更激烈了，最后我把衣服踩在脚下绕着火圈来回跑。这个办法非常好，从我脚下压过去的火苗再没有燃烧。灭火的过程中我想到的是读了无数遍的《草原英雄小姐妹》。她们保护羊群的情景出现在我眼前时，我灭火的动作更快更勇猛了。我想那对小姐妹她们能保护羊群，我为什么不能保护森林草原呢！我要用我的生命来救火来保护草场。我顾不上多想，踩着衣服来回跑，在我筋疲力尽时火也灭完了，我躺在地上大口大口喘气。那个丢下烟头的过路人他太不负责任了，如果这次火灾燃大了县上肯定来人调查。

这件事情到今天一直在我心里燃烧，那个丢烟头的人他会内疚自责吗？因为这件事情山下又一次开会时我受到了表扬。着火面积有多少，没人去丈量也没人去计算。

第二年春天来临时，着火的这片草地上稀稀拉拉地长出几棵青草，它们足足有两间房子大。连续几年里这块着火的地皮它的颜色都是黑青色，草长得比其他地方稀薄，冬天放牧我裹紧羊皮袄，躺在这块黑色草地上看书，感觉身上像燃着火苗。

现在，我的八个家草原它还是我小时候的模样，草肥，牛羊成群，牧民的生活是天翻地覆的新变化，汽车摩托车开进草原，牧民们在山下家家有楼房。牧场唯一的变化是草场和草场之间用了结实的铁丝网把每一家的草地都清楚地分隔圈了起来，再也不存在牛羊越界吃草邻居间的争吵了。

看着被铁丝网分隔的草原，我的心隐隐作痛，多少有些凄凉甚至是悲伤。草原的分隔虽然使每家都很好地保护了自己的草场，但我觉得它的分隔不单是界线的分隔，把人心里的豁达和草原的辽阔也分隔了……

坐在八个家草原上，我想着去世的父母、去世的姐姐和弟弟，心抽搐得疼痛……这片土地她曾拥抱着我的亲人们走过了一代又一代。

看着低头啃草的羊群在灿烂的阳光里，我少年般地唱起了牧歌，用不辽阔的声音一遍又一遍震破天空唱响八个家草原！

原载《天津文学》2021 年第 9 期

甫
跃
辉

捉鱼去

那是冬天，学校放假了。吃过早饭，我背着小背篓去村外田野里拔草。家里的大田和菜地紧挨着，就在村外几步路。大田种的小麦，麦苗青青，高不过膝，露出带稻茬的土块儿，杂草并不多。菜地种的青菜、皮菜、蒜苗、韭菜、包心白等，杂草也不多。日光蓬勃，清净的土地上，麦子蔬菜争相拔节。菜地和大田之间，一条小水沟被水芹、苫草、辣草尖儿等杂草掩映，日光透过杂草散落在水面，照射到水底。细小的大肚子鱼（是青鳉还是食蚊鱼呢？那时并不能够分辨）和白鱼（鲫鱼）在水光之间游弋，沟底软软的稀泥上，趴着同样细小的灰泥鳅，偶尔扭动一下身子，吐出小小的泡泡，泡泡上升，破裂，仿佛针尖戳破寂静。我沿着小水沟往下走。不多时，草尖的露水打湿裤腿，脚背更是全湿了，幸好我穿的是一双塑料拖鞋，不怕被弄湿。走不多远，来到一片油菜地边。

在油菜花底下待久了，再次站在田埂上，天高地远，不远处刚立起来的木架房，一辆停着的手扶拖拉机，一群低低掠过的鸽子，一片随风翻动的麦苗，三两枝早开的粉红桃花，一片浮过水面的枯黄草叶，人间万物，都闪烁着光亮。远处的村子传来鸡鸣、鹅叫、狗吠，一个女人的笑声，鸽哨声忽远又忽近。

我把背篓放在田埂上，下到小水沟边，伸出手荡开浮萍。

水真凉啊，一柄柄薄薄的刀子划着皮肤。这一段的水沟宽阔许多，水草少了，水更清，也更浅。水面漾动着，一层层涟漪皱起，日光浮晃，草芥似的小鱼在沟底投下影子。直到这时，我仍没发现什么异常。我继续捧起水洗手，手指间尽是刚才拔草留下的黄的泥屑和绿的草浆。

忽然，手指在水底碰到什么东西，硬硬的，似在动。我心里惊了一下，又伸出手去，往水底探一探，一个一个小小的凸起，在手经过时，偶有轻微的颤动。等被搅浑的水澄清下来，定睛细看，那凸起的，是许多软泥，被我的手掌拂过处，软泥散去，露出灰色的三角状，睁着一只一只圆溜溜的小眼睛。

这是鱼的脑袋啊，是许多条活鱼的脑袋！我从没碰到过这样的事，也从没听人说过，就是书上也没看到过。又欣喜，又觉得诡异。我试探着，用拇指食指捏住鱼头，鱼头在手指尖略作挣扎，就被拎起来了。背部暗淡，腹部浅白，在日光里啪嗒啪嗒挣动，是一条二三指宽的白鱼哎！没法放在背篓里，怎么办呢？到处翻找，从裤兜翻出破了一角的方便袋，歪着盛进小半袋水，将白鱼放进去。白鱼在水中呆了呆，畅快地游动起来，不时懵懵地撞到方便袋上。如此这般，我连续捏起一条又一条白鱼，很快，二三十条白鱼在方便袋里噼里啪啦碰撞着。再没地方放下更多鱼了。我赶紧背上背篓，拎着方便袋一路跑回家。心情如此雀跃，仿佛一只小小的燕子，贴着一路的油菜花飞窜。回到家，扔下背篓，找一只盛饭的铞盆，将鱼倒进去。水浅，鱼多，鱼沿着盆边哗啦哗一圈一圈游。日光耀眼，水珠如碎银溅起。从灶房水缸舀了几瓢水倒进去，水没过鱼脊，鱼们才安稳了。

　　我找来一只小铁桶，急慌慌地再次出门。下到水沟边，心情有所平复，看看水底，一个个微微的凸起仍在那儿。若不细看，没人知道这些是鱼。

　　四野静寂，偶尔传来一两声鞭炮响，快过年了，是小孩放鞭炮玩儿。我静静地看了一会儿，鱼们一动不动，像是在冬眠。鱼会冬眠吗？我没听人说过。我再次伸手到水里，最深处也淹不到手肘。我重复刚才的动作，拇指食指捏住鱼头，将一条一条的白鱼提起来，离开水面的瞬间，它们总要扭一下，一片微小的光闪动，晶亮的水珠顺着手臂滑下。半个多小时后，水底的鱼才差不多被拔光，而小桶早已满满当当，水面黑压压一片鱼头，上百张小嘴往空气里探着，一张一翕。凑近听，是密密匝匝的唼喋声。

　　后来这些鱼怎么处理的？自然是吃掉了，只是，我不记得是怎么吃掉了。或许是因为前面这情节过于离奇，后面的故事显得稀松平常，便淡忘了。

　　此等捉鱼方法，固然省力而高效，然而，是极难遇到的。时至今日，我也只遇到过这么一次，且从未听别人说过类似的经历。

　　算起来，到龙潭里捉鱼，也算酣畅吧。此龙潭，就是我在《一天》里说的那个龙潭，龙潭和我家的自留地两面接壤，以至我们把龙潭边的自留地叫作"龙潭边"。时常会有这样的对话，问："你奶奶去哪儿了？"答："去龙潭边拿菜了。"龙潭从我家的地底下，流出一股挺大的水，水装满龙潭，再漫溢出去，就是前面说的小水沟。水沟里有鱼，龙潭里自然也是有鱼的。至于鱼从哪儿来的，一直是个谜。

　　每过半年左右，阿爸回家说，看到龙潭里有鱼了，我们便全家出动，带着大盆小桶和篮子，到龙潭边去。这是一项不小的工程。须在水沟入口处筑一泥坝，然后下到龙潭里，一桶一桶将水攉出去，越到后面，耗费体力越大。主力是阿爸，他常年做木活，手劲儿很大。不多时，水下去一大截，露出四壁的石头来了。有时候，我和弟弟也帮着打下手，用我捉鱼的那只小铁桶，从龙潭里擢水。稍歇一会儿，又换上阿爸。又过一阵，一人多深的龙潭渐渐看得到底了，有些急躁的鱼不时跃出水面。这时候，得将篮子置入水中，从篮子里舀水往外擢，不然很有可能将鱼擢出去。很快，水深不及膝了，阿爸开始捉鱼了。

龙潭底淤泥很深，淘干了水，淤泥也能没过一个成年人的小腿。为此，我和弟弟很少下龙潭，大多只是站在菜地里捡拾阿爸扔上来的鱼。少有的几次下到潭底，我心里有些发怵，总觉得每一脚踩下去，都踩不到底。等踩到底了，一半身子被淤泥裹陷，从潭底往上看，犹如"井底之蛙"，只看到湿滑的四壁中一块摇晃的天，天上横着几棵柿子树，柿子红红的，却总不掉下来。

水虽然淘干了，要在潭底捉鱼，也非易事。明面上看得到的鱼，顶多也就十来条，更多的鱼，要么钻在淤泥里，要么藏在石缝里。阿爸总能从那看似无鱼的地方掏摸出鱼来，尤其是从"龙眼"里。那时候，我还对龙王的传说有些半信半疑，只见阿爸将手臂伸进龙眼，手掌、小臂、大臂，一截一截被龙眼吃进去，整个人歪斜着，脸紧紧贴到滑腻腻的石壁上，表情丰富，问我们："猜一猜，阿有鱼？"我们不答，满心期待地看着龙眼。龙眼里呼隆呼隆响，不多时，手抽出来，攥着一条噼啪扭动的鱼，有时是白鱼，更多时候是大头鱼（某一种鲇鱼）。每次从龙眼里，阿爸都能掏出三四条鱼，最多的，甚至有七八条。

每次从龙潭捉鱼，都能收获至少小半桶。捉回来的鱼，白鱼炒腌竹笋丝吃，配上几节糊辣椒，很是下饭。而那些一巴掌长短的大头鱼，洗整干净后，挂在灶洞门口熏干后，抹上一点儿盐，用手轻轻撕开，肉质白嫩丰腴，味道极其鲜美。

不消一夜，龙潭水又满了，我们又开始期待下一次了。

半年的等待，自然是很熬人的。我们不会就这么干等着。更多时候，我们捉鱼，是要到村外密布的水沟里去。后院边上就有一条小水沟，但水沟里多数时候是没什么水的，只有灌溉时节或雨季，水才会从山里流淌下来。可就在这样一条时时断流的小水沟里，我也抓到过一次鱼。是某次放学回家，我偶然看到水沟里潴积的一小片水域里，有三两条白鱼在游动，下去抓，没抓到。回家和阿爸说了，阿爸有些不信，又显出兴致很高的样子，提了小桶，随我到那段水沟，下到浅水里，不到半小时，摸上来一二十条小白鱼。

小水沟一路西下，不多远就是海子边了。我们抓鱼，大多是要去海子边的。

我曾以为，那儿真是一片"海子"。后来才知道，只是一片接一片的藕田。只不过水很深，田埂被淹没了，看不见。一到夏天，从外面望去，白水一片茫茫苍苍，荷叶荷花密密匝匝。直到小学五、六年级，我才真正走进去过。在此之前，海子边对我来说一直是神秘之地。

听人说过，某年雨水更多，海子边茫茫荡荡都是水，水漫藕田，湮没稻田，有些人家的谷子割了，或者再不割谷粒就掉光了。村里人没办法，卸下门板，或胡乱找一块木板，划到田里去，冒雨收回谷子。许多天后，雨退了。听说横沟好几户人家的大铁锅里都哗啦哗啦游着鱼。

或许就是这一年吧？大院子被淹了，浑黄的水面，露出星星点点绿绿的草尖儿。水只要再升高一些，就要漫进堂屋了。大人们愁眉苦脸，小孩们满心期待。但凡溢出常规的事情，总是让我们高兴的。然而，大水终究没漫进堂屋。大水退去后，太阳出来了，红红的圆圆的一颗，响亮地在头顶悬着，天地间一切都鲜嫩欲滴。大院子里青草俯偃，我们赤脚在草丛间蹚过来蹚过去，将残存的积水犁出一道道深沟，忽听得草根底下霍霍响，竟是几尾三四指宽的白鱼。

——这又是梦境一般的际遇，终究是不可多得的。更多时候，要想有所收获，还得到海子边去，花大力气才行。

收获最丰的，要数我读六年级那次。许多年后，妈还经常说起这次捉鱼，说她用笊篱都抓到满满一桶小鱼，说小鱼间还有不少虾，弟弟伸手碰到虾，虾弓曲的身子一弹，吓得他慌忙缩手。

天气起初是好的，后来，云朵从西山顶涌来，渐渐堆积在头顶。我们管不得这么多，只是埋头抓鱼。已经足足抓了三四桶鱼，还有许多鱼在浅水里若隐若现。然而，雨落下来了。白而大的雨点，打在脸上、身上。不远处的荷叶被打得噼里啪啦响，不时出现一声空洞的声音，是荷叶被打破了。转眼之间，往四面的田野望去，茫茫无尽一片。房子、树木、田亩，都看不见了。我们仿佛被困在世界中心。然而，我们怎么舍得走呢？仍然继续在泥水里搜寻着鱼。一条，两条，还有很多条。雨水打湿头发，从发梢哗哗流下，几道水帘遮住眼睛。水面上到处是密密麻麻的雨脚，更让我们看不清鱼在哪儿。突然，只听得一声"轰——"，回头一看，下游的泥坝坍了，阿爸呼隆呼隆蹚水过去堵，哪里堵得住。突然，又一声"轰——"，上游的泥坝也坍了。前后水流漫灌，我们置身的地方转眼被填满了。

我们看着越来越高的水面，叹息一声。转而又高兴起来，已经捉了那么多鱼啊！人人拎着一两桶鱼，冒着大雨，挥霍谈笑，小跑着回家去。刚进家门，雨停了。妈对着天笑骂两声，开始和阿爸坐在小板凳上收拾鱼。

大鱼须刮掉鳞片，剖开肚子掏出内脏，小鱼太多了，只能放在筛子里揉搓几遍，大略去除鳞片即可。收拾好了，开始下锅煎。那时候家里还没冰箱，只有将鱼用油煎了，才能存储久一些。妈经常感慨，每次抓鱼回来，都好费油啊。这一次更是不用说了，灶头那满满的一小盆猪板油看来都不够了。油熔化开，热热的，有小半锅，等油热了，再让鱼顺着锅边溜下去。嚓啦一声响，无数油点溅起，我们猛往后退，又趋近前去，看鱼在油锅里翻腾。渐渐炸至金黄，鱼浮上来了，才用漏勺捞起，控干水，放进锑盆，在最上面稍稍撒一层细盐。如此动作，重复了整个黄昏。香气四溢，一家人晕晕乎乎的，仿佛被这浓得化不开的肉香灌醉了。

从灶房窗洞望出去，夕光在土坯墙上慢慢挪动，最后牵住竹梢，微微地晃动着。暮色沉沉，夜晚很快到来了。一盏昏昏的白炽灯，亮在我们头顶。全部的鱼，总算处理完毕。一张小桌子上，摆了几道菜，都是和鱼有关的。麻辣鱼、竹笋烩鱼，还有干煸小鱼，而我们已经吃不下多少了，刚才在灶边，早已吃饱了。

夜风从窗洞吹进来，有些冷了，时令已是初冬。

那阵子，我和弟弟去上横沟小学读书，每天都要带上几条油炸小鱼，用纸包着，塞进衣兜里。我穿一件蓝色牛仔外套，很快发现口袋外面有一片颜色变暗了，是油浸出来了。赶紧掏出剩下的鱼，看看包鱼的纸，经我一次次伸手进口袋掏摸，已经皱巴巴的，湿到挤得出油来了。

又落了几场雨，天气越来越冷了。晚上在堂屋看电视，得穿上毛衣，还要烧一盆火。我们围着火塘，翻来覆去地烘烤两只手。我说，我有些饿了。那时候，一般是没夜宵吃的。听我这么说，妈一下子猜到我的意思了。妈说，灶房里还有鱼呢。我穿过黑暗的廊道，摸到灶房，从碗橱里端出最后一盆鱼，都是四指宽的白鱼。猪油没控干，白白地凝在盆底，鱼们瞪着眼，仿佛深陷在云南从未有过的雪地里。我拔出四五条来，两手捧着，回到堂屋。

火塘正旺，红红地映照着每个人的脸。屋外冬雨连绵，风一阵阵从门缝吹进来。妈找来一根细铁丝，让我用铁丝穿过鱼嘴，拎着在火塘上烤。须臾，冷硬的鱼，嗞嗞嗞响，鱼身起了一层细小的油泡，香味渐渐弥散开。屋里暖融融的，人人脸上浮动着半明半暗的火光。又等了一会儿，热乎乎的烤鱼终于分到每个人手中。雨声稠密，夜色正浓，我们一点儿一点儿撕吃着鱼肉，连骨头也没剩下。

这是我最后一次到小河沟里抓鱼，也是最后一次吃到这样的鱼。上初中后，那些熟悉的河沟，离我日益遥远了，河沟里的鱼再不用担心被我捉到了，而我也再没尝过那夜的好味道。

原载《文汇报》"笔会"副刊 2021 年 9 月 3 日

简
默

悬垂的羊

我骑着自行车，从城北出发，走直线距离，到城南去。路过一家羊肉汤馆，我看见一辆摩托车似乎刚刚熄火，车后驮着的柳条筐还在微微颤动，一只羊探出头，神色平静地打量着筐外的世界。水泥地上卧着一只羊，它的两只前蹄叠在一起，压住了右后蹄，被一小截麻绳，紧紧地捆绑到了一起。这让它只能保持着一种姿势，努力扬起头，同样神色平静地打量着这个世界。

我已经是第二次看见这样捆羊了，上一次是在一座山，一条通往山顶的水泥路上。

它的头顶立着一副铁架子，一横两竖，有胳膊粗，形状像单杠。羊躺在底下，组成一个"囧"字，倒也符合此时的情境。

待我从城南回来，路过这家羊肉汤馆，看见它已经被吊在了铁架子上。它没了气息，不能咩叫，被扒去了毛皮衣裳，赤条条地露出了白的红的肉。我不想也不忍详细地描述我看见的情景，如果真这样做，就像将那个过程重新演示一遍，这对我是有罪的，我微不足道的良心也会因此而不安。

那把吊住它的铁钩面目冰冷，张牙舞爪，周圈布满弯曲向上的利齿。我在儿子那儿看见过这钩子的童年，那时它和儿子一样小。小小年纪的儿子沉迷于钓鱼，他用着这样的钩子，保持着与他的年龄不相匹配的耐性，一动不动地盯着水中的鱼漂，在沉浮之间提上来鱼儿，有时是一条，有时是两条，甚至一下子是三条。我也在乡村看见过长大了的钩子，和现在一样的模样和身量，它被系上了一段长长的草绳，投入深深的井中，摸索着晃悠着去打捞沉落水底的木桶，费了好大的劲，犹如盲人摸象，其中一只利齿终于侥幸咬中了水桶把，连带着一桶水溅着水花提了上来。

但现在，这只羊已经脱离尘世，遁入天堂，以这样一种悬垂向上的姿势。尽管它的身体仍泛着弹性，仍残留着最后的温度，但这有什么要紧呢？僵硬和冰冷迟早会覆盖它的。

接下来的一幕在同一时间，不同的地方，反复地上演，就像那块用以斗牛的鲜血似的红布，挑战着我的眼睛和神经。黄昏，啊，包容了多少盛大慈悲的光芒和汁液的黄昏！在无数这样的羊肉汤馆，在露天的马路边，一个个烤羊肉串的人，面对一只只悬垂在铁钩上的羊，顺手攥起锋利的刀子，割下一块块肉，在案板上切成小丁，穿到竹签上，放在狭长的火炉上，听任燃烧的木炭翻来覆去地炙烤，撒上盐、辣椒面和孜然粉，递给等在炉旁的食客，端给坐在小板凳上面对小方桌的食客。

直到羊仅剩下一具骨架，被头引领着，继续保持着悬垂向上的姿势。

我想起一些与羊有关的情景。小时候，在铁路边的山坡上，一群山羊在埋头吃草，花白的胡子迎风飘扬，不时地抬头叫上几声，仿佛是叫给蓝天白云听，也埋头叫上几声，似乎是叫给青草大地听。我追撵着它们，学着它们咩咩地叫，还真模仿得像那么回事，它们中有的应和着我叫了起来。我抓住一只羊弯曲的双角，试图跟它角力，逼退它并不庞大的身体。我使出吃奶的劲，它仍稳稳地站立，四蹄攥紧了大地，不见丝毫退缩，更不进攻我，默默地逼我放弃，后退坐在草地上。我欺负一只羊到家了，攀上它的脊背，口中催促着它往前走，它真的走了几步，却将我甩了下来。

我许多次在乡村看见过羊。这种安静的小兽将一切悄悄地隐藏在体内，慢慢地挪动在田野、房前和屋后，到了黄昏主动纠聚到一起，望着自家的那一缕炊烟，将它当作一条路，踩着它回家归圈。

一次在一个叫杨峪的地方，这儿有山有泉有树，有人就打起了野炊的主意，平地上垒起了灶，架起了大铁锅，就叫地锅。添一锅泉水，烧一灶柴火，咕嘟咕嘟开了，放入一只羊，随便它游来游去。在羊四下飘散的气息里，我看见一只羊产下了一只羊羔羔。生与死的距离就是如此迫近，仿佛隔着一口铁锅，一锅沸腾的水。其实是儿子先发现的，待他惊喜地告诉我，活生生的羊羔羔已经产下了，仅仅是一刹那，它就来到了尘世，身上沾着血迹，浑身湿漉漉的像洗了澡。它趔趄着身子试图站立，摇晃了几下，跌倒了。母羊爱怜地看着它，探出舌头舔了舔它，静静地喂它吃奶。

我看见过牛流眼泪，一滴滴硕大晶莹的泪水无声地滚下眼角和面颊，很快便湿润了满面，真是一件惊心动魄的事情。但我没见过羊流眼泪，我不知道它会不会流眼泪。因为我看见的羊总是那么隐忍、平静、安详，像上帝。它们似乎知道，它们为何来到这个世界。这是它们世世代代共同的宿命，与刀子紧密联系在一起。或许也可以这样说，从它们一来到尘世，就有一柄刀悬在它们的头顶，随时提醒着它们今后的命运，它们在它明亮的阴影下认命了，不认命又能怎样？真到了这一天，在霍霍中被磨砺得明晃晃的刀子逼近了它们，它们不慌不忙地看了刀子一眼，却忽略了刀子后面的那只手，眼睛中充满的仍然是善良和平静的汁液，像一汪没有破绽的水。它们就这样等待着，不躲不避，不怨不恨……

持刀的人是个新手，那只手还很干净，偶尔看见它们的眼神，心慌意乱起来，刀子当啷落到地上，发出惊天动地的响声。

它们一齐转向他，同情地看着它。

那一刻，它们真想低头衔起刀子，递给他……

原载《绿洲》2021 年第 6 期

周
华
诚

世间一百种缓慢的事

很多事情需要重新打量。当你匆匆而过时，一棵树是这样的，当你坐下来慢慢看它时，它就发生变化了。有的时候，你离这棵树很近，只能看见它粗大的树干岿然不动，当你离得很远再去看它时，它就开始摇曳了。

还有的时候，你瞪大眼睛看一样事物，它是这样的。当你闭上眼睛看一样事物时，它又是另一副模样。

我是什么时候开始发现这个秘密的呢？

——在我离开家乡以后。

我离开山野，便闻到了森林里阵雨过后青翠欲滴的空气，以及空气里隐约飘散的某一种草木香气。

当我在城市的夏夜辗转难眠时，我就听到了一片遥远的蛙鸣。把蛙鸣作为背景音，可以帮助我进入熟睡状态，如果有风声或雨声就更好了；而蝉鸣略显聒噪；这时候让雪落深山好了，让竹林簌簌，让松枝上的积雪轰然落地。

在我浙江西部的家乡，那个叫常山县的地方，我自小生长的五联村，那里有大片的田野与山林，一条小小的溪流（我为它起名

"桃花溪")缓慢地绕村而过,从前溪上还有一座古朴的木板小桥。发大水的时候,桃花溪泛滥,汪洋之水漫过道路与水稻田。你都无法想象,一夜之间那些雨水都是从何而来,匆匆而去时又携带什么样的使命。

在三十岁之前,我都在努力地远离村庄。远远地离开它之后,我偶尔会以一个旁观者的视角来打量我们的村庄,在书房,或在纸上。我想起村庄里的父亲和母亲,想起那些在田野上与山林里劳作的人。我忽然发现,他们消磨时间的方式让我着迷。

在那之后,我又试着回去,回到那些熟悉而珍贵的事物旁边。我风尘仆仆,风霜满面,但我内心澄明,脚步坚定,想要回到那些事物旁边。

我回到那里,然后,会有一百件缓慢的事情,等着我们一起去做。随便列几条出来:

一、找一个种植马铃薯的人喝酒。种马铃薯的,和种辣椒、种黄瓜、种水稻的通常是同一个人,和东篱种菊花的人也是同一个人。找他喝酒,我们可以把一碗酒喝出东晋的水平。

二、跟一个守桥的人约好,在晚饭后散步。这时候天色是幽蓝的,稻田里的秧苗正在返青,萤火虫四处飞舞的时候,我们刚好可以借光看清脚下的路。

三、坐在田埂上看红蜻蜓飞舞。这时候晚霞会很好看,如果你低头,可以看到水稻的脚边,水中倒映着一片晚霞,将比天边的那一片更加瑰丽一些。

四、秋风起的时候,仔细地聆听林间板栗落地的声音,同时数数,从一数到一百,再从一百数到一。

五、秋天其实是很丰富的,当稻田里的稻谷被收割回来,你会发现田里的蚂蚱一下子多了起来，这时候我们应当去秋游。骑自行车去就可以了。沿着家门前的那条路出发，一直向前，穿过收获的田野，经过颜色正在变红的乌桕树，穿过一大片胡柚林时，也许有人会邀请口渴的我们歇下来品尝一颗胡柚。然后继续往前骑行，直到小溪的尽头，在那里濯足休息，然后再折返回来。

六、去看看"金钉子"，那是一个地质公园，对，如果你以前去过那里，你今年去的时候会发现它一点儿也没变。这不要紧，很长很长时间了，比如说，几万年，它们都没有变过。你去到那里就会发现，缓慢其实是很有价值的。

七、去石碶寺和万寿寺走一走，如果是冬天，可以在寺中喝一碗热茶。说不定会碰到两三个陌生人，比如说，赵鼎、杨万里、曾几，或者是王二狗、周小麦，他们有的写诗，有的写文章或采草药，我们一定会聊得很开心。

八、我要带你去一个地方，那里的黄瓜是黄色的，像小时候见到的黄瓜一样（而不是青碧色的），很新奇吧？但是那里有点远，龙潭，你一听这名字就知道很远。走路去。走很远的山路。运气好的话，在路上说不定我们可以遇到"八月炸"（一种在秋天成熟并开裂的果实，散发甜美芬芳的香气）。

九、春天的时候可以一起去挖笋，我将把我的毕生绝学（泥下透视识笋术）传授予你。

十、四月可以搬一只小板凳，坐在窗前，闭上眼睛，闻柚花的香。也可以在凌晨三点花未眠时，把上好的红茶用纸包好，放在柚林枝权间，令茶叶熏取柚花的香。有人摘下胡柚的花与茶叶同窨，我不建议此种做法，我更希望那花香是活的。

十一、一起做酒。做酒是有时间要求的。在桃花开时请做酒师傅来蒸谷子和荞麦，用柴火大灶猛蒸，再把稻谷荞麦一起摊到地上，盖上稻草，盖上蓑衣，或者再盖上别的东西，静待时间的参与，让谷子与荞麦以及时间与酒曲一起发生奇妙的变化。到了夏秋时节，把灶锅架起，把酒蒸出来。这人间的甘露，我们一起将它窖藏起来，一年一年地藏，然后一年一年地开。开酒之时，就请你坐在我对面，我们一碗一碗地喝酒吧。清晨下田干活，傍晚喝酒看花。从傍晚一直喝到月上中天，然后起身去睡觉。我醉欲眠卿且去，明朝有意抱琴来。

十二、去吧，去一座山里走走，如果那里的泉水很好，就扛一桶水回来。如果花很好，就扛一树花回来。把花插在窗前，然后用泉水煮茶。

十三、榨油坊的号子在耳边响起来的时候，我仿佛回到童年。那号子声消失四十年了。让我静静地想一想，那号子声似乎还在耳边回荡。

十四、朋友在山上摆了一壶酒和两碟瓜子。要不要去坐坐呢——朋友又说要一起去防空洞里喝酒。那防空洞隧道很长，炎炎盛夏，那里却是清凉无比。有道是，山中一日，世上千年。我很愿意在这样的一座山里生活。如果日常生活也是一座山，我愿意在那庸常的日常里挖出一条长长而长长的隧道，通到内心的光亮之处。

十五、还可以一起去做很多事情吧，高濂住在西湖，把他人生的好时光都消磨在了美好的事物上。他把湖边的生活，变成艺术的审美活动，由此整理出一部《四时幽赏录》来，春夏秋冬，各有十二件事情可以缓慢地去做。春天里，譬如，虎跑泉试新茶，西溪楼啖煨笋；夏日时，譬如，三生石谈月，湖心亭采莼；秋天呢，譬如，胜果寺月岩望月，乘舟风雨听芦；冬日间，譬如，山窗听雪敲竹，扫雪烹茶玩画。生活之美无穷无尽，难的是，有一颗懂得的心。高濂眼中的西湖，也是他心中的西湖，是他一生的理想生活。还有很多很多这样的事情，等着懂得的人一起去做，去缓慢地，发现一座自己的故乡，内心的故乡。

原载 2021 年 12 月 9 日《文学报》

周
荣
池

南角墩菜蔬传

菜蔬与庄稼一齐在村庄生长。粮食是命数,菜蔬则是滋味,两种生长是不一样的,就像有些人注定会远走,有些人一辈子留守——在我的村庄南角墩,正是这些事实支撑起来来往往的一切。

但其实不管是远走还是留守,有些滋味是生长在骨血里的,是代代相传的顽固与茂密。你不要看村舍里粗茶淡饭,盐油调和之间也别有洞天。这些滋味更是肉身对草木的体味,是命与命的交融与瓜葛。

韭菜在村庄里被称为当家菜,就像女人没有蛮力但大多当家。韭菜垛就像是一个人家的神台,简朴但也不失庄重。一垄一垄地排列,垄内又是一撮一撮地生长,又像条形的庄台里一户户的人家。韭菜垛周围几乎毫无例外地种着米葱。就像今天村庄外围的整洁的绿化,原来都是从古至今的部署形制。韭菜不需要复杂的肥料,草木灰的肥力足以供养它们的欲望。但在头刀韭菜冒头之前,母亲们会用浓浓的粪肥浇灌,把上食埃土下饮黄泉的寒蛇逼出来。

日子其实大多数时候就是这样的鹬蚌相争,并没有什么阴谋或者悲情可言。开春之后开始的万物清明,土地上不断地冒出来喜悦之情。"香椿芽、头刀韭,顶花黄瓜、谢花藕"——香椿芽村里是不吃的,嫌味道冲人；顶花的黄瓜虽嫩，但只在"三和四美"的扬州酱菜瓶子里；沟渠里谢花的藕瘦弱无人问津，到八月半也不过是摸几枝上来供奉月亮；只有韭菜从"头刀"到"了尾"，一直都是桌上主角。

铁锅猛火让韭菜在菜油的高温中爆发出奇香。蔬菜要先放盐，盐在菜蔬的身躯上并不仅仅体现本味，它能激发出菜蔬的鲜香，这是一种充满情感的化学反应。日后有了科学的解释或高明的方法合成，都没有人们一早用口舌实践出来的味道令人着迷。韭菜做法单炒最简朴但并不寡淡，卤汁都特别"下饭"。下饭，是南角墩首要的生活标准。中午的韭菜到了下晚味道就更浓郁，残余的叶片沾在盘子边上，都要努力拨到碗里。

咸鱼淡肉焖韭菜——韭菜要极致地咸。韭菜春起经夏而历秋，生长的时间尤为漫长。加上自可成菜而又百搭，所以能够当家。韭菜炒鸡蛋、韭菜蛋汤、韭菜肉丝、韭菜螺蛳、韭菜鳝丝、韭菜丝瓜汤，无不用其异香。秋深的老韭菜味道浓烈到荤臭，但也并非不可取。比如，与芹菜或洋葱同炒，就像是修辞过度的文章，也是有趣的滋味。

寡淡的口舌，逼出了这些极致甚至怪异的味道。

韭菜垛边上常会有散落的几棵苋菜。苋菜的种植似乎并没有韭菜那么正式。人们几乎很随意地将那些细碎的种子撒在零头塥脑，不可能像关注庄稼那样去在意它们的生长。这并不是南角墩的势利或者无情。村庄里更多的精力要用在庄稼上。"狗日的粮食"能养活操蛋的日子。人们不要说无暇顾及菜蔬的生长，就连自己的子孙他们也是"望天收"的态度。清晨下地前喂饱了孩子，放在澡盆中任其熟睡或哭闹。如今六十多岁的人们，经常回忆小时候父母放工回来，在澡盆里的孩子浑身屎尿。"一把屎、一把尿"，绝不是什么浮夸。还有些孩子在草窝子里站着，下面的火盆燃着了衣物，烧坏了腿脚留下一辈子的残疾，这些都不在少数，且并不足为奇。

孩子们和菜蔬一样，都是自己生长的，那万物还有什么可以抱怨的呢？有得活命，已经是天大的福气。

红苋菜的颜色无比鲜艳，就像是血色一样浓烈。初长的苋菜连根拔起，或者掐头。搓揉掉叶面的叶蜡是一道重要的工序。同样是铁锅，苋菜不像韭菜那样爆炒，要的是"烀"。烀烂的叶菜味水饱满，同样十分下饭。苋菜似韭菜一样，要一茬一茬地掐食。待到叶片老而无味便不取。割下秆子来切成寸段，用清水泡出色泽。尾水就像泡着的鸡鸭血色一样，令人怦然心跳。

坛子是一个家庭的依靠，老卤是坛子里的情绪。长满了蛆虫的老卤，没有人用科学去解释或者衡量。用网袋过滤掉这些活生生的杂物，苋菜秆就开始了暗无天日的二次生长。三五日间盐水就像是肥料，促成了生长的喜悦。捞一把出来，饭锅初滚的时候放在碗里，进行味道生长最热烈的一步。"饭锅头上"，就像是泥土一样深情。几滴麻油是最奢侈的画龙点睛——齁咸，是南角墩最豪华的标准。

在南角墩，所有的菜都被统称为"咸"（读如韩）。

坛子里可以生长的，又有鸡毛菜、丝瓜皮、冬瓜皮。如果门口串乡兜售豆腐的"张邋遢"愿意挂账赊——捧几块豆腐回来，那简直就是人们形容的"神仙般的日子"，比城里著名的"王致和"还要熨帖。外来的臭味有些隔膜，那是遥远而不可及的味道，只有自家坛子里的臭味才是最准确的。张邋遢是个女人，好像周围的村庄里凡是卖豆腐的人都邋遢。她赊给村里人家的豆腐有时候忘了要钱，有人家赖了账，吵几句也是有的。过几年还会翻出旧账来纠缠，就像是坛子里的老卤，贫穷也是一种顽固的存在。

味道虽然没有被正式计量或者规范，但人们手上是有数的，这是南角墩自己的规矩。入春以及冬来之前，更大的坛子里还有两次蔚为壮观的仪式，便是腌菜。因为经常青黄不接，所以把生长贮藏在咸盐里，就是村庄里最为原始的"化学冰箱"。春咸菜多用麻菜，也有用小青菜的，但味道相对平淡。麻菜是不用特意种植的，都是满地生长的"懒棵子"。它们自觉自愿地生长在野地里，老去的时候无人收获，暗自落泪一样掉下来种子，延续着一年又一年蓬勃的生长。麻菜因味辣不能直接取食，所以要切碎腌制后经年食用。鲜香的麻咸菜，生食已经是鲜掉眉毛。用蛋花一"跳"，吃粥下饭不必其他。出天花要忌嘴，只能用麻油拌麻菜吃，这样的遭遇抑制了鲜香之意。

"粥烫咸遭瘟，才浅烟倒霉"，说的便是麻咸菜。吃粥的时候用咸菜搅拌，平凡的碗里有了翻江倒海的惊艳。麻咸菜在饭锅头上蒸，下锅前拍碎蒜瓣点缀其中，此中味道妙不可言。麻咸菜腌到熟透的时候，便有酸臭味，但人们并不以为这是败坏。似乎各地美食之中，多有这种把黑暗当作光明的取用，酸臭几乎成为一种特色也是追求。咸菜洗过"炸汤"与蛋花为汤，那是贯穿很多日子的经典。中午的咸菜蛋汤到下晚退去热烈，却似乎变了一种滋味。泡饭猛食是南角墩的孩子放学后必有的经历和尾水。

喝汤就是要呼啦啦地喝，不顾吃相风卷残云才快活。城里人那种分餐的小杯具里面的什么羹汤，用精致的勺子舀取简直造作无趣。南角墩的人称这种吃法叫作"吃药"。是的，只有吃药才是小心翼翼的。

冬天腌制的是大菜。大菜就是大梗子的青菜。南角墩人说青菜是大白菜。真正的大白菜被叫作黄芽菜。这个与北方的叫法是不一样的。大菜粗粝，烧汤多佐以豆腐，这正是青菜豆腐保平安的做法。这种汤水到底寡淡，要是有些荤腥高汤，菜梗才糯烂一些，更加可取。大菜烧汤是秋天结束前的事情，入冬之后有其他青菜，如"二矮子"或者

"四月不老"，身形矮小可喜一点。北乡还有一种乌菜，叶秆更加细腻，切咸肉的薄片与之同炒，绝妙。大菜入冬便收回来打理，洗净吹干晒瘪后便要下缸腌制。腌大菜多用粗盐，似乎比精盐味道更有意思。菜和盐下缸后，上用磨盘重压。也有提一桶水搁上去的，我们家便是如此。腌制熟透的大咸菜，重新拾出来码放到小口的坛子里，成为一个家庭随时取用的重要"战略物资"。季节封了生长，雨雪封了村子，大咸菜的坛子便打开了它的生机勃勃。

新腌制的大咸菜可以切段生食。但与豆腐烧更有味道，若有猪血则成妙品，多不可得。入冬之后，张邋遢就不来卖豆腐了。她安心在家做豆腐，因为几乎每个人家都会在入冬后泡几斤豆子去她家磨豆腐。这时候豆腐不容易坏，养在水里就像是鱼一样生机勃勃。隔几天换水养着的豆腐，和城里人养金鱼一样。不过城里人玩的是情趣，南角墩要的是日子。城里人那一套，被村里人叫作"摸尸"，是无聊轻浮的。大咸菜和豆腐相互调和，加少许的辣味，一日三餐，日复一日都成立。北乡的人家在低洼的水田里种荸荠和慈姑，尤以马棚湾的最好。马棚湾据说是吴三桂的故乡。这里的慈姑也出名，被称为"马棚大慈姑"，不知道吴三桂到底吃过没有。去云南街边也有大堆的慈姑，但不及马棚湾的个头大。在云南的吴三桂不知道吃了会不会有思乡之情？

汪曾祺也在云南生活过，他后来到了京城还想起家乡的大慈姑。那篇文章里提到的著名的"咸菜慈姑汤"几乎成为经典之作，让他想起家乡高邮，也想起家乡的雪。是的，只有下雪的时候，青黄不接的日子人们才用大咸菜和慈姑烧汤，苦咸的味道其实并不见得优越。

一个人和村庄一样，苦吃得多了就能体会到甜味。

咸菜支撑着冬去春来的日子，到了万物重新葳蕤的时候，剩下的大咸菜上已经长满了霉变的泡沫，混浊得像白内障的眼膜。但是生长并没有从此停止，它们被重新拣拾到锅里开始另一段喜悦的生长。烀大咸菜，是春天里的事情。煮熟的咸菜放在门口晒，村庄里到处都有一种咸臭的情绪。这种情绪是隐秘的，就像坛子里日子的生长一样神奇。晒干的大咸菜已经身形瘦弱，切断后晒干就换了个名字，叫作"霉干菜"。余秋雨写过他家乡的霉干菜，有一次引用这种说法，被人告知并不是一种事物。大概他写的是鲜菜所制作的菜干，并非咸菜所做。鲜菜作干菜在南角墩也是有的。那是秋深以后的菠菜，割回来烀熟之后切段挂在墙边网袋里。冬天里拿出来烧汤，有一种亲切的青杞味，很鲜。菠菜是一种很古老的菜蔬，《诗经》里称野菠菜的名字非常唯美，叫作"莫"。现在还经常看见路边的野菠菜，不知道是不是古代的那种植物，但我相信这种记忆是可靠的。我还会告诉我的孩子这些植物古老的名字。她也许并不相信，但一定也会记得。很多秘密就这样口口相传，一代一代地传下来的。

霉干菜放在细口的坛子里密封。日后饭锅头上蒸，或者与肉红烧，是很多地方有的著名菜式。但著名之处并非在于肉，而在于霉干菜特有的味道。霉干菜可以存放很久以至多年，是一种苍老而顽固的味道。就像是村里老不死的硬骨头，总是蜷在村头的阳光里与岁月周旋——与日子周旋的，其实正是生长。

鲜活的生长，当然更被人们所青睐，好比韭菜。人们在有可能的情况下，还是愿意就地取材，按照节气时令去取食一切的生长。母亲们说不出什么节令的规矩，但是她们朴素地知道"到什么时候吃什么东西"的道理。对应着节令的生长和收获才充满绝对的喜悦，人们也能在按照天时的秩序里收获安然和滋味。春夏秋冬之中，生长都在显性或者隐性地进行着，而在夏秋两季一切更为丰盛与可喜。

梅雨以及秋汛的南角墩，在雨水深情的浇灌之中，一切生长才更加纵情。瓜果菜蔬像是长个子的孩子，几乎是一夜之间就全然不一样。瓜果在村庄里也没有什么珍贵的品种，黄瓜和菜瓜也就是那种由来已久的样子，就像是村里人自古不变的脸色。诸种瓜果之中，菜瓜最为特别，长在肆意爬行的藤蔓之中。冬瓜或者南瓜也与它们充满着纠葛，但是这些体格健硕的家伙有些"显富"，不是平凡人家应该有的神情和面目。

富裕似乎从来没有成为南角墩的主题词，甚至人们有些忌讳直接谈论这个词语。日子稍有缓和就四处张扬的，被称为"斗米富"。这是被人所轻视的，人们更喜欢的是"闷声大发财"。冬瓜或者南瓜张扬的生长并没有给人们过多的感动，因为一切生长就是它们本然的命运和理所当然的责任。所以，隐秘低调如菜瓜在藤蔓之下的生长，却常常给人们意外的喜悦。人们喜欢去藤蔓之下去寻找这种朴素的情绪。孩子们用枝条挑开藤蔓，去看看有没有意外的时候，也担心会有蛇虫突然跃起。村子里没有多少毒蛇，但那种被称为"菜花蛇"的大家伙喜欢在瓜田李下之中隐藏，并且像幽灵一样疾驰而过。有时候，它们还把影子一样的蛇蜕留在藤蔓之间，不知是为了炫耀还是为了震慑，但总归都不是什么美好的记忆。

菜瓜的打理简单，无非只是油盐。去皮之后破开，在瓜柄处切去生硬无用的一小段，用来刮去瓜腹中的种子。切成薄片腌制，拍几枚新蒜佐之，拌好后淋几滴麻油，是立等可取的妙味。菜瓜老了便不脆嫩，滚刀切了红烧也极好，比瓠子的味道多一种意境，亦妙不可言。熟透的种子有些暗红色，用泥土和草木灰搅拌起来，粘在墙上就保留好了来年的种子。瓠子新长的时候非常鲜甜，但是老了之后便和人一样顽固而混浊，非有荤腥佐之难以成立。烧瓠子之前要小心尝一下味道，有些瓠子是苦味的。村里人把愚钝的人叫作"瓠子"，不知道究竟是什么意思。还有一句俗语，叫作"黄瓜刨不过来刨瓠子"，是说迁怒于无关之人的意思，倒是很有些朴素的哲学意味。这种表达不仅仅是生动的语言，已然有浓郁的文学意味。这也足可见像南角墩这样的平凡村落，也并非完全是乏善可陈的。

草木菜蔬和人一样，一茬一茬地生长。只有原先的土地才懂得它们的内心，也只有原来的时光才能让迷人的味道成立。这些都不是科学或者理性能解决的事情。所以才值得被一再地提起和谈论。

原载《散文》2021 年第 6 期

地域

赵本夫

"天元"之水

中国江河纵横交错，就像天地间一张巨大无朋的围棋盘，而无数连通江河的大大小小湖泊，就像围棋盘上的交汇点，正所谓星罗棋布。我们知道，围棋是中国古代智慧的结晶，包含攻防、进退、大小、得失、弃取、收放、死活等丰富的哲学思想。棋子是圆的，棋盘是方的，代表天圆地方，体现了古时中国人对天地自然的认识。棋盘上横竖各19条线，361个交汇点，代表一年的天数。在这361个交汇点中，有9个"星位"，正中间的那个星位叫"天元"。天元乃天地元气之谓，可见天元这个位置极为重要。围棋界有个话，叫"高者在腹"，是说高手下棋，更看重以天元为中心的腹地，腹地势大，波及四面八方，则胜算大也。

一

那么，在中国这个江河湖泊织成的大棋盘上，哪里是天元之地呢？

中国以秦岭、淮河为界，地分南北。秦岭被称为"中华龙脉"，像一个巨大的坐标矗立在陕西南部、渭河与汉江之间。淮河则由西向东，浩浩荡荡一千多公里流向大海。这条流动的河，就成了中国南北分界线。而京杭大运河流经八省市，贯穿南北，在一个地方和东西向的淮河神奇相遇了，这个地方就是中国五大淡水湖之一的淮安洪泽湖。

因此，淮安可称天元之地。

洪泽湖可称天元之水。

淮河是一条天然河流，京杭大运河是一条人工河流，二者相遇，可谓天人合一、天作之合。如果你去过淮安，去过洪泽湖，就会欣赏到两河交汇处飞沫弥天、巨浪翻滚的壮观景象，其水势之浩大，惊魂夺魄。你甚至能感受到两水交汇时的全部欢乐和痛苦。

淮河发源于河南桐柏山区，是一条造福人类的河，也是一条多灾多难的河。京杭大运河已有 2500 年历史，更是经历过无数灾难、战争、兴亡、改造，才成了今天的样子。如果大运河是一个人，一定是个饱经风雨、高深睿智、心胸宽广的人。你看，这条大运河从杭州到北京，穿越钱塘江、长江、淮河、黄河、海河五大水系，这五大水系各有异质，各有脾性，或清或浊，或暴或柔，它居然能一一牵手，合纵连横，将五大水系连为一体，不是高人是什么？

京杭大运河和淮河的相遇，让淮安成为一个大码头，也成就了淮安的历史，更滋养了一代一代淮安人的智慧和心灵。

二

说来有幸，我和淮安竟也有一段奇缘。

2005 年秋天，我去苏北出差，途经淮安时停车休息，便去转当地古玩市场。因我平时喜欢收藏，每到一地，如果时间允许，都会去两个地方，一个是博物馆，一个是古玩市场。去博物馆看文物展，看真东西；去古玩市场是大浪淘沙，真假都看，收藏才会有比较，尽量少打眼。古玩市场十之八九都是仿古董，其中也有些是老东西，又是在老东西里没有多大收藏价值的。但偶尔也会有一两件好东西混在里头，这就要看眼光和缘分了。最重要的是心态要好，不要着急，慢慢寻找。

那天，我在淮安古玩市场转了几圈，许多东西难以入眼，不免意兴阑珊。最后走进一家古玩店时，没想到会有重大发现。

这家古玩店在一个角落里，很小，柜子里的东西也是些仿品，只是不像别的店摆放那么密集，什么破烂都往上放。看来这个店主还是有所选择的。我大体往柜子里扫视一遍，突然看到一把体形硕大的方形紫砂壶，足足有 20 厘米高，古色古香，气韵非凡，在那些号称的古董中卓尔不群。我那时还不懂紫砂壶，只是被它的气势震住了，凭感觉应是个好东西。但我不能太着急，于是又往别处看了一阵，才请店主把那个紫砂壶拿来一看。

这把壶器形完整，只在壶口内沿有半个瓜子大的破损，但盖上壶盖就看不出来了。此壶包浆浑厚，壶内出水口呈长方形，壶身布满金色砂粒，状如梨皮。底部有"荆溪徐飞龙制"六字阳款，笔力如铁。看得我心里怦怦跳，于是不露声色，向店家打听此壶来历。店家说这把壶是十几天前才从乡下收购来的，不知真假。你如果喜欢，可以谈谈。古玩店主都会编故事，姑妄听之。但他说得简单自然，还说不知真假，像是个老实人。我接触过很多古玩店主，知道他们道行不一，有深有浅，很多并不甚懂，只是一知半解。他们的原则是，赚钱就走货。当时，我也不能断定真假。但我搞收藏有个原则，宁吃鲜桃一口，不吃烂杏一筐，从不买那些破破烂烂的东西。如果东西够精美，看着赏心悦目，即便没把握，也一样可收。我想，这么大这么精美一把紫砂壶，即便是新仿，放在书房亦足可生辉，来几个文友，泡一壶茶够喝半天的。于是请店主开价。他开了一个不算太高的价，我稍作还价，就买了下来。

三

回南京后，经专家鉴定，竟是真品！这个专家鼎鼎大名，就是号称"金陵壶圣"的沙志明老先生。沙老告诉我，"荆溪"就是古时周处斩蛟处，是清雍正年间从宜兴分出来的，到1912年又撤销，重归宜兴。徐飞龙先生是清中期的一位制壶大师，尤以汉方壶著名，传世极少，这把壶就是他亲手制作的一把汉方壶，极为珍贵！沙老激动得面色潮红，说自己收藏紫砂壶半个世纪，明清大家的壶基本都有，独缺徐飞龙先生的汉方壶，你能碰到太难得了。沙老说，我十几年没给人写过鉴定了，这次要破例了。

大约20天后，沙老用苍劲的书法为此壶写了一份鉴赏书，并亲来我家再次赏玩，还抱着这把壶照了一张相，才恋恋不舍告别。鉴赏书曰："此汉方壶通高二十一厘米。用料为宜兴紫砂。略有粗粒。色泽正宗。手工拍打成片之后镶接成型。壶身素洁，气韵饱满。四角拼接处线条力度挺拔而又不失柔美。底部中间钤一方印章：'荆溪徐飞龙制'。徐飞龙，清康雍乾时人。他的作品传世极为稀少，故而见之不多。本人有幸今见此器，品相完整，气势恢宏，实乃壶中珍品，为赵本夫先生所收藏。可喜也乐于题记。丁亥年初秋于南京民俗博物馆紫砂厅沙志明识。"

  我也曾请教沙志明老先生，制壶名家徐飞龙是宜兴人，这把壶怎么会流落淮安民间呢？沙老微微一笑，说道理很简单，就是京杭大运河的功劳！

  是的，京杭大运河历来是南北水路要道，淮安又是水路大码头，所谓"南船北马之地""京杭大运河之都"，在淮安发现南北任何宝物都不应奇怪。

  如今，京杭大运河依然繁忙，又成南水北调的大动脉，更显得生机勃勃了。运河两岸，散落着众多古镇古街古巷古铺和无数的奇异美景，正等着我们去发现去欣赏。

原载 2021 年 6 月 4 日《人民日报》(海外版)

赵丽宏

忆蜀山

　　脚下的石板路，沿着依山傍河的小街蜿蜒。路面石板经历了千百年风雨，被无数代人的鞋底踩踏，虽斑驳不平，却光滑如玉。石板路的中间是空的，石板下面是排水沟。在石板路上行走，可以听见自己的脚步声，走得急时，扑通作响，仿佛是从遥远的地方传来了鼓声。

　　走在镂空的石板街上，不仅能听见脚步声，还隐约有流水的声音，那是河水的韵律，是山泉的吟哦，是积水从屋檐滴落在街边石条上的回声。小街的两边，都是古旧的砖木房屋，精致的木门木窗，斑驳的粉墙，墙角的青苔，呼应着墙上那些留存着岁月痕迹的店招和标语。小街两边的房屋间，不时出现一条条极窄的小巷，仅可容一人侧身穿过，如深山中那些"一线天"。小巷虽不长，却让人感觉幽深，因为，两边小巷尽头的风景不一样，一边，是绿意葱郁的山景，是山脚下茂密葳蕤的兰草灌木，另一边，是波光潋滟的河景，河水在斑斓天光下流淌。

　　小巷尽头的山，是蜀山；小巷尽头的河，是蠡河。

　　五十多年前，曾经踯躅在蜀山脚下。那时，我还是18岁的少年，第一次远离家门，在这里学木匠谋生。我的住地在离蜀山不远的一个村庄里，我经常来蜀山脚下干活。遇见蜀山古镇时，心情郁闷，身体疲惫，没有旅游者的心情，但是古镇上的景象，还是让我惊奇。

对蜀山古镇的第一印象，是镇头那座蜀山大桥。这是蠡河上的一座古老的石头拱桥。初春之晨，稀薄的晨雾还在河面飘荡，蜀山大桥却是一番热闹的景象。高高的桥面上，行人熙熙攘攘，小贩在桥上摆摊卖水果蔬菜日用百货，人们在桥上大声吆喝，讨价还价，也有人站在桥头聊天拉家常。桥下，暗绿色的蠡河水在流动，河上船只来来往往，桥上的行人和桥下的船工高声应和互相打着招呼。稍大的木船从拱桥的圆洞中穿过去时，有一番惊险的场面。艄公站在船头上，挥动一根长长的竹篙，在河面和桥墩上撑击点舞，船上的人和桥上的人都在紧张地大呼小叫，唯恐木船撞到石桥上。最终的结果，总是木船安全地穿过了桥洞……这景象，很像是《清明上河图》中那座大桥。走在这样的桥上，挤在杂色的人群中，我突然觉得自己成了《清明上河图》中的人物。

那时走过蜀山老街，总是脚步匆匆，没有看风景的闲情逸致。但是街上总有些独特的景物吸引我。蜀山镇附近，几乎家家户户都在做紫砂茶壶，那是天下少有的情景。做茶壶的人，男男女女，老老少少，不可胜数。他们有的沿街坐着，有的在门户敞开的堂屋里，也有在河畔的石桥边，在路边的树荫下，坐在低矮的板凳上，面对着一张质朴的木桌，盆盘中堆着紫泥，桌上摆着简单的工具，有一人埋头独作，也有二三人围坐合作。让人惊叹的是制壶人那些灵巧的手，紫泥犹如柔软的糯米糕，被这些手敲打着，揉搓着，拿捏着，搓刮着，塑造成一把把形态各异的茶壶。这些未经烧制的茶壶泥坯，看上去就是完美的艺术品，玲珑温润，闪烁着紫红色的光泽。

那时无知，曾以为这些紫红色的茶壶，就是成品，晾干后就是可用的茶壶。后来才知道，它们必须送进窑中经烈火焚烧，才能脱胎成紫砂壶。由砂石泥土变成紫砂茶壶，是一个奇妙的过程。而这个过程，就在蜀山周围完成。

我曾经问街边的制壶人，在哪里烧制这些紫砂壶，他们指着近在咫尺的蜀山说："就在山上。"我抬头看蜀山，只见山上云气飘旋，那是烧窑的柴火在冒烟。

做紫砂壶是蜀山人的日常生活，也是他们的生计。蜀山人离不开紫砂，而那些做紫砂壶的高手，也是蜀山人的骄傲。

古镇上有好几家茶馆店，每天早晨，茶馆里人头济济，很多人坐在茶馆里喝茶聊天。桌上，摆放着大大小小的紫砂壶，还有各式各样的紫砂茶盏。水汽、茶香和宜兴方言在茶馆里交融，形成浓酽的氛围。坐在茶馆里的大多是老人，但我对茶馆有兴趣，心里常想着，什么时候有机会，也能进去坐下来喝一壶茶。一天下午，提前完成了一天活计，我到镇上的一个澡堂里，洗净了身上的汗垢，然后走进一家坐落在山脚下的小茶馆。

下午的茶馆，店堂里茶客寥寥。我找了一张临窗的桌子坐下来，窗外，绿荫闪烁，那是蜀山的影子。一把紫砂壶端上来，茶香扑鼻。我用笨拙的动作把热茶斟入小小的茶盏时，从壶嘴里射出的茶水大半都溅在桌面上。就在我慌忙擦桌子时，邻桌的一个茶客站起身，在我对面坐了下来。这是一个面目清癯的中年人，穿着朴素，举止文雅，像是个当老师的。他伸手提起我面前的茶壶为我斟茶。茶水从壶嘴里射出来时，水柱有点歪，但还是不偏不倚地斟入小小的茶杯。他放下茶壶笑着说："这不怪你，这把茶壶做得不够好。"

"你也是做茶壶的？"我问。

他微笑着，不置可否。这时，店里的一个伙计跑过来，惊讶地问我："你不认识他吗？他是顾景舟，他是名人，宜兴最好的紫砂壶就是他做的！"

顾景舟？我从来没有听说过这个名字。

中年人见我一脸懵懂，笑着说："别听他瞎吹。"他说着，把自己的茶壶从旁边的桌子上端过来，一边喝茶，一边问我："你就是那个上海来的小木匠？"

我诺诺地点头，又摇头答道："我刚来不久，还没有学会做木匠。"说心里话，我并不喜欢做木匠，在这里拜师学艺，曾被人告知，要先磨刀三年。每天的活计，除了为师傅磨刀，就是拉大锯，把粗大的树段锯成木板。一天下来，精疲力竭，浑身酸痛。我想，做茶壶，比干木匠活有趣得多。

他见我愁眉苦脸的样子，笑着说："你还小，应该读书。学点手艺也没错。"

我看着窗外摇曳的绿荫，突兀地问了一句："这里不是四川，这座山为什么叫蜀山呢？"

"问得好！"他脸上的微笑没有消失，"这是因为苏东坡上过这座山。知道苏东坡吗？"

苏东坡我当然知道，我还知道他是四川眉山人，也知道他曾经游历天下，写过无数美妙的诗词。他生活的年代，距今九百年，想不到他也到这里来过。他来到这里，这座山就变成了蜀山？

他似乎窥见了我心里的疑问，慢慢地解答道："这座山原来叫独山，苏东坡来这里，上了独山，觉得这里的风景和他家乡很像，他说：此山似蜀。蜀山的名字就是这么来的。"

他喝了一口茶，看着窗外的绿荫，仿佛是自言自语："蜀山脚下，还有东坡书院呢。"

东坡书院？现在还在吗？当时到处都在"破四旧"，蜀山的东坡书院难道还能保存？我问他东坡书院在哪里，他说："在山的另一边，现在是学堂了。"

他放下茶壶站起来，拍拍我的肩膀，转身走出店堂，脚步悠然，感觉是飘出去的。我记住了他的名字，顾景舟。

很多年之后，我才知道顾景舟作为紫砂艺人的地位，他是承前启后的紫砂工艺大师。我在蜀山遇见他时，正是紫砂艺术被忽略的时代，也是他失意的日子。茶馆里邂逅的那一幕，在我记忆中却不是一个沮丧落魄的艺术家，而是一个平和睿智的读书人。我不会忘记他脸上那善意的微笑。

那天从茶馆店里出来，我沿着山脚一路寻找，走到古镇尽头，绕过蜀山，在山的南麓，终于找到了当年的东坡书院。那时，这里已成为一所小学，但依然保留着东坡之名：东坡小学。我站在校门口，隔着门墙往里看，只见院落里古树参天，天井里散落着一地斑驳的树影。正是放学的时候，孩子们的欢笑声从里面一路传出来……

我在东坡小学门口站了很久，心里想象着苏东坡当年如何在蜀山脚下流连忘返。后来我才知道，苏东坡和蜀山的传说，并非虚构，苏东坡确实到过这里，被这里的山光水色和风土人情吸引，曾有过置田盖房、终老蜀山的念头。这些，有苏东坡留下的诗文为证："吾来宜兴，船入荆溪，意思豁然，如惬平生之欲。逝将归老，殆是前缘。"在他的一首词中，东坡先生这样抒发自己的情怀："买田阳羡吾将老，从初只为溪山好。来往一虚舟，聊随造物游。有书仍懒著，水调歌归去，筋力不辞诗，要须风雨时。"东坡小学的古老前身，曾经是苏东坡住过的草堂，故被人们称为东坡草堂，后来，在这里建起东坡书院，再后来，成为东坡小学。

那天离开东坡小学，已近黄昏，但我还是不想急着回我寄居的村庄，我要登上蜀山顶看看。山不高，从南麓攀登，越过山峰，下山就可以回到蜀山大桥边。没有找到上山的路，我从树林和山石间择道攀缘。登临山顶时，正好看到日落，天边的云霞如无边无际的火焰，慢慢吞噬着一轮血红的残阳。从山顶俯瞰，蠡河是一条晶莹的光带，古镇的黑色屋脊在山脚下蜿蜒，像泼洒在山河之间的一道浓墨。我也看见了依山而建的龙窑，那是一条攀卧在山坡的巨龙，被古树掩映着，被烟雾笼罩着。巨龙的腹中，蕴蓄着熊熊火焰，那些被灵巧的手捏制成的茶壶和陶器，正在烈火中涅槃新生……

半个多世纪过去，山河依旧，但人间的景象天翻地覆。在我的心里，蜀山总是隐藏着一些古老的秘密，虽然只是一座小山，但是和我以后登临过的无数名山相比，蜀山的清丽奇秀，还有它的孤寂和诗意，它的云缠雾绕的烟火气息，成为一幅意境独特的画，烙在我的记忆中。

近日重返蜀山，看到了新时代带来的变化，陶都丁蜀，是富甲江南的名镇，紫砂工艺，早已成为举世瞩目的中华国粹。东坡小学又成了东坡书院，现代紫砂作坊星罗棋布，龙窑进了博物馆。蜀山古街上，石板路还在，老房子还在，当年的气韵还没有消散。临街的小楼中，有顾景舟的故居，门口挂着牌子，成了供人参观的博物馆。我想，当年在茶馆里遇到的这位大师，那时就是在这里隐居吧。

原载 2021 年 12 月 1 日《文汇报》

陈福民

遥想右北平（节选）

一

右北平与北平，亲密无间，唇齿相依。但它们是不能混淆的。

右北平是一个伟大的地名，与北平的联系千丝万缕。但它比北平大得多，更古老得多。右北平像一个经历过无数世纪风霜雨雪而心胸宽广的父亲，贫困艰辛又豪迈粗犷。它把自己朴素坚忍和乐善好施的性格全部遗传给了北平。它包围并庇护着北平，世世代代从生到死。没有右北平，今天的北京就无立足之地。

沿着华北平原北部的边缘地区，北平停住了自己的脚步。它守在长城内侧，把一切都托付给了右北平。在古代中国历史上，右北平大约是第一个被官方命名的拥有"北"这个方位词的地方，因此可以将它视为中国的北方之源。虽然现代地理学告诉我们，北纬40°以外大致都是北方了，但是在河西走廊以北，在巴丹吉林沙漠以北，在阴山山脉以北，广袤的沙海、戈壁与深厚的黄土限制了绿色，也限制了人们的脚步与目光。对于中原文明来说，上述地方经常是可以想象的美丽"绝域"，却难成为热土。正如王维在《使至塞上》中所描述的那样，壮美、苍茫而孤寂：

> 单车欲问边，属国过居延。
>
> 征蓬出汉塞，归雁入胡天。
>
> 大漠孤烟直，长河落日圆。
>
> 萧关逢候骑，都护在燕然。

大地的魔法师掌管了这一切，让瀚海横绝，关山难越。这里的塞上，是隔阻了信息的场景，是难以企及的生命之旅的边缘。难怪诗人们的眼中和笔下那么多对"西出阳关"的感慨与愁思。如果极而言之，则是"瀚海阑干百丈冰，愁云惨淡万里凝""四面边声连角起，千嶂里，长烟落日孤城闭"……

然而同样是塞上，右北平却是有温度的，它向着华北大平原敞开了自己。在被华北人民亲切地称为"坝上"的那些地方，随处可见驰骋与忙碌的身影。因为"坝上"并不是单纯的游牧区域，农业耕种很早就在那里扎下了自己的深根，滋养着草原和土地上的人。在"春种一粒粟，秋收万颗子"的世代劳作里，在"涉江采芙蓉，兰泽多芳草"的辛勤欢乐中，从北纬40°南下的凛冽寒风与嘚嘚马蹄，都渐渐被和煦轻盈所感动所熏染。先民们"越过高山，越过平原，跨过奔腾的黄河长江"，这是伟大的足迹，也是北方向南方致敬的注目礼。它诉说分离之苦，也无悔于跋涉艰辛。于是我总是很狭隘地想，如果认真追究起来，当我们在说"北方"的时候，其实都是在说右北平吧。

右北平，是中国最早的北方。它是我亲爱的故乡，是我的精神乐土。我一直想写一写右北平，写一写它的辽远与博大，也写一写它的清贫与忍耐。但它太朴实无华了，既不喧哗也不张扬，一直以来它都是沉默不语的。在历史的雨雪风霜中面貌沧桑表情淡定，它的贫苦与荒凉，铸就了它天性中的坚忍与平淡。它一如既往毫无存在感地存在着，到了后来，它连它那让人骄傲的称呼都失去了。它没有激动也没有抗议，像天道循环一样，安静有序。因此，它似乎是以自己的姿态昭示人们，它是不适合大声说出的。

它适合遥想。

二

> 蔽芾甘棠，勿翦勿伐，召伯所茇。
> 蔽芾甘棠，勿翦勿败，召伯所憩。
> 蔽芾甘棠，勿翦勿拜，召伯所说。

这首《诗经·国风·召南·甘棠》歌颂了一棵树和一个人。司马迁在《史记·燕召公世家》里对这首诗有详细的解释："召公之治西方，甚得兆民和。召公巡行乡邑，有棠树，决狱政事其下，自侯伯至庶人，各得其所，无失职者。召公卒，而民人思召公之政，怀棠树，不敢伐，哥（歌）咏之，作《甘棠》之诗。"即便有办公室也很少坐进去，经常移动办公，在一棵树下处理政务，他的政绩和高风亮节还是非常显著并且感动了很多人。这是司马迁有独创性的历史叙事方式，他在《史记》的各个角落中记录了很多这样的细节，奠定了中国历史书写的政治美感：简单朴素、公而忘私。这个政治理想不知影响了后世多少人。著名作家巴金，取巴枯宁和克鲁泡特金两个人名字的一头一尾而成"巴金"，但他本名李尧棠，尧舜的尧，

《诗经·国风·召南·甘棠》的"棠",又从中取"芾甘"为字,以此向古贤的公正仁德表示敬意。尽管这是相对生僻的典故,作为名字也非常拗口,但一点都不妨碍这个名字对这首诗的认同和仰慕。只是不能知道,当初用这个方式向先贤致敬的时候,有没有想到过遥远的燕国和北方。

诗中这位召公是燕国首任受封国君。但燕国远离政治经济中心镐京,对于周人来说,那里可能是个姥姥不疼舅舅不爱的苦寒偏远之地——周王室把自己最亲密也最看重的直系都封在鲁、郑、卫这些温暖富庶的好地方去享福了。召公一生都没有去过燕国,只是派了儿子去封地打理,他自己则留在"西方"辅佐周武王和周成王。司马迁特地说"召公之治西方",显然是与召公自己的东方封国作为对应地而言的。也许是朝廷太需要他了,也许是燕国这个封地太偏远太贫穷了,总之他好像看不上这块封地——燕国被自己的国君抛弃了。它能熬到后来的战国七雄,完全是因为它太远了,根本没人愿意搭理,它成了冒险家和逃亡者的首选之地。而且在战国七雄中,燕国也是存在感最低的。

根据谭其骧主编的《中国历史地图集·战国分册》可知,燕国所处的地域很小,或者很难说大小。华北平原北部的幽蓟地区,毕竟跟北方游牧民族东胡、山戎比邻而居,你来我往不易划定边界。况且连召公都不爱来的贫寒一隅,谁都能插上一脚。然而公元前300年,燕昭王搞了个奋发图强的大动作,派大将秦开对一直侵扰压迫燕国的东胡人展开大反击,并打了一个漂亮的翻身仗。此后燕昭王修建了东起襄平(今辽宁辽阳)、西至造阳(今河北沽源以北闪电河)近一千公里的燕长城。这是中国历史上最早的长城之一,位置在北纬42°一线。在燕长城以内,燕昭王设置了上谷、渔阳、右北平、辽西和辽东五郡。大致是今天河北北部、内蒙古中南部和辽宁省一带。

右北平郡位置在北京以北，于新设五郡里赫然居中。范围包括今天的敖汉旗、赤峰、围场、朝阳、承德等地。然而，"右北平"这个名字的确给人一种来历不明的感觉，它究竟从何说起的呢？既然有一个右北平，似乎就该有一个"左北平"。如果有的话，应该在哪里？如果没有，右北平何以单独"右"起来？中原文化一向讲究对称美，比如，西汉时期的都城长安，长官为京兆尹，又分设左冯翊、右扶风予以辅佐，因地名而官职两相对应。山西省还有左云县和右玉县。而燕昭王凭空设置一个"右北平郡"，显得有些不着边际。

中国历史自秦汉以来一直有尚左的传统，虽然后世或有变化并不绝对，但大体上还是以左为尊居多。就官职而言，丞相、拾遗均分左右，即便如匈奴，也有左右贤王、左右谷蠡王、左右大将之分，左贤王在政治地位上仅次于单于，是单于的继承人，通常由单于之子担当这个位置，驻牧地居于单于的东方，右贤王则在西方。从情理上说，既然有"右北平"，就应该有"左北平"或者以左为字头的地名在东方来对应。然而并没有，只有辽西和辽东两郡。虽然历史上关于右北平郡的记载不多，但它与辽西、辽东的平行关系一直都很清楚，也不存在辽西、辽东或其他什么地方曾有"左北平"这个地名存在的证据。

我私下里猜测，所谓"右北平"，可能是燕国人以自己的都城为参照坐标面向北方而命名的吧，通俗理解大概就是"都城右边方向平安"的意思？燕国都城蓟城在今天北京房山区琉璃河一带，曾出土过很多西周、战国时期的文物。如果按照现代地图的经纬度去判断，蓟都的正北方向对应的是上谷和渔阳两郡，右北平郡显然在北京的东北部。打开《中国历史地图集·战国分册》查看燕国的地理状况，可见它面向南部的纬度纵深极浅，到了往南一百多公里的易水一线就基本跟当时的中山国对峙了。从这里向西是太行山脉，荆轲也是从这里的国境线出发去刺杀秦王的。这种局促的地缘限制，导致燕国人的战略发展很难向南推进，而是更容易着眼于北部极为辽远开阔的地带。如果从这个角度出发的话，设想一个燕国人背靠蓟都面朝正北极目远眺，那么右北平郡可以算作燕国的右北方了，这几乎是唯一能说得通的解释了。但如果以秦汉尚左为方位参考的话，比照左冯翊、右扶风和左右贤王的方位设定，上面这个解释又实在是牵强。当然也有人猜测右北平的"右"有没有可能是保佑的"佑"，但这种猜测需要有个绝对的前提，即当时"北平"必须是一个城市或者固定地名了。然而无论是考古事实还是文献记载，都证明"北平"当时还不存在，直到西晋撤销右北平郡，改为"北平郡"，北平才具备了从旧地名分离出来成为一个确有所指的新地名的可能。这条猜测的路也走不通了。总之，这实在是个令人费解又有趣的问题。

右北平始终只是右北平。它是孤独和唯一的，没有想象中的伙伴。它从诞生之日起就要独自承担起重大的责任，因此无暇自我关注。它的粗犷雄迈、朴实无华甚至让它连一篇赞美的文字都不曾收到过，它的孤独因此不是文人式的骄傲和自我怜悯，没有多余的过度的抒情，而是一种已成习惯的沉默。

三

如果右北平有颜色的话，它首先是红色的。

乌兰哈达这个蒙语词的意思是"红色的山峰"。顾名思义，赤峰这个地名的得来是顺理成章的。红山在传说中也叫九女山，一个显然是编造的民间神话告诉我们，远古时，九个仙女不小心打翻了胭脂盒，撒在了山上，从而形成了九个红色的山峰。在赤峰的周边，富含三价铁离子的火山岩结成了红色的围屏。这是让赤峰倍感骄傲的颜色，赤峰因此有很多用"红山"命名的地名和机构，赤峰市有红山区，而北京军区建于 1964 年的红山军马场今天仍然保留在乌兰布统。以此得名的赤峰市与今天辽西的朝阳地区，同属右北平的"红山文化"圈，牛河梁遗址，夏家店下层文化，与定居的中原文明的新石器、青铜器构成遥远而绝美的回响。从乌兰哈达到乌兰布统，以至乌兰察布、乌兰布和及乌兰牧骑，蒙古人偏爱这种红色，他们在"乌兰"的海洋中翩翩起舞，长调悠扬。

右北平是绿色的。春夏来临，一望无际的乌兰布统草原镶嵌着星星点点五颜六色的花朵，这向南方所展开的花的原野，始终以绿色为底，从不会喧宾夺主。它们不畏风狂雨骤，峥嵘绽放，只是为了报答草原绿色的养育之恩。浓密的乌云压顶又瞬间离去，在草原的尽头留下道道彩虹。站在乌兰布统向南看去，一派葱茏的塞罕坝林场提示着一种艰苦卓绝的精神，是生命在沉默中的不屈与爆发。

郁达夫在《故都的秋》里对北平的秋天一往情深，他体味出了那里秋天的"静"与"悲凉"，他真切地爱上了这与江南沉闷的暗绿不一样的北国秋天，甚至愿意为此"把寿命的三分之二折去，换得一个三分之一的零头"。但他的感受终究还是有限的，他没有来过右北平啊，他不知道右北平的秋天一点都不安静也不悲凉，相反，那是闪耀着金黄色的欢快、爽朗和热烈。右北平的秋是有立场的，它根本不给秋蝉要死要活纠缠不休的机会，"唰"地一下就让右北平层林尽染鸿雁南飞了。从草原到林间，从芦苇荡到农田，阳光热烈地照耀着，穿过每一个缝隙，那金黄色跳跃着明亮的光芒，让牧人与农人的身影都显得灿烂辉煌。

右北平是白色的。你无法想象冬天的右北平那纷纷大雪有多么厚有多么白，仿佛所有的生命都消失在了天地之间。在茫茫雪原上无论开车还是行走，你永远都不能信任那种令人赏心悦目的纯洁无瑕，因为你不会知道那厚厚的雪层下面有什么在等着你。它们可能是深坑，可能是溪流，也可能是巨大的石块。这种时候，你只能依赖车辙和足迹亦步亦趋，永远不要抱怨这些车辙与足迹让你失去了"创新"的机会。几年前的一个深冬，我给车子换了大花纹的轮胎自驾去乌兰布统玩雪。傍晚时分返回营地的路上，两道车辙被碾压成了几十厘米深的"深沟"，硬雪层刮擦着车底盘"嘎嘎"作响行驶极慢。这让我有点不耐烦，试图略偏一点轨迹。但是我的轻举妄动立刻就受到了惩罚，车头向左侧一头栽下去滑出了路基，半个车身埋在积雪中，无论使出怎样的招数，车轮都失去了抓地的动力一直在打滑"刨坑"。有雪地行车经验的司机都知道这种时候是根本无法脱困的，只能依靠他人救援。然而由于我是头车，其他车辆都被压在后面的车辙上，无法绕过我到前面来。我费力推开门下车，小半个身子蹚着积雪挣扎出来，几个同行伙伴下车过来研究很久都束手无策。我们被迫向几公里外的营地求援。此时所有的车辆停在茫茫雪原一条线上，远光灯全部开启后能见度仍然很差。那年是乌兰布统几十年罕有的极寒，夜间室外温度跌至零下40℃，四野里白毛风嘶吼，雪粒打在麻木的脸上，真有"风头如刀面如割"之感。半个多小时后，营地的救援车带着绞盘和拖车绳赶来，我们望着远方对向照过来的车灯，感觉那就是丹柯燃烧着的心。经过这次教训，我后来每走雪地都不会再去自作主张搞"创新"了。

四

康熙于 1722 年驾崩。从 1703 年始建避暑山庄到他去世，他一共去避暑山庄 43 次，消夏并处理政务，平均一年两次，足见他对避暑山庄的喜欢程度。这也让避暑山庄获得了夏都的政治地位。但终他一世，承德都没有"名分"，没有相应的行政建制。直到雍正继位的 1723 年，才设置了热河厅，管辖右北平及东蒙事务。尽管雍正在位十三年从没去过承德和避暑山庄，但他对承德的关切却比他父亲更加热心。十年后他把热河厅改为承德州，右北平的行政中心南下与夏都重叠。承德这时总算名正言顺了。

避暑山庄是承德人的天堂，但是承德人过去很少使用"避暑山庄"这个正规的名称，他们总是称之为"离宫"，宛如对待一位老朋友那样亲切自然。对于承德人来说，那并不是"一个王朝的背影"，而是有着右北平基因的简朴清贫的生活方式。我在避暑山庄的宫墙内外度过了没天没日的动乱年华，直到"十八岁出门远行"。像很多承德人一样，避暑山庄之于我，除了自由淡然从容之外，也不乏一些难以细察的骄傲与虚荣。

右北平旧地之热河省，由承德市、赤峰市和朝阳市支撑起一个三足鼎立的结构。这些地方，一直都是匈奴、鲜卑、突厥和蒙古人与定居农耕文明竞争、融合的天然场所。赤峰是契丹人的主场，从巴林左旗的上京临潢府到宁城的中京，再到幽州的辽南京，契丹人南北纵贯了农、牧两种文明类型。朝阳不仅是隋唐时期的重镇营州或者柳城郡，早在曹魏时期，曹操北征乌桓就到达了朝阳的白狼山，在回军途经秦皇岛时，他写下了著名的《观沧海》"歌以咏志"。营州还是粟特人安禄山的起家之地，他从这里走向了范阳并且把大唐盛世搅得七零八落。而清王朝从承德出发，打响了乌兰布通之战，从而彻底终结了北纬40°的传统故事。在这些地方，定居的农耕文明与游牧文明之间并没有绝对的界限，在你中有我、我中有你、相爱相杀的漫长历史中，所有的人都渐渐变成了中国人。

我的父亲是朝阳人，母亲是赤峰人，而我生长在承德。老热河的承赤朝三地都是我的家园。这种"巧合"对于右北平来说，除了用天意去解释，我找不到更好的言辞。这些当然已成过眼云烟，就如"三家分晋"一样，热河省被河北、辽宁和内蒙古"瓜分"了。不过，即便今天，无论赤峰还是朝阳，似乎都对承德有一种天然的亲近感与认同感。这一点，与夏都的庄严和皇家园林避暑山庄的典雅无关，更多是跟右北平的"基因"有关吧？

我遥想着这一切，仿佛看见一个又一个古代战士从历史的苍茫中隐隐走来，他们是燕昭王、秦开、李广、杨业、萧太后、韩德让、佟国纲……他们每一个人都承担起了历史的责任，并且丰富着右北平的性格。在他们的身后，是各民族沉默不语顽强生存着的人。

原载《上海文学》2021年第7期

黑
陶

皖南

　　青弋江。四周高低起伏的青色群山间，因为下过雨，特别急涌的青弋江，像透明清润的一条巨龙。江龙穿越上游那座笔直超长的古旧石桥，在我身边腾然跃过。随即，在前面不远处，又被耸立的、长满植物的岩石山壁阻挡。不甘心被阻的莽健青龙，一刻不停地冲撞着石壁，形成有力的旋涡——长年累月，山岩之下的河床沙石被掏空，一处深潭，春天时水面漂浮桃花碎瓣的深潭，于是诞生。

　　在铜墙铁壁壁般的岩石山壁面前，青弋江被迫右拐，然后继续向前。这一湾急涌的江水，怀抱对侧岸地的一个古镇，万千烟灶聚落于此。

　　我见过这方地域的昨日雨云。雨前、雨中、雨后的天空中，层出不穷的云，变化不居，浓淡枯湿，各种墨色兼有。神性的大自然，永远给人提供艺术的至高范本。

　　清晨。独自出行的时候，偶尔的高亢鸡鸣，叫破云阵，露出了那么蓝的一块块晴空。

　　正是蚕季，桑叶沃若。有着发亮、硕大叶子的倾斜桑树，在破败高大的马头墙前，绿得逼眼。之前，一位走在我前面的妇女，沿途在寻摘路边野树上的桃子。我经过她时，她手头的塑料袋中，已经有大半袋沉甸甸的、青红相间的夏桃。

我走到了上游那座笔直超长的古旧石桥的这一端。一辆印有"太平湖"字样的蓝色小货车，迎面从桥上声音很响地驶来，擦过我身边，下桥后左拐就不见了。脚下跨越青弋江的漫长石桥，正通向对岸的古老镇街。

长桥很高。桥下江滩上，散落有一群穿红色T恤男人，像一粒粒红豆子，他们在祭龙舟。色彩鲜艳的龙头和龙尾（尚未安装上长舟），架坐于两条长木凳上，前面，是一张圆形的白色塑料小餐桌，桌上有一对燃烧的红烛，一只小香炉内，插有三支细香。在龙头龙尾和白圆桌子前，人们燃巨束的香，叩拜，放震天响的爆竹。

走过长桥，临桥的镇街上，一大卡车的划龙舟人正翻下车来。他们从镇外的乡下赶来，一律穿白色T恤，戴红色棒球帽。人未下完，卡车已经发动前移，惹来急叫和哄笑；耳朵上夹着烟的司机，从驾驶室探出身来，满脸歉意。镇街旁，也有在祭龙舟的，点了红烛的龙前香案上，烟雾缭绕中供奉着盘盘水果。

镇上吃早餐的面店，非常热闹。赛龙舟的男人们三五成群都来吃面，还有带着孩子进来的年轻的镇上夫妇。我在最里面寻到一个空位，也坐下。人多，生意忙，最后自己去门口的灶台上端了一碗青椒肉丝面，加个煎蛋，6元。皖南各处的青椒肉丝或青椒豆腐干丝，似乎都特别好吃。门口面锅的腾腾热气，交织着各处祭龙舟的地方此起彼伏燃放的爆竹火药味，给镇上增添了浓郁的节日气氛。

吃好面，仍是自己动手，在靠墙的木桌上倒了一杯泡在大壶里的绿茶喝。桌上排列整齐的红色热水瓶前，有一只大的搪瓷茶杯，茶杯内，店主人养了满满一捧刚摘下的纯白栀子花，满室香气涌袭。

正是端午节，街边到处可见出售的成捆绿白艾叶。肉墩头上刚斩待售的块块猪肉，新鲜诱人。路边临时菜摊，摆满碧绿的各种蔬菜。小卖部前悬挂条条咸肉、只只咸鸡，门口的大塑料盆中，是青翠湿润的成堆辣椒。

"翠兰茶行"茶叶店，进去小坐闲聊。店老板李向阳，属狗，开了30年茶叶店。他的名片背面，印有茶行的"经营范围"："祁门红茶、黄山毛峰、古黟黑茶、涌溪火青、太平猴魁、桃花潭翠兰香、大茶、高山野茶、黄芽、银针、云尖、雀舌、奎尖、各种高中低档茶、土特产等。"

店老板用电壶烧水，试喝他的太平猴魁。微型大刀状的碧绿茶叶，在杯中沸水中转动，有栗香和兰香两种香型。然后又换泡"祁红"和"泾县兰香"。喝得浑身发热、舒爽。临走前，买了店中半斤兰香型太平猴魁，200元。

沿青石凹凸的老街，向西行，便会到达古老的"踏歌岸阁"。柜台玻璃内的古玩，随便放置的大小石雕，成卷成捆的特产宣纸，篮筐篓匾等各种青竹制品，做植物昆虫叫卖的人——沿街清晨刚刚显现的杂乱商业气息。多少年前，第一次来到这条老街时，那种夜晚的荒寂与人家门缝间零落散漏出的灯光温情，已经不复存在。穿过"踏歌岸阁"，便又见宽阔急涌的青弋江。这是当年汪伦送别李白的地方。"桃花潭水深千尺，不及汪伦送我情"，此时，代替汪伦踏歌声的，是江畔观看龙舟赛的嘈杂拥挤人群。有节奏的锣鼓声中，清澈江面上，正有一红一黄两条龙舟在比赛着奋力前行。

当年到过的七十年代风格的宽敞幽深的桃潭供销社，现在已改称"天竹居"。在旁边一家空落落的早餐店，再坐下来，吃一碗当地的小馄饨，味道不错。店内零星的就餐人，全是店主妇女熟悉的乡邻。一家三口刚吃完告辞出去，又进来一位年轻的母亲和两个奶声奶气的小丫头。"'天竹居'，就是原来的供销社，前些年被一个上海女老板买下来了。"

离开早餐店，走到镇尾的三岔路口，等开往县城的班车。在这种三岔路口，几乎总会有一家规模不小的乡镇超市存在。门口散落或站或坐的等车人。

店内，有醒目的"桃花潭"酒广告。当地产浓香型白酒，分52度和42度两种。买老冰棍，1元一支。"9：05有一班车，就要来了。"店主告诉我。一辆县城过来的出租车在超市门口停下，客人下车后，司机揽生意：可以顺便低价带客回去，10元一位。等车人中，只有我一人上了他的破旧出租车。

走从茂林—黄村—泾县的老路。老路很美。车子或沿清澈的青弋江，或在山中起伏狭窄的黑松林道上行驶。路遇一辆电动车，丈夫开车，坐在身后的妻子拎抱着满满一篮桃子，桃与桃间，垫有新鲜的青叶子。和司机聊茶叶。"不管什么名称，只要自己觉得好喝就行！"他今年喝的是当地80元一斤的茶叶，"我总到熟人那里去买，一年大概要喝掉10斤茶，一次性买好。"出租车经过黄村镇时，又上来一男一女两位客人。这两位客人中途又陆续下车，最后到县城的，仍只有我一人。"桃花潭到泾县县城，43公里；县城到宣城，51公里。"下车前我主动付了15元，司机很感谢。

县城的"茶城"外面路边，有一位清瘦的中年妇女在卖茶，"汀溪兰香"茶。她就是汀溪人，儿子在县城读高一，她就上城里来租房陪读，500元一个月房租。顺便在路边卖家里茶园出产的茶叶。"不然不放心，住校没人管，要玩手机的。""两年后的今天就是高考的日子，儿子要是考不上大学怎么办？急啊！到那天我肯定睡不着觉了！"她丈夫是泥瓦匠，曾从三层楼摔下来，捡回了一条命，"现在不能干重活了。"她的面前，放置有好几个白色大塑料袋，分别装满了不同等级的茶叶。180元一斤的兰香茶，她说就算170元。我从包中取出不锈钢杯，她有一个热水瓶在身边，为我试泡，并给我小马扎，让我坐下。她刚在吃东西，是打包买来的，圆纸盒内套了塑料袋，只剩了红汤，应该是面条或馄饨。"中午我不回租屋，儿子自己热了饭吃，再睡午觉。到时间打电话叫他起床。"我买了她一斤170元的茶叶。

她从成卷的茶叶包装袋中抽出两个。袋子估计是县里茶叶协会之类部门机构统一设计制作的，250克装的袋子，青绿茶叶色，颇有山野清气。茶叶袋上有文字信息，大字是"泾县兰香"，小字主要有"安徽十大品牌名茶/安徽省畅销品牌""全国绿化模范县——泾县/兰香茶发源地——汀溪"等；在袋的另一面，专门印有一小段话，是"泾县兰香简介"："泾县兰香绿茶产于皖南山区腹地的泾县汀溪，境内覆盖有万亩原始森林，生态环境极佳，常年云雾缭绕，乃香茶生产独厚之地。此茶形如绣剪、清香醇正、回味甘甜，是真正源于自然、品质优异的茶饮品，是绿茶之精品。"

交谈中，中年妇女听说我是买了自己喝的，便说："不要好看，只要好喝就行。"于是又向我推荐一款80元一斤的："叶子是大了点，但相信我，这个茶叶绝对好喝。"遂又买半斤。告辞时，祝她儿子两年后高考顺利，她连连感谢，并期待："下次来，请再来买我的茶叶。"

在县城独自游逛。巨大的菜市场，批发烟酒店，成扎成箱的饮料，摆满路边纸箱内的小包装食品，巨大热烈的炒货摊，糕点铺刚刚出炉了整板的应季重油绿豆糕，分10元一盒和15元一盒两种。菜市场湿漉漉肮脏的地面，新摘的整筐整篮的桃子在卖，4元一斤。菜场中的卤菜店，主打出售的，是祖传的卤鹅和传统烧制的猪头肉……

从老的短途汽车站前打车往高铁站，15元。健谈的司机。

夜晚完全降临。县城之外，连绵山中崭新的高铁站，空旷少人，灯光洁净明亮。

"向群山屈膝"；

"群山是失散的朝代，是未完成的古别离"；

"白房子的涟漪"；

……

这些，是在皖南旅馆的书册中，曾经读到的汉字。

从黑夜中仍可强烈感觉到植物绿色的山地间，"和谐号"准时驶来，并且暂停。空空的车厢。待我上车之后，这一条钢铁电气拼装成的现代白色之龙，瞬间，又和青色的山脉、急涌的溪涧一道，重新飞驰在被青弋江水再一次清洗过的蓝色星空底下。

原载《十月》2021年第4期

祝
勇

绍兴戏台

一

假若绍兴的一切都将在记忆中隐去，我相信最后余下的，定然是一座戏台。

在我看来，绍兴的标志性建筑，不是陆游写《钗头凤》的沈园，不是安昌古镇里的老台门[1]，不是古镇人家嫁女时必定要走的福禄、万安、如意这些古桥，而是那些星星点点的水上戏台。

对于绍兴人来说，没了什么样的建筑都不会影响生活质量，唯独戏台不行。中国"四大声腔"，绍兴就占了一个，即"余姚腔"。明朝初年，朱元璋整顿文艺，清除"精神污染"，于是禁演"淫词小说"，违者将处以割舌、断手等酷刑，唯有绍兴人的风月情怀死不改悔，依旧把许多财力都用于建筑戏台，把戏台建成雕梁画栋，建得

1　旧时绍兴的水乡大宅，俗称"老台门"。台门前有石板平铺的晒谷场，台门有两扇宽阔的大门，头道门至二道门间为门斗。跨过高高的门槛后，为一天井，然后为正厅，左右两侧为偏厅。正厅后还有中厅、后厅。厅与厅之间有天井相隔，中厅、后厅各有东西厢房，三个厅的两侧为住房，有楼上楼下，形成东、西两条弄堂。老台门是绍兴文化的图腾和符号。

花团锦簇，尤其是戏台的"鸡笼顶"和四根台柱的"牛腿"，更是精雕细刻，一丝不苟，复杂的技艺，让许多工匠功成名就。绍兴旧府八县，可以说村村有戏台，人人爱看戏。每个村落，都有自己的戏台，几乎每隔一二里，甚至半里，就有一座戏台。在绍兴，组成一张戏台的网络。所以，从前的乡土绍兴，弹唱之声密集，无论何时，总会有一座戏台在演戏。当大地陷入沉寂，悠扬婉转的唱腔却此起彼伏。人们会从周边的村落向那里会集，这样的场面，在绍兴人陆游《剑南诗稿》里反复出现，比如，《夜投山家》："夜行山步鼓冬冬，小市优场炬火红。""优场"，就是戏场。又如，《初夏》："先生醉后骑黄犊，北陌东阡看戏场。"对于戏迷陆游来说，他的诗稿里，埋伏着一部绍兴的戏曲史。我想，假如当年所有的戏台同时开演，定然如无数朵焰火同时在黑夜里绽放，成为一场无比盛大的感官盛宴。精美绝伦的戏台，容纳了绍兴人的梦想和荣耀。对此，他们态度认真，绝不造"豆腐渣"工程。他们把戏台称为"万年台"。他们打算让这些戏在戏台上持续一万年，比朝廷"万岁"活得更久。戏台就这样，在不紧不慢、悠然闲适之间，瓦解着宫殿的权威。当铁血帝王们纷纷变成了历史，那些古老的戏台，依旧是现实的一部分，戏台上的角色，依旧眉目清晰。

神庙、祠堂里的戏台有些司空见惯，最值得一说的，是那些临河而建的水上戏台。它们将自然生态之美与人的智慧之美结合得那么天衣无缝，如春天骤雨后的茶园，有着贴心贴肺的清雅。烟波浩渺的近水远山，那一座戏台就成了近景，在视线里聚焦。它们是真实中的幻景，是真正的"海市蜃楼"。它们有的正面立于水中，仅有一面傍岸，以减轻水流的冲击，也有的跨河而立，完全凌驾在河面上——四根柱子驾在河的两岸，柱子间辅上台板，供伶人们演戏，观众看不见台板，感觉上面人影摇荡，演绎出无限的风流，更像是一场轻梦。

二

在鉴湖，曾有一座水上戏台，叫作钟宴庙戏台，至今留存。这座戏台的台基均在水中，仅有左方的古柱靠近岸边。远远地，就能看见它伸展的挑角，如一只蝴蝶，在风中张大了翅膀，让人相信它的轻盈，永远不会在水面上沉没。这座古朴绮丽的古戏台，入过《舞台姐妹》的电影镜头，也入过李可染、叶浅予的水墨画。这样的戏台，柯桥也有，后马戏台、宾舍戏台皆如此。宾舍戏台位于湖塘乡宾舍村，三面临水，一面靠向一座古石桥（毓秀桥，俗称"戏文桥"），每逢演戏，戏班的班船可直接停靠在戏台后厢房，观者可以立在岸上看，也可以"隔岸观火"。

无论水上，还是岸边，人们都可以同时欣赏同一出戏。这有点像我小时候看的露天电影，既可以从正面看，又可以从背面看——那时的我，十分乐于在银幕的正反面往返穿梭，痴迷于银幕正反面的对衬效果。双面戏台充分迎合了绍兴依山傍河的地域特点，也透露了绍兴人的灵活本性。

除了这些古老的水上戏台，还有许多新建的戏台在水面上耸立。在绍兴柯岩，我就看到了这样一座戏台，歇山顶，龙吻脊，戏台主体皆在水中，通过石桥与河岸连接，虽是新建，却气韵未失，在水上，有着极强的雕塑感。我看到新旧戏台之间的传递关系，像水面上的波纹，在岁月中不断扩散。很多年后，它们也会成为古戏台，有人会在未来的某个时刻，探望今天的一切。

绍兴乌篷船，天下闻名。它既是交通工具，又是打鱼人的家，庞培说"它是典型的中国式梦境的产物","达成一种劳动工具、水上生活及家居审美的高度隐喻和统一"——人们可以在船上劳动,在船上烧水、做饭,也可以在船上做爱、安眠。它们是真正意义上的"不系之舟"。因此,对于行舟者来说,客栈通常是多余的,但他们需要戏台。唯有那些轻灵俊秀的水上戏台,能够成为它们真正的停泊之地。所有的河道,都将通向戏台。这意味着在绍兴的"地面"上不会有陌生人,因为所有的陌生人,都注定在戏台前聚合,所有人的命运,也都将在戏台前交叉。

这些戏台,既是地理上的至高点,也是心理上的停泊地。在弯曲的河道上,戏台有节奏地错落着,与水上生活的节奏相呼应,在行舟者的前方出没,安放在每一个需要它的夜晚。

三

作为北方人,我听不懂《龙虎斗》《火焰山》《芦花记》《香罗带》这些绍剧,听不懂《何文秀》《百花台》《珍珠塔》《后游庵》这些绍兴莲花落,但我懂得它们对水乡人的意义。如果说乌篷船代表现实生活,戏台就是他们在平地上缔造的一个梦。只要夜幕降临,戏台就变成了戏。20平方米见方,一桌二椅,三四演员,简朴至极,没有京剧的大行头、大场面,却变化无穷,铺陈出一番清艳排场,点染着情俗的瑰色,不着痕迹,却尽得风流。清代哲学家、数学家和戏曲理论家焦循在《花部农谭》里形容:"其事多忠、孝、节、义,足以动人;其词直质,虽妇孺亦能解,其音慷慨,血气为之动荡。"

在鲁迅回忆绍兴的文章中,故乡成为对中国乡土愚昧落后的负面象征,显现出一副阴冷、灰暗的质感,如一块均质的岩石,无法穿透，所以在著名的《故乡》里，他断然表明了自己对于"故乡"的态度："老屋离我愈远了；故乡的山水也都渐渐远离了我，但我却并不感到怎样的留恋。"唯有戏台却是为数不多的例外——在风雨如磐的故园，戏台上的灯光，几乎成为他少年记忆里的唯一光源，于是有了这样的文字："最惹眼的是屹立在庄外临河的空地上的一座戏台，模胡在远处的月夜中，和空间几乎分不出界限，我疑心画上见过的仙境，就在这里出现了。这时船走得更快，不多时，在台上显出人物来，红红绿绿的动，近台的河里一望乌黑的是看戏的人家的船篷。"

鲁迅对故乡戏台的描写，为鲁迅的故乡记忆保留了最后的一丝温情，让我们看到这个横眉冷对的战士，心底并没有失去对故土的那脉温情，这脉温情就伴随着清夜里的那场社戏，照亮了鲁迅的记忆，也照亮了一代代中国人的少年记忆。透过鲁迅的目光，无数中国人看见了那座戏台，"台上有一个黑的长胡子的背上插着四张旗，捏着长枪，和一群赤膊的人正打仗。双喜说，那就是有名的铁头老生，能连翻八十四个筋斗……"

四

当年和鲁迅一起看过社戏的人们，后来都去了哪里？没有人知道。我们只知道鲁迅从人群里走出，去了日本仙台、北平、广州、上海。他注定是聚光灯下的角色，很多年后，也变成了戏。1960 年，上海天马电影制片厂筹拍《鲁迅传》，剧本由陈白尘、叶以群、柯灵、杜宣等集体编剧，陈白尘执笔，于伶担任历史顾问，陈鲤庭执导，赵丹饰鲁迅，于蓝饰许广平，孙道临饰瞿秋白，蓝马饰李大钊，于是之饰范爱农，石羽饰胡适，谢添扮演阿 Q。这班阵容，如今再也排不出来。这戏最终搁浅了。赵丹曾经沉迷于鲁迅这个角色不能自拔，胡子留了剃，剃了留，终于还是带着遗憾离开人世。21 世纪，濮存昕有幸在电影和话剧里先后演了鲁迅，很像，濮存昕称之为"盗天之福"。

从一个更大的角度上看，绍兴同样是一座戏台，在上面演出的，是一部完整的中国文化史。从这里走进走出的，有大禹、勾践、西施、文种、范蠡、王充、贺知章、王羲之、陆游、唐琬、朱买臣、王冕、马臻、虞世南、徐渭、陈洪绶、刘宗周、章学诚、赵之谦、王阳明、曹娥、元稹、蔡元培、鲁迅、周作人、邵力子、陶成章、徐锡麟、秋瑾、竺可桢、许寿裳、夏丏尊、马寅初、范文澜、陶行知……当然还有传说中的梁山伯与祝英台。无论任何时代，这狭小的戏台都占据着中国文化的高点，上面任何一个人，都撑得起一台戏。巴掌大的地盘，有如 20 平方米见方的戏台，里面藏着十万个为什么。这样变化无穷的戏台，恐怕世上只有绍兴才有。

曲终人散，每个人都像鲁迅那样，走进自己的戏。戏台上的风流俊雅，无限缠绵，收束进岸上的楼窗，河中的船影。狭长的石板路、层出不穷的石桥、悠悠荡荡的乌篷船，他们的戏台无处不在。"夜里挑灯看剑，清晨柴米油盐"，只不过没有人把他们的戏文写下来，我们无从得知而已。无从得知，不等于不存在，像我的朋友徐累所说，它了无声息地出没，就像一场场不起眼的哑剧，在平常中穿插布局，妥协又反抗，委屈又冒险，但对有些人来说，注视它就如同注视世界的私密一样，充满着诱惑和好奇。

如果观看角度还能再大，我会看到那些纵横的河汊在大地上织成一张网，每个人都在这张网上爬行。他们面对着各自的世网、尘网、情网，要么为网所缚，要么随波逐流。千回百转、美轮美奂的唱词，就这样变成真实的肉身体验；戏台上的忠奸争斗、征战杀伐，也慢慢融入了他们的血脉，变成遗传基因，正因如此，在这块土地上，不独有才子佳人，还生长鉴湖女侠和思想叛逆。戏台上下，不仅构成一种对话关系，如明代最后一位儒学大师、绍兴人刘宗周所说："每演戏时，见有孝子、悌弟、忠臣、义士，虽妇人牧竖，往往涕泗横流……此其动人最切，较之老生拥皋比、讲经义，老衲登上座、说佛法，功效百倍。"更构成一种轮回关系，戏台与看客，戏文与生活，反复颠倒。观众和角色可以互换，戏台下的观众一扭身，就融入了一个更大的戏台，变成角色，呐喊或者语丝，都是他们的唱词，一如当年的秋瑾，还有鲁迅。

<h2 style="text-align:center">五</h2>

庞培说，乌篷船"和乐器中的琵琶形同姊妹"，在我看来，绍兴是一座戏台、一个巨大的发声体，风吹过、雨打过、脚步走过，都会发出奇妙的声响。它收纳了自然的声器和历史的烟云，既性感，又有立体感，是真正的"中国好声音"。

绍兴人说话，也像唱腔一样，悠扬清越，缤纷妖娆。作为北方人，我无法辨识其中的音节，但我依旧觉得自己能够听"懂"——我是在想象中听懂的。我想象着越王勾践用古老的绍兴话发出的复仇誓言；想象着西施、范蠡在绍兴话里谈情说爱；五四时代的语言盛宴，假如没有了蔡元培、鲁迅、周作人黄酒般浓郁的绍兴口音，立刻会变得索然无味，活色生香的岁月也立即变成了一部默片。黄仁宇说他写《万历十五年》，困难之一是听不到明朝的"声音"，但如果他到了绍兴，发现绍兴的水上戏台，就会发现这样的困难并不存在。因为那戏台，就是一部老式录音机，漫长的河道，就是咿咿呀呀反复播放的旧磁带，它们合作，呈现出有声音的历史。有了这些声音，书本上出现过的人们就不再鞭长莫及，我们会相信自己正和他们生活在一起，水乳交融。

选自祝勇《纸上繁花》一书，作家出版社 2021 年版

周
闻
道

一壶浊茶

当我驱着车，沐着柔柔秋雨到达蒙顶山，瞥见那只青花大壶时，心里悠地一下冒出杨慎那首词——《临江仙·滚滚长江东逝水》。准确说是冒出了《廿一史弹词》里的一壶浊酒。

当然，此刻在我脑子里转悠的不是一壶浊酒，而是一壶浊茶。一个奇怪意象的冒出，不是没有缘由的。眼前与壶相伴的只有水和茶。水以雨的姿态从天而降，带着仙气；茶漫山遍野，在蒙顶山守候了几千年。就是没有浊酒，至少此刻，我到达的时候。

浊酒在杨慎的词里，或在宋太祖赵匡胤的杯中。

既然含乙醇的水可以称为浊酒，含茶等元素的水，为什么不能叫作浊茶呢？当这么想着的时候，我心里的不安就得到一些缓释。其实，浊茶与浊酒，有着相同的酿制机理和生成基因；更重要的是，它们都包含着某种共同的人文精神。

一壶浊酒，可以把我的思绪引得很远，商代、夏代或者更早都说不清楚。梦从一棵树下开始，是梨树、桃树、李树，还是人参果等都不重要了，关键的是那树上有几只果子掉了下来，砸醒了树下的梦中人。醒了的梦中人不经意间发现，发酵的果子，生发出了一种香醇、可口、迷醉、可以让人舒筋活血的东西。随后，人们进而发现，日常生活中的黍、稻、粱之类，如果仿照果子发酵的过程，也都可以酿造出这种具有"百药之长"（《汉书》）的东西。于是，人们以象形之法，让想象从几滴水、一个坛出发，仰天长饮，把壶畅饮，给它命了一个美妙的名——酒。它浑浊、醇香、刚烈、绵长而通人情世故。愁与欢、坦与诈、迎与别，都离不开这东西了。饮到了三国嵇康那里，干脆把自己不凡的人生、饮酒时复杂的心情，与浑浊的杯中之物揉在了一起："时与亲旧叙阔，陈说平生，浊酒一杯，弹琴一曲，志愿毕矣。"从此，一壶浊酒，醉倒了多少英雄好汉，也迷醉了无数的诗人墨客。

其实，浊酒不浊，它融入的是物中精华和人的精神。

酒有五齐三酒，茶也有黑红白绿。除了爱恨情仇、喜怒哀乐，还有闲情逸致。一壶浊茶，善解人意，够你闲品一生。

记得若干年前，初次到蒙顶山，我曾以祭祖般的庄严神圣，拜祭了"古茶王树保护园"那棵千年茶王树。一树沧桑、挺拔苍劲，是我最深刻的印象。当时我就想，一棵茶树，要吸纳多少天地万物之精华，阅尽多少的世间风雨尘缘，融入多少守者路人的灵魂，才能练达这种程度。于是我调动一切感官，就看，就听，就闻，就想，感知这神秘莫测的茶王家园。我看到了北纬30° 06′、海拔1456米、年平均气温18.6℃、年均降雨量2000毫米以上的"西蜀漏天"。"仰则天风高畅，万象萧瑟，俯则羌水环流"的美景——西眺峨眉、瓦屋、周公诸山，东俯平畴溪涧；冬观冰丝雪挂，夏赏杜鹃；日出金光漫射，日落红云飞渡。

当蒙顶山茶遭遇这一切，或者说与这一切相遇时，意味着什么？我仿佛看到了茶中粒子的交头接耳——咖啡因、茶碱、可可碱、胆碱、黄嘌呤、黄酮类及甙类化合物、儿茶素、茶鞣质、萜烯类、醇类、醛类、酸类、酚类、酯类、芳香油化合物、碳水化合物、多种维生素、蛋白质、氨基酸、半胱氨酸、谷氨酸、精氨酸、蛋氨酸；钙、磷、氟、锰、钼、锌、硒、铜、铁、锗、碘、镁……有人说有500多种元素，我相信这绝没有穷尽。

这些都只是物质的，看得见，摸得着，测得出。还有看不见、摸不着、测不出的呢？比如，思想、情感、恩怨、祝愿、动机、希望等。它们既是信息能量，更是一种差别化的生命元素。

真水无香，也无味。酒的味不是来自水，而是佳酿；茶的味也不是来自水，而是来自茶汲取的天地万物之灵气。

当然，更重要的还是来自人。

山不在高，有仙则灵。人就是世间万物之仙。有了人，就有了人气；有了人气，才有灵气。茶也不例外。"始作秫酒"的杜康是人，夏的国君；写下《茶经》，发现"茶之为饮，发乎神农氏"的陆羽也是人，而不是神。我看见唐代的《元和郡县志》、宋代的《宣和北苑贡茶录》、清代的《陇蜀余闻》等的记载；还有苏轼、孟郊、韦处厚、欧阳修、陆游、梅尧臣等写尽茶道的诗文，以及《僮约》里最早关于茶叶市场和饮茶习俗的描述，他们为茶倾尽墨笔。我听见雅安名山茶祖吴理真，他亲手种植眼前蒙顶山这"皇茶园"中七株老茶树的传说，听见千年贡茶的故事和永兴寺、千佛寺、净居庵的诵声，他们为茶道尽苍生。我闻到了甘露井、古蒙泉旁取水烹茶的"异香"，那香，是香的本真。

当然，想就更多了。浊茶配浊壶，充满了我想象的空间。

在雅安茶厂股份有限公司，我看见了已进入企业历史展示的传统制茶机具，包括铡梗机、揉茶机、抖筛机、砖茶压制机等。其实，这些古董并不算老，真正的老，是原始的手工制茶技术。

每年立春过后，茶梗间的鹅黄新芽就开始蠢蠢欲动。经过近两个月充分生长，新生茶枝长到近尺，嫩茶叶芽褪去初生时的羞涩，泛出淡淡褐红的朝气，隐隐显出青油油的绿，各种有益的成分积蓄得满满的，采茶就要开始了。这是一件严肃的事。初入茶园，须净身更衣，心怀虔诚；采摘要神聚指尖，轻点细拈。茶的制作是门技术活，采青、萎凋、发酵、杀青、揉捻、干燥、精制、加工、包装、存储等都不可马虎。不同的地域、季节、茶品和人对茶的理解，制茶的工艺和每个环节，又有不同操作……

如此这般，方能成就舌尖巨美，心上云天。

我特别注意到干燥这一工序，以及炒青、烘青、蒸青和晒青之别。青茶一般是将鲜叶摊晾后，直接下到一二百度的热锅里炒制，不经过发酵过程。其好处是，保留了茶的绿色元素和本真特质。红茶就不一样了，要经过发酵。根据制作工艺的方法不同，就有了绿茶、红茶、黑茶、白茶等之分。雅安的蒙顶黄芽、蒙顶甘露等，则是茶中极品。

80 条茶，金尖，康砖，1980 年，一级，10kg/ 条；70 条茶，金尖，康砖，1970 年，一级，10kg/ 条；92 条茶，金尖，康砖，1992 年，一级，10kg/ 条……标价一色的 22.80 万港元 / 条。

当我看见茶厂茶库里存储的堆山积海的包茶、条茶、散茶，脑子里首先浮现的是这里的茶马古道和古道上络绎不绝的背茶哥。当年频频闪动在这条路上的马与人俱去矣，唯有背影留在了茶里，幻化为一种精神。如今，我也来了，还不止一次。我能够赋予这些本已吸纳了大量信息量的浊茶以什么呢？我选择了祝福与敬仰。我相信，它可以随一壶浊茶，丰富的精神。

当这些物质的、精神的、凡间的、神明的、主观的、客观的、历史的、人文的种种基因，随着茶树的生长，茶叶的采摘、制作、面市、冲泡，都融入念想的杯中。那片片复活的嫩叶，将鱼翔浅底，鸟过天空，浊茶中的"浊"就升腾成了一种人文精神。

是的，浊非污物，它是茶里积淀的宝物。酒浊浊在水中，是人为的外在赋予；茶浊浊在茶中，是茶融入的全部生命精华。我猜想，"弱水三千，只取一瓢饮"，有可能说的是茶，融入了自然人文精神的浊茶。为什么不可以把它改成"弱水三千，只饮一壶"呢？浊茶之饮，是要讲究缘分的。

蒙顶山的一壶浊茶，我来了。

在蒙顶山茶艺馆，我对出神入化的茶艺表演啧啧称奇。一对俊男俏女，身着唐衣汉服，手执长壶，从容而淡定。从洗杯、净茶、泡茶，到敬茶、续茶、送别，均行云流水，款款有礼。

我根据自己对蒙顶山浊茶的理解，按表演的程式分别给它取了一些名，比如，涤净尘缘（洗杯）、芳丛探珠（赏茶）、佳人入闺（投茶）、甘露回春（品茶）、女娲窥夏（注水）、天人合一（盖碗）、浊望秋水（候茶）、浊见至尊（敬茶）、杯声悠远（道别）、一壶长流（欢迎再来，友谊长存）……

不能不说，这样的时节，这样一批性情中人，在蒙顶山，一壶绝技，一杯浊茶，对于执壶表演者和饮茶人，都是一种怡情。

在雅烧林窑现场，我被一堆熊熊燃烧的炉火所震撼。一个直径2米的馒头地窑，一下颠覆了我心中既有的炉窑形象。一根碗口粗的吊棒，似长臂杠杆，一头在炉窑外，一头悬挂一个耐火的"锅盖"，不大不小，刚刚吻合地盖在圆形的"窑灶"上；灶下一台鼓风机正嗡嗡作响，夸张地为炉窑鼓风吹氧。"锅盖"随杠杆而启，"窑灶"口喷射出橘黄色的熊熊火焰，十分壮观。

正在出炉，既有砂锅，也有茶壶茶杯等。

有名的荥经砂锅自不待说，是焖肉炖汤的绝好砂器；砂壶砂杯呢？当是浊茶的绝配了。应该不是专门为我们的到来准备的，因为砂器制作工艺十分复杂，很难导演。考古发现，早在新石器时期，人们就开始使用夹砂陶。四川荥经的黑砂烧制技艺，是国家级非物质文化遗产，已有2000多年历史。黑砂的主要原料为当地的黏土，俗称白善泥，其化学成分为 AL_2O_3、Fe_2O_3、CaO、MgO 等。煤渣混合，磨粉拌合抽真空成黑砂，然后经过十分烦琐的配料、踩泥、制坯、上釉、风干、烧制等环节，烧制成各种茶壶、茶杯、瓦罐、砂锅等生活用品，无污染，无有毒有害元素。

烧制工艺沿用的是传统的馒头地窖。砂锅瓦罐一般烧2个多小时，而茶壶、茶杯等小巧工艺品，则1个多小时就够了。炉窑温度一般都在1000℃以上。当炉温上升到1250℃临界点时，有极少部分黑砂会发生釉变，并自然形成美妙绝伦的色彩和纹理。若打磨去表层氧化物，露出其真面目，如天蓝、古铜、虎纹、大斑、墨绿等，会让人叹为观止。更多的则保留了砂器的本来面目，比如，我们眼前所见。这些乍看粗糙，实则蕴含乾坤的茶壶，无论线条、造型、面相还是成色，皆充满沧桑之感，包含着制作者的全部灵魂。这样的壶，可泡出茶的本味，乃真正的浊茶。

秋日午后，风不动幡，阳不灼肤，金桂散香。邀约三两知己，用这样的"粗糙"之壶，泡上一壶蒙顶山浊茶，把凡尘抛到一边，只坐而论道，浅斟薄饮。此刻，斟的是岁月，饮的是人生。

今天，我又来了，来到蒙顶山，为一壶浊茶，为那神秘的浊的基因。作为一位读书人，我很庆幸，那些勤劳的雅安人，还有寻找诗意雅兴的古人，早已为我采集了浊茶的样本。我沿用这样本，轻取一缕阳光、几片甘露，承女娲留下来的雨，茶，活水活火烹。然后，面朝北宋，邀乡人苏轼同饮，自临钓石取深清。大瓢贮月，小勺分江，茶语难尽，人在草木间，清水煎红尘。

　　一壶浊茶喜相逢，古今多少事，都付笑谈中……

原载《天津文学》2021 年第 5 期

穆
涛

四象与西水坡遗址中的龙虎图

遗址，是历史存在的物证。

1987 年，在河南濮阳老城区的西水坡，在对新石器时期的一处大墓（M45）的考古挖掘中，出土了震动史学界的以龙和虎为主题的"艺术创作"遗存，三组图案栩栩如生，均以蚌壳砌塑而成，考古编号为 M45（B1，B2，B3），碳 -14 测定时间界限在公元前 4000 多年，距今约有 6700 年之遥。

这三组蚌塑砌在地面上，在大墓主人身躯的两侧，以及周围，这非同一般的匠心之作，传递给我们最重要的信息，是那个年代中国先民对天体和天象的认知能力，是中国天文学的源头和发端阶段的存在证据。

《西水坡遗址考古报告》（文物出版社）：

共发现三组（蚌壳图案），编号分别为 B1，B2，B3。

B1（M45），位于 T137 的西部，墓口开在 T137 第④层下，打破第⑤层和松土，墓坑平面为人头形……墓室的结构为竖穴土圹，南北长 4.1 米，东西宽 3.1 米，深 0.5 米。墓底平坦，周壁修筑规整。墓室的东西北三面各有一个小龛。东、西两边的小龛平面呈弧形，北面的小龛为长方形。

墓内埋葬四人。墓主为一老年男性，经鉴定为 56+ 岁，身高 1.79 米，仰身直肢葬，头南足北，埋于墓室的正中。另外三人，年龄较小，分别埋于墓室东、西、北三面小龛内。东部小龛内的人骨，骨架腐朽，性别无法鉴定。西面龛内的人骨，身长 1.15 米，头朝西南，仰身直肢葬，两手压于骨盒下，年龄十岁左右。

在墓室中部墓主人骨架的左右两侧，用蚌壳精心摆塑一龙一虎图案。龙图案摆于人骨架的右侧。头朝北，背朝西，身长 1.78 米，高 0.67 米。龙昂首，曲胫，弓身，长尾，前爪扒，后爪蹬，状似腾飞。虎图案位于人骨架的左侧，头朝北，背朝东，身长 1.39 米，高 0.63 米。虎头微低，圜目圆睁，张口露齿，虎尾下垂，四肢交递，如行走状，形似下山之猛虎。

B2 摆塑于 M45 南面 20 米处，发现于 T137 第④层下，打破第⑤层的一个浅地穴中。图案由龙、虎、鸟、鹿和蜘蛛等组成。图案南北长 2.43 米，东西宽 2.15 米。龙头朝南，背朝北。虎头朝北，背朝东，龙虎蝉联为一体。龙口前（南）0.15 米处有蚌摆的似椭圆形的团，鹿倒于虎背上，鹿臀部有一鸟形图案，头北尾南。蜘蛛摆塑于龙头的东面，头朝南，身子朝北。另外在蜘蛛和鹿之间，还有一件制作精致的石斧。

B3 发现于第二组龙虎图案的南面 T215 第⑤B 层下打破第⑥层的一条灰沟中，与第二组龙虎图案相距 25 米。灰沟的走向由东北到西南，灰沟的底部铺垫有 10 厘米厚的灰土，然后在灰土上摆塑蚌图。

图案残长约 14 米。图案有人骑龙和奔虎等。人骑龙摆塑于灰沟的中部偏南，龙头朝东，背朝北，昂首，长颈，舒身，高足，背上骑有一人，也是用蚌壳摆成，两腿跨在龙背上，一手在前，一手在后，面部微侧，好像在回首观望。虎摆塑于龙的北面，头朝西，背朝南，仰首翘尾，四腿微曲，鬃毛高竖，呈奔跑和跳跃状。

著名学者李学勤先生对西水坡遗址 M45 墓圹的解读与判断，把龙虎图案与"四象"的起源相联系。

45 号是一座土坑竖穴墓，南北长 4.1 米，东西宽 3.1 米，为仰韶文化灰坑所打破，因而时代是清楚的。墓主是一个壮年男子，遗骨在墓室中间，头向南，仰身直肢。随葬有三个人殉，分别在墓室东、西、北三面的小龛内，也都仰身直肢。西、北两个人殉，双手都背压在骨盆下，一个是十二岁左右的女孩，头部有砍斫痕。另一个则是十六岁左右的男性。东面的那个人殉，因骨架保存欠佳，未能鉴定。

特别奇怪的是，在墓主骨骼两旁，有用蚌壳排列成的图形。东方是龙，西方是虎，形态都颇生动，其头均向北，足均向外。

45 号蚌壳图形和青龙、白虎之相似，实在是太明显了。墓室中图形和墓主的相关位置，墓主头向南，可能与古人绘图都以上为南的习俗有共通处，龙形在东，虎形在西，便和青龙、白虎的方位完全相合……虎虽恒见于自然界，龙却是一种神话动物，只是在传说里才有的。因此，在墓室中排列龙、虎图形，即使仅此一例，也必反映古人一定的思想观念。

——《西水坡"龙虎墓"与四象的起源》

四象，也称四神、四灵，即青龙、白虎、朱雀、玄武。

四象不是神话传说，是中国古代天文学的核心内容部分。"所谓天数者，左青龙，右白虎，前朱雀，后玄武。"（《淮南子·兵略训》）

中国古人观测天象，认识星辰，给天上的恒星按序列和形态进行编组，划分出星区，每个星区称"天官"（参见《史记·天官书》）。同时赋予奇妙的艺术想象，于是产生了古代天文学领域的"三垣、四象、二十八星宿"。

三垣是三个庞大的星区，紫微垣、太微垣和天市垣。三垣是天上的"首都功能区"。紫微垣居北天中央，是"皇宫"。太微垣是"政府执法部门"。天市垣是天上的"街市区"，类似于"自由贸易市场"。三个星区各自都有左右蕃星环列护卫，形状如墙垣，因此称"三垣"。

在三垣外围，分布着东南西北四个星区，每个星区均由七组恒星组成，依星系组合形状，古人命名为青龙、朱雀、白虎、玄武。在中国古人的认知与想象中，这四个星区，是日、月和五星——岁星、荧惑星、镇星、太白星、辰星（木、火、土、金、水），在天空运行休栖的场所，因此称为"宿"，这是"四象二十八星宿"的由来。

古人对二十八星宿依据其形态和特征分别赋名：

青龙七星：角、亢、氐、房、心、尾、箕

朱雀七星：井、鬼、柳、星、张、翼、轸

白虎七星：奎、娄、胃、昴、毕、觜、参

玄武七星：斗、牛、女、虚、危、室、壁

四象是古人用来确定方位和四时的，"天之四灵，以正四方"。东方青龙，南方朱雀，西方白虎，北方玄武。在冬春之交的傍晚，青龙立身，青龙主春；在春夏之交的傍晚，朱雀起舞，朱雀主夏；在夏秋之交的傍晚，白虎抬头，白虎主秋；在秋冬之交的傍晚，玄武呈现，玄武主冬。

四象之中融汇着五行与八卦，"北方壬癸水，卦主坎，其象玄武，水神也。南方丙丁火，卦主离，其象朱雀，火神也。东方甲乙木，卦主震，其象青龙，木神也。西方庚辛金，卦主兑，其象白虎，金神也。此四象者，生成世界，长立乾坤，为天地之主，谓之四象"（《混元八景真经》）。

四象之中还包含着五色。中国古人以青、赤、黄、白、黑五种颜色为天地间的正色，青龙（青），朱雀（赤），白虎（白），玄武（黑）。

四象既分四时，还含着五行。在春夏秋冬四时的中央，是土。五行依季候的大序是木（春）、火（夏）、土、金（秋）、水（冬），木生火，火生土，土生金，金生水，水复生木。中央土的正色是黄，"中央土，其日戊己，其帝黄帝，其神后土"（《礼记·月令》）。

"四象"最早的完整文字记载，依据已发现资料，是在战国时《吴子兵法·治兵》中：

武侯问曰："三军进止，岂有道乎？"

起对曰："无当天灶，无当龙头。天灶者，大谷之口；龙头者，大山之端。必左青龙，右白虎，前朱雀，后玄武。招摇在上，从事于下。将战之时，审候风所从来，风顺致呼而从之，风逆坚阵以待之。"

武侯问："作战部队行军与驻守，也有原则吗？"

吴起回答："切忌在'天灶'扎营，切忌在'龙头'驻军。天灶，是峡谷的峪口。龙头，是山顶。部队行进，左军青龙旗帜，右军白虎旗帜，先头部队朱雀旗帜，阵后部队玄武旗帜。中军旗帜高高飘扬，三军依令而行。大战之前，要谨慎观察风向变化，顺风，乘势进击，逆风，坚阵以待。"

中国古人对四象的认知与判断是逐步清晰的，首先认知的是春和秋，即龙和虎，西水坡遗址的考古发现价值，就在于这一点，也就是说，在公元前 4500 多年，中国人的祖先在对天象的观测中，已经掌握了春秋两季的变化节点。到尧帝时代（公元前 2000 多年），准确锁定了"两分两至"的具体日期，并且赋予名称，《尚书·尧典》中，春分称"日中"，秋分称"宵中"，夏至称"日永"，冬至称"日短"。尧帝时期，中国设置了世界上首个"天文台"，观测天象的专职政府机构。"乃命羲和，钦若昊天，历象日月星辰，敬授民时"（《尚书·尧典》）。

但在《尚书·尧典》中，还没有关于"四象"的完整记载。在西周早期的文献中，朱雀被称为"鸟"，玄武被视为"神鹿"，西水坡遗址中的"蜘蛛"，有的专家解读为"与鸟形相似，推测为朱雀的最初认知"。由西水坡遗址年代到尧帝时代，是两千多年的跨度；到西周早期（公元前 1100 年前后），是一千多年的光阴；再到战国时的《吴子兵法》年代（公元前 400 年前后），又经过了六百余年的铅洗与升华。至此时，可以得出一个基本判断：四象，由最初的天文学范畴，渐而衍入中国哲学（五行、八卦），到战国时期，已应用到军事和政治领域，由天上到人间，天人相应，以应万方，成为中国古人重要的精神信仰与寄托。

《西水坡遗址考古报告》是科学严谨的著作，但其中也有这样令人按捺不住的灿烂想象描述：

在龙的南面，虎的北面，龙虎的东西，还各有一堆蚌壳，龙南面的蚌壳面积较大，高低不平，成堆状。虎北面和龙虎东面的两堆蚌壳较小，形状为圆形。

除奔虎、人骑龙外，包括龙南、虎北、龙虎东的成片散化蚌壳，看来非乱扔之物。如果将大灰沟看成夜空中的银河，则众多蚌壳像是银河中的无数繁星，非常形象壮观。

原载《钟山》2021 年第 2 期

素
素

甘州八章

八声甘州，最早是一首边塞曲，最后变成了唐宋词牌，让柳永吟出了《对潇潇暮雨洒江天》，让辛弃疾写下了《故将军饮罢夜归来》。如今我也来到甘州，却苦于不会写曲填词。谨以小作《甘州八章》，向"八声甘州"致敬。是为序。

河西走廊

这个秋天，许多人向河西走去。它不是一条无名小河的河西，而是一条著名大河的河西。这个秋天，许多人在河西走廊流连忘返。河西走廊不只是地理名词，更是一种文化的所指和能指。

祁连山在南，龙首山和马鬃山在北。也许因为经常改道的黄河难以捉摸，也难以跨越，它们从乌鞘岭出发，一起选择了西去的方向。而它们在彼此礼让中留出的一条缝隙，却无意间勾勒出一条注定要成为传奇的千年古道。后世的地理学家和历史学家想了再三，给予它一个大气而苍然的命名——河西走廊。

因为河西走廊的长度，就是甘肃的长度，所以有人叫它"甘肃走廊"。因为甘肃走廊的形状酷似一只如意，所以甘肃也被称为"如意之省"。此时此刻，越来越拥挤的河西走廊，也叠加上了我的脚印和陌生。战争记忆，从"斩匈奴之臂"到"张中国之腋"，原来所有的兵来将往都要用真刀真枪定输赢；历史线索，从秦汉晋唐到宋元明清，原来所有的起承转合都可以去古书里找注脚；国家叙事，从匈奴远遁到丝绸之路，原来所有的腥风血雨都能在转瞬间化干戈为玉帛。

没有谁可以看出河西走廊内心的冲动，也没有谁可以改变河西走廊个性的执拗。自古以来，河西走廊最经典的表情，就是用憨厚和缄默，释放它深藏的荒凉和繁华。

祁连山

祁连山是我少女时代的偶像。每次地理考试之前，我都要把"祁连山"三个字至少默念十遍。虽然不知道它长什么样子，但我可以在空白版的地图上准确标出它的位置、长度和走向。记得书上说，祁连山通过与西域的相接，让中原人在它的护卫下走向了天山和帕米尔高原。书上还说，没有祁连山，内蒙古的沙漠就会和柴达木盆地的荒漠连成一片。

祁连山是一座天然湿岛。与黄河拱手揖别，与秦岭擦肩而过，然后把身体拉成一张万顷硬弓，从东向西挺进，从低向高攀去，让太平洋季风，亚热带的雨，凝聚成一只巨大的冰斗，给干燥的西域送去更多的水分。于是，坚硬的冰川，柔软的白雪，汩汩的溪流，静静的湖泊，不论哪一种形式，都叫雨露甘霖。

祁连山是河西走廊的乳母。它向天地敞开了丰腴的胴体，把左乳分泌给了南麓的青海湖，把右乳分泌给了北麓的黑河，然后把满头青丝飘洒成一片片绿洲和草原。它知道，冬天的时候，它会再次白发如雪，坐待春暖花开。当然，祁连山也有雄性的一面。石骨峥嵘，山脊雄奇，雪线如脉，鸟道盘错。匈奴人叫它"天之山"，汉人叫它"祁连山"。

光阴过隙，沧海桑田。这个秋天，在河西走廊，当我与传说中的祁连山狭路相逢，真想变成一棵雪莲，在高寒之顶，凌空开放。

黑河

祁连山顶的雪是白的，冰川也是白的。祁连山没有四季，也没有荣枯。在亿万斯年的岁月里，它用冰和雪融化出三条内陆河，滋养着嗷嗷待哺的河西走廊。

河的水文资料是这样的：三支各自独立的水系，形成了三个独立的内流盆地。武威所在的平原，有一条石羊河；张掖所在的平原，有一条黑河；敦煌所在的平原，有一条疏勒河。三条河拐了许多弯儿，它们覆盖的面积，当然不止三个地方。

黑河是祁连山最大的一条河，也是华夏第二大内陆河。这么著名的一条河，乳名却叫"弱水"。弱水三千，只取一瓢饮。在恋人的诗句里，它的寓意是爱和忠贞；在张掖的记忆里，它的本义是源远流长。黑河也曾叫黑水。水染绿了草原，草原喂肥了战马，战马上的骑手，建起了一个黑水国。土夯的城址，千年不倒，站成了镀金的神话。河流是生命的褓褓，文明的摇篮，只要沿着河走，就能看见炊烟。

祁连山是黑河源头，居延海是黑河尾闾。专家说，没有尾闾，就不能称之为河。为让已经干涸成大漠的居延海起死回生，纤细的黑河过鸢落峡，出甘肃界，奔额尔济纳，终于在八百公里之外，看见那棵正要倒下的胡杨。因为有黑河，居延海至今仍以海的方式映照天空。

张掖湿地

古人云，先有甘州，后有甘肃。自汉代在河西设四郡，甘州始称张掖。甘州也好，张掖也罢，在我的词典里，它们的名字与戈壁沙漠同义，与干旱和沙尘暴相近，枯燥得没有一丝水汽。

入住张掖那晚，鼻孔竟突然湿润了起来。翌日早上，我发现距离驻地不远，竟然有一片天水相接的湿地公园。于是知道，张掖其实依偎在祁连山下，祁连山之水以黑河的名义流入张掖，张掖以湿地的名义分享着黑河，一直就这么湿漉漉地生动。于是看见，游鱼、水藻、沙洲、绿树、蓝天、青山的倒影，以及散步者牵的狗，孩子放的风筝……"不望祁连山顶雪，错把张掖当江南。"唱了两千年的歌谣，至今仍是这个调调。

湿地如一张水床，托举着世俗的日子。湿地像一幅沙画，太阳要落了，钓鱼的老人，一动不动；拍荷的女子，也完全没有时间概念。真想乘一只鹤，飞到湿地的最深处，看看谁这么晚了还不回家。

穿过大半个中国来看张掖，张掖给我看一片古老的湿地。

冰沟丹霞

如果把祁连山比作一位老祖母，丹霞地貌就像她少女时一次不小心的春光乍泄，像她嫁为人妇时一次出血太多的分娩，更像她老年时仍穿在身上的红肚兜。

这只红肚兜绣工极美，从侏罗纪时代就开始设计图样，一直到二百万年前才戴在胸前。只是我们都太年轻了，至今仍有许多猜不出的心思，看不懂的细节。

比如，那浓稠如漆的红。老祖母管自己钟爱的颜色叫丹霞。色如渥丹，灿若明霞。这世上的确没有哪一种红可以与丹霞媲美。而那宛如在画布上定格的丘陵，明明是多彩的，喧闹的，却寂如空谷，静如天籁。从今以后，我只想追随着它，从一种色彩抵达另一种色彩，从一种喧闹抵达另一种喧闹，从一种寂静抵达另一种寂静。

比如，那鬼斧神工的造型。若是一座巨大的存在，便将它命名为宫殿式；若是一个局部的存在，便将它认定成窗棂状。看，一位叫不出名字的将军仗剑走出了宫殿，飞身上马的那一刻，就知道下一场厮杀又会斩获多少胡虏；看，那一群豪情万丈的边塞诗人，头也不回地离开了江南的晴窗暖阁，纵然"马上相逢无纸笔"，却可以写出"八千里路云和月"。

对我而言，来张掖看丹霞地貌，就是来看一场地老天荒的红，一场赴汤蹈火的红，一场刻骨铭心的红。

焉支山

在史书里，无数次望见焉支山的影子。此山在河西走廊蜂腰处，素有"甘凉咽喉"之称。它是祁连山大家族的一条支脉，却从未辱没祖先的荣誉，给漫长的家族史书写了一个又一个宏大叙事。

"明犯强汉者，虽远必诛。"公元前 121 年，有一位年轻的骠骑将军打马而来，以他最擅长的快速突袭和大迂回、大穿插，两战即破匈奴各部，俘获祭天金人，直取祁连山。四散逃窜者，只能回首哀号："失我祁连山，使我六畜不蕃息；失我焉支山，使我妇女无颜色……"

焉支山自此记住了他的名字：西汉大司马、冠军侯霍去病。

"借问长城侯，单于入朝谒。"609 年，当分裂的中原重归一统时，一位帝王西行千里，驾幸张掖。在旌旗猎猎的焉支山下，他主持了一场世界贸易博览会，让丝绸之路再添锦绣。他写的一首《饮马长城窟行》，给中国诗史再留华章。焉支山自此记住了他的名字：功高罪亦大的隋炀帝杨广。

军马场

在焉支山下的山丹军马场，我与一匹枣红色的汗血马成了莫逆之交。在它的旁边，有一匹乳白色的阿拉伯马，还有一匹褐色的英国马。在马的族谱里，它们代表了三种高贵的出身，而且都是纯种的公马。与汗血马四目对视的那一瞬，我就想以心相许。就好像前世的缘分，恰好在今生重逢。

是的，这里曾是匈奴王的牧场，这里曾是回纥人的牧场，这里也曾是蒙古王的牧场。那一支支来势汹汹的马队，曾让中原人看花了眼睛。然而，一阵眩晕过后，秦始皇的先祖开始给周天子喂马，赵武灵王则是振臂一挥，让他的步兵向游牧者学"胡服骑射"。

霍去病是赵武灵王最好的学生。马是他的战车，也是他的长戟。击退匈奴之后，他就在焉支山下屯兵牧马。气度如"大风起兮云飞扬"的西汉，就此首开国家养马之先河。这个古老而固执的农耕民族，第一次以养马的方式向游牧文化致敬。之后几乎每一个朝代，都有戍边的将士来到山丹，从草场上拾起前人丢弃的马鞭和缰绳。

如今，这里依然是马的故乡，牧马人的口哨和鞭响，与草原上的风一起尖叫。那声音立刻激活了汗血马的祖先记忆，因为"日行一千，夜行八百"曾是它的一世英名。

马蹄寺

　　祁连山下，原本也没有路。最早走在上面的是胡马，胡马驮着西域的玉石；之后走在上面的是汉商，汉商背着中原的丝绸；再后则是白马东来和玄奘西去，传教与取经相向而行。

　　于是，有人说这是一条玉石之路，有人说这是一条丝绸之路，有人说这是一条朝圣之路。总之，众口铄金，硬是把一条自然属性的荒谷，演变成一条人文属性的走廊。

　　玉石和丝绸总是在来回流动，僧侣却决定留在这里打坐向佛。于是，许多文字在河西被抄写成经书，许多山崖在河西被凿成石窟，许多黄土在河西被塑成佛像，许多墙面在河西被绘成壁画。一条河西走廊，竟然凿出三大名窟——一曰莫高，二曰榆林，三曰马蹄寺。

　　来马蹄寺，一定要爬"三十三天"石窟，它是中国唯一把栈道修筑于山体之内的石窟。三十三天在须弥山顶巅，为欲界的第二层天，也是佛祖为众神和众生而设的天堂。窟内通道，如九曲羊肠，只容一身向上攀爬。直壁上可以手抓的石窝，像凿窟者写下的偈语：若想离苦向乐，若要抵达三十三天，且先忍蝶变涅槃之痛，再享一步登天之福吧。

　　马蹄寺，因为石上遗有一只天马的蹄印而得名，寺内故有为马蹄印而凿的一孔石窟。在古代的中原文书里，汗血马，也叫天马。难道说留下蹄印的天马，就是山丹马场那匹汗血马遥远的祖先吗？

沈
念

流水函关

是黄河这条道路引领着我抵达这里的。

东西南北中，行走中原大地，万物都沿着黄河这条曾经的历史中轴线而生长。从这里，黄河进入中游峡谷的下一段，北为晋北，南为豫西。黄河也因山就势，硬生生将南北走向的水流折弯成东西走向，完成凌空俯瞰时"几"字的弯钩书写。这是潇洒的一笔，这条大河流到这里，有了节奏、矜持，也有了坠落、跨越。

我该怎样描述"这里"？此刻，它是离三门峡市区 36 公里的灵宝市，是灵宝市区往北 15 公里的王垛村。往前追溯，是夸父逐日道渴而死弃杖化为邓林之地，是"紫气东来""鸡鸣狗盗"的起源地，是战国秦孝公从魏手中夺取的崤函……关于"这里"的定义，还可以说出数十、上百种。

人们称"这里"为函谷关，它的名字就是它的身世。东去洛阳、西达西安的故道，所要穿越的崤山至潼关段，几乎都是在山涧峡谷之间，人行此中，如入隧道般不知深险，古称函谷，险隘之意。如此贴切的命名再没改变过。有传说是西周，武王伐纣至于牧野，大胜而归，置关于此，又专设司险管理关塞，也有一说是秦孝公胜战后选择了最险要的这一段来重兵把守。冷兵器时代，金戈铁马的战场是兵家必争、胜负定夺之地，是国君与枭雄一争高下、开创与终结一关定论的象征之地。这才有了"天开函谷壮关中，万古惊尘向此空""双峰高耸大河旁，自古函谷一战场"的浪漫诗性与现实抒怀。

如同黄河在我抵临之前就已经流淌多年，这座耸立眼前的关楼栉风沐雨，变了颜色，成了时间里的事物。我当然是这样以为的，但人们告诉我这只是 20 世纪 90 年代在原址上新建的。现代旅游，将它打扮得阔绰而夺目。所剩无几的原址，风雨历经的原址，只留在了黑白图片中。寻古访古却不可得古的人，会滋生怎样的失落？然而我释然了，风云际会，屡毁屡建，屡建屡毁，是它必然的命运。在这里，即使剩余一片空旷，留下的只有片瓦独木的想象，那也是荡气回肠的。

我从广场上穿过，脚步急切，仿佛要超越消失的时间去抢先一步。北邻的黄河，奔流不停，没有人能走到水的前面，又怎能超越时间呢。绕过园区高耸的塑像、飞檐翘角的楼阁、保持年代原貌的屋舍、重点保护的纪念物，我小心翼翼地踩在被熙攘人流踩过的步行道上。移步易景，道道帷幕拉开，却还不是我想要见到的古关遗址。园区里栽种了很多树，玉兰、木槿、国槐、小叶女贞，我欢喜地辨认着它们，却忘记询问哪一棵最古老。又有些恍惚，仿佛所有的树都是过去的人，每一次枝动叶摇，都是微笑或沉思。也许，从前这里没有树，而是喧嚣市井、袅袅炊烟、南来北往的口音、疲倦却压抑不住兴奋的面孔。

古代的故事，多是发生在河流、古道，或是边界的关楼。函谷关南接秦岭，北倚黄河，东西或绝涧或高塬，它的迷人之处，也是它的揪心之处，就在于那么多人想通过它、占守它。它是阻滞、关闭，也是畅通、开放。

在这里，有一件事是不能回避的，那便是历史的追溯。无论藏在哪个角落，历史的风扑面而来，情绪的力量在历史的托举下，让去往函谷关的路变得跌宕起伏。始于90年代的修建，关楼只是历史的化身，过往痕迹被抹去——直到被一尊黑色石碑身后的函关古道所打开。在古代，那只是一条在沟谷中蜿蜒的土路。有记载说这条曾经崎岖狭窄、蜿蜒相通的路全长15里，沟壁有50米高，坡度有40~80度，有的地方仅2米宽，仅能容一辆牛车通过。车不方轨，马不并辔，人行其中，如入函中。并非夸张的描述，可以想象它在军事战略上的利害。从遥远的春秋战国就开始了碰撞，直至秦国一统，函谷关扮演着决定胜负的关键角色。西汉贾谊在名篇《过秦论》中议论："于是六国之士……尝以十倍之地，百万之众，叩关而攻秦。秦人开关延敌，九国之师，逡巡而不敢进。"好一个"逡巡而不敢进"！

然而到了公元前209年陈胜义军过关交战，刘邦绕关灭秦，项羽使黥布破关，怒而焚关，函谷关又为秦的灭亡画上了一个终结的句号。自此往后，进退之间，是"逐鹿中原"，也是"入主关中"，这八个字里藏着千钧重量和血腥杀戮。再去拨开时间的密叶，沿经"安史之乱"中的桃林大战，闯王李自成激战斩明兵部尚书孙传庭，1927年冯玉祥北伐驻防，直至1944年5月中国军队阻挡侵华日军西犯的函关大战，都绕不过此地。太多与函谷关勾连的历史细节需要叙说，铁打的雄关流水的战事，得失均因这里而起。这里，并不只是一座青砖砌起的城楼，还是一条真正通往时间深处的道路。也许它从来都是道路，如同它倚临的黄河，连接的不只是一个个地点，还有可追溯的来处、可前行的去往，它是立体变幻的时空，也是后人想象的原点。

这条看不见的道路，更远的地方，是远方，也是远去。

函谷关留有秦、汉、魏三处，汉关在洛阳新安县，魏关因三峡拦洪大坝修建而被淹没，这座秦关的历史当然是最长的。通往秦关的路不断被覆盖，也不断被呈现。走到这里，仿佛已经走了很多年，应该徒步，不只是看看路途的风景或肤浅地探察，更是要从历史的踪迹中学会思索。鲁迅在1924年的暑假来过这里，国立西北大学和陕西教育厅邀请他到西安讲课，归途中他来到了灵宝县。他在日记中写下："九日晴，午抵函谷关略泊，与伏园登眺，归途在水滩拾石子二枚做纪念。"那是一次短暂的停留，"略泊"里，他会想到些什么呢？他历来以为思考是大于世俗生活的。是欣喜、怜叹？是流连、彷徨？古关是帝王将相的觊觎之物，是征服的对象，是荣辱成败的要塞，也是平头百姓心目中的富庶安逸之门。鲁迅离去，那两枚黄河石还会在日常生活中唤起他对函谷关的回忆吗？

从古道上走过太多的出关者，有一人不能不提。公元前491年农历七月的一天，函谷关令尹喜清晨起床，看到了东方的紫气，知有异人来。他等来了八十高龄的老者——东周守藏史老子。这位又名李耳的老人骑着青牛，被他的崇拜者热情地挽留下来著书立说，从而有了五千言的《道德经》。也许连函谷关也没想到，在经历那万千厮杀争夺之后，被封堵在深井里的血液依旧如岩浆般汨汨流动，为它加持的正是这位眉宽耳阔、目如深渊的老人。一块精致的黄河石被供奉在纪念祠屋的一侧，万千来客的手掌在石头上抚摸而留下了一层光泽。已无人探究石头的年代和书桌的真假，只为老子完成著述出关后的"莫知其所终"而好奇与叹惋。

叹惋那散落时光里的，与一个人、一座关、一条河有关的秘密。谁能说，任何普通渺小的生命，不会因这片黄河流经的土地而变得不凡？

黄河在北，隆起的土塬隔阻了函谷关的视线，静寂中水声传来。

古关与长河，都把各自烙印在对方的骨骼之上。这条大河，微微发出的声响，都是振聋发聩的轰鸣。在抵达函谷关的短暂时光里，我能亲密地感应到从四面八方汇集而至的那些水声。流水声里，有风貌之变，也有愿景之欢，桩桩美好落色为图——筑坝建库后的水波清粼，生态改良后的天鹅栖息，挣脱贫困后的喜乐安宁……中原大地上的万千气象、幕幕大戏皆可沿着这条大河被我们遇见。

河流之上的备忘与注脚，被时光拍打的浪花卷起。众生命运千差万别，然而与之有关的黄河故事到处流传。

原载 2021 年 1 月 29 日《光明日报》

蒋
蓝

旗形树

　　我经常在四川的康藏山区行走，见到很多旗形树。

　　有报道称，"旗树"一词最早来源于 CCTV10 的《地理·中国》栏目。2016 年 6 月 5 日，商洛学院城乡规划与建筑工程学院地理科学 1502 班学生，在秦岭牛背梁海拔 2255 米之处，发现了这种与栏目中描述相似的树，将其命名为旗树。

　　其实，四川藏区一般称之为独臂松、旗形树，未必是这些学生的发明。

　　近二三十年气候变暖，雪线大幅下降，大片丛林逐渐消失了，只有零星几棵好像来不及随大部队突围，它们留守下来，在风口挺立。不知道被固定方向的冷风劲吹了多少年，风把敢于对抗自己的树皮、枝叶统统拔掉，剩下顺风的东西，酷似一面三角旗，这就是旗树。

　　去年我路过木雅贡嘎山的一个坳口，四周全是冷杉、云杉、铁杉、高山松等亚高山针叶阔叶混交林，树姿挺拔，层次明显。山坳下的树木，树干要比山上更丰满圆润，仍沉积着风雪的印迹，但飘垂而下的米黄色松萝，宛若舞中裙裾，透露出大树沉默之外的欢娱。那里海拔有 4300 米，在峰巅拉起的壮丽旗云之下，我见到了两株孤零零的旗树。树矮，弯曲，就像昔日驮着三百斤茶叶的背夫。旗云与旗树倒向一个方向而飞动，天光在为之倾泻。

处在风口的树，铁杉、冷杉、雪松、杜鹃等，一般而言早就夭折了。只有极少数的树可以存活下来，强悍地昭示着风的形象。旗形树就像一根巨大的鱼刺，卡在山水的某个垭口上。它不惜丢掉自己的肢体与血肉，而将最绮丽的事物，留在了自己周围。

记得几年前我采访制琴大师何夕瑞，他深谙木理，告诉我，如果把旗树锯开，可以看到向风的一侧很单薄，而背风的一侧很厚实。造成这畸形的原因是向风面的压力大，缺少树叶，营养不足，而背风面的情况则相反。旗形树不仅木材质量较差，而且因枝叶稀疏，光合作用的总面积较小，旗树的生长也极缓慢。

在一个完全被时光忽略的冷寂空间里，时光完全被风替代。但旗树不是被遗弃的孤儿，它更应该是时间的铭记者。冰山连绵，白光一片，你在等谁？

现在，我看到的这两棵树，应该是冷杉木，一前一后，前者为抵挡风，显得更为矮小，被风拉弯的树干，像吃满力道的弯弓。后面一棵略高几寸，尽量躲闪，躲无可躲，也只好交出自己的枝叶。

这一前一后的两棵树，弯弓，不射大雕！弯曲的弧线几乎一致。后面一棵树略高，宛如前一棵树的影子。

也许，这是来自一个错误的约定，造就这场悲壮的站位，就像我们难以抉择自己的人生。树欲静而风不止，树就必须醒着，时刻扼守自己不能枯萎，更不能被风折断。孤立无援，旗树必须成为自己的屏障，旗树要成为自己的拐杖，它倾斜，必须找到最佳的避风力点。

本应宝塔形的树冠，只剩下一面三角旗似的枝叶，倒转所有的箭矢指向一个方向。树冠等迎风部位被风刀刮削得很干净，露出瘦骨嶙峋的主干。那些迎风的愿望，或许来不及萌芽就被严寒冻结、摧毁。扎根于此，看似无意，却又似乎有某种安排。

没有主张却是最鲜明的立场，反正，旗树再也不能往后退缩了。它已经是一张吃满了力道的弓。

位于雪线之上的旗树，在破碎的冰碛石与沙砾之间，构成了我观察山巅的一个觇标。

阳光强烈，冰雪融化的水正从旗树周围流过。雪水裹挟阳光，宛如水中的火焰，持久的寒冷，远胜过穿胸而过的风。但旗树气定神闲，弯弓引而不发，似乎恩怨了无。

在贡嘎山下的海螺沟景区，管理人员告诉我一个实验：有一个植物学家为旗树加盖塑料棚，密闭一段时间后，再动用动力风机逆向劲吹旗树，旗树就像一个吹散头发的女人，风度与美，在大风里彻底失去了向度。第二天有趣的现象发生了，被逆风吹拂的枝叶，竟在一夜间全都掉落，整个枝条光秃秃的，真是一派硬语盘空之势。这一现象让大家感到好奇，又重新进行实验，并用摄像机记录下了旗树枝条变化的过程，后来弄清了原委：旗树枝条长期朝向一个方向，导致全体叶片的生力都一心一意在维持其拉伸力。一旦遭遇逆风，由于它的反向张力十分脆弱，基本有一点风便受不了，所以就成了秃头歌女。

这个道理继续在暗示我：一个人吃了太多的苦之后，面临更为严重的问题，不是照旧继续，而是没有能力突然面对山珍海味了！

走过千山万水，我本来不是为旗树而来，而是为了登临雪山。但面对挺立的雪峰，唯有旗树佝偻的身姿才构成了某种适应，甚至是绝配，让处于危机四伏的生命，站立为旗。这是不是一种命定，非要用雪峰的孤绝来反衬旗树的艰难？至少，雪峰如果缺乏了旗树可能会更加寂寞，但旗树不是雪山的点缀！

在我眼里，这两棵旗树，才是自洽的整体。

在我的视野里，弯曲的旗树在日光下的影子更为奇怪，就像一个没有身体的武士，是无头武士。与其说是在扭头寻找对手，不如说是在张望着自己的身体。

这两棵旗树，两张吃满力道的弯弓，会不会把自己发射出去呢？

十几年前，冰川融化的速度快得令人担忧，如今冰川退缩的速度的确减缓了。我希望它彻底停下来，好让那些旗树活着，昭示通往山巅的方向。

原载《高中生之友》2021年第18期

刘
齐

南行记（节选）

庸常少年也想出奇冒泡

襄阳米公祠。米公，北宋大书法家米芾。幼时不识芾字，暗读为市，错将先贤大名之雅意，等同于粮站商铺，歉。芾生于太原，迁居襄阳，人称米襄阳。旧日一些名人，其姓常被与家乡或居地相连，诸如鸿章之李合肥。我生在沈阳，庸常少年，偶有出奇冒泡之念，便想效仿此例，自立新号，高级一把。孰料远近称刘沈阳者，至少已逾十人，退求其次，与区街之名结合，如刘皇姑（区），刘热闹（路），又不甚得体，遂怏怏作罢。回头再说米公，实中华千年巨擘，技艺超凡，声名远播，多处皆留墨宝传世。日前于武当山崖见"第一山"几字，即其神笔所为。今夏游大同，于云冈石窟所见，亦先生真迹。当时我不知友人拍照，否则一定转身，正面肃立，以示尊崇。

现代少年集体穿古装

襄阳古隆中景区。青石牌楼前，聚有百余名少男少女，皆大袖宽袍，人称汉服，其面料黑而边缘红，袍上现青春小脸，袍下露时尚运动鞋，不伦不类，有伦有类，新伦新类。21世纪后生集体穿古装，此前只闻听于媒体，现在亲睹，幸甚。驱前笑问："你们是哪个部分的？"一机灵鬼笑答："我们是长江少年先遣队。"其余机灵鬼皆大笑叫好。细问得知是宜昌某中学初二学子，被师长领来青年孔明隐居之地，搞事情，做教育。大家人手一份竹简，上书诸葛亮《隆中对》《诫子书》。又问竹简和汉服价格，无人答。一游客插话："问啥？羊毛出在羊身上。"正巧道边有小贩兜售同类竹简，单价百元。问其有无批发价和回扣，笑而不答。忽然一声号令，全体小孩噤声肃立，听一黄马甲成人训话，抑抑扬扬，铿铿锵锵。却不知其言一出，嫩嫩众脑如何理解，又如何存储。几分钟后，路遇另一队少年，以现代校服活蹦乱跳，石阶长长，古木高高，欢声不绝于耳。

孔明如何获取信息

古隆中三顾堂，刘备与卧龙对谈情景塑像。想孔明时年仅二十有七，久居荒僻之地，不远行不上网，无电话报刊快捷交通，竟将天下大势有根有梢，娓娓道来，让一直在各地乱跑的刘皇叔听得一愣一愣的，真不简单。他是怎么获取信息的？学习肯定是爱学习，问题是学习之外，还练有什么功夫？三顾堂前有抱膝亭，相传是孔明读书吟咏想事之所。亭前有碑，碑上有"抱膝处"三大字，为清人程文炳所题，笔画粗豪，平起平收，后人用油漆刷子在街头挥写"拥护"或"打倒"的大标语大字块，其形相近，内涵另说。

关羽不愿跟军师出差

隆中三顾堂，玄德与孔明屋里谈事，关羽、张飞在外面候着。原因据说是前两顾没顾着，两个小弟费力白跑，本来就一肚子气，此时见卧龙竟是乳臭不一定干透之区区小崽子，大哥对他又比对咱哥俩热乎，如果坐到一个桌前，非狠狠噎他两句不可。算了，别说不让进屋，让进咱也不稀得进。据此，堂前铸有关张二雄并三匹骏马铜像，积以时日，已被游人摸得锃亮。民间对三国故事又敬又爱，也常议论三国知识分子和武装干部的矛盾。网上有个段子，某日，关羽扯着刘备袖子说："大哥，我再也不想跟军师一起出差了。"皇叔问其故，答："他老放屁。"刘备大怒："乱讲！你堂堂一员虎将，刀劈斧凿都不惧，几个屁能崩死你？"关羽委屈道："大哥有所不知，咱鼻子肺子遭点罪也就遭了，关键他每回放完屁，都要皱眉摇扇，一脸无辜。旁人见他斯文，见我面红如枣，都以为是我放的，你说咋整？"这个段子可视为大老粗对读书人的一种挖苦。按说关公有夜读《春秋》的传说，现代武将也有捧读《红楼梦》的故事，多少都与书本沾边，似不该统称为"大老粗"，但此类事说来颇费篇幅，不说也罢。坊间另有揶揄关张刚愎自用、骄横误国的笑谈，总之现代百姓有想法，已不把刘关张孔等人当神，而是当身边朋友打趣了。

头颅壮硕

闻说三国事，每欲到荆州。湖北荆州卸甲山关羽祠，始建于明初，多次损毁，现为新建，门票上说是"天下第一关羽祠"。该祠墙角铸有一排半身人像，为刘、关、张、孔、赵五位，当地人称"五常委"。

刘是一把手，自然居中，但孔明贵为军师，常跟玄德端坐中军帐，给在下面乖乖站着的关张分配任务，此时却不能靠近主公，而是守在一边，让关张二弟挨着大哥，不知是想说诸葛年轻呢，还是觉得兄弟情义重于职务地位？问题又来了，关羽实际年龄比刘备大一岁，却尊刘为兄，看的还是地位，在刘这儿可以，轮到孔明为何不可？乱了，一锅粥了。但乱粥混沌，自有道理，先来后到，优良传统，谦虚美德，集思广益，群众意见，要不你给排个试试？别说，还真不好弄。但关羽祠毕竟是关羽主打，故五人集体像外，又单独塑有云长巨像，立于显著地方。一般认为，人类躯体与头部比例，应为七比一。世界各地为重要人、神造像，往往改变比例，或八比一，或九比一，以示高挑挺拔、俊逸洒脱之美。令人感叹的是，此关老爷像的比例虽也有所更改，却不高攀，偏往低就，目测大约为六比一，或者五比一，五点五比一？由此，头颅显得格外壮硕。也好，脑袋大则脑量足，脑量足则智商高，至少可获智商高之物质基础。或许，这是塑造者的初心也没准儿。又：此关公祠不准焚香，空气分外清新，值得大赞。但商业也没闲着，热心推销新鲜或仿真供果，不使关粉空手祭拜。

汉地舒伯特

参观"荆州古城历史旅游区"，计有古城墙、关公义园、张居正故居等。地方大，乘电动旅游车，单个景点票价高，买套票便宜。古城墙据说是国内保存最为完好，历经朝代最多，唯一有土城、水城、砖城相互依存的古城。城虽古却无幽闭之感，城内有"关"字旗演艺节目，城外有儿童歌舞，不唱本地特色《三国演义》之"滚滚长江东逝水"，而是无拘无束，唱《西游记》之"敢问路在何方"。

城门楼子里，有业余乐手立于电单车旁，呜呜哇哇独奏萨克斯。门洞拢音，但门洞风不留音，因此高一声低一声传来，是西洋人舒伯特的《小夜曲》，白日汉地听来尤有意趣。

刀下胆不虚

关公义园为近年新建，竖有云长青铜雕像，为画家韩美林先生设计。韩才大气魄大，资金、材料、地皮亦足，作品便巍峨起来，门票上说，是全球关公雕像中体量最大者。重也最重，达一千二百余吨；高也最高，达五十八米，据说与关羽五十八岁的年龄相符。另有资料认为，云长享寿五十有九。一岁之差，虚岁实岁之别？想起旧日游昔阳大寨，那里有关公的山西老乡陈永贵的墓园，其中七十二级台阶表示陈的年龄，三十二级台阶表示党龄，八级台阶表示在中央工作的时间。在建筑物上特意挂靠一些数字，以象征被纪念者的某些生平资料，不知是否一种通例？但总归是一种尊崇，一种待遇，只是需要另作说明，以防后人不解。闲话少叙，欣赏为要。此雕像一反无数拈须挂刀或手握竹简的静态关公模式，而是造出了一个风舞云飞的动态关公，髭髯飘飘，战袍上扬，宝刀轻轻一垂，切进事先留出缝隙的砖石基座。整个雕像实在巨大，方圆数公里皆可见其身影。若就近与其正面合影，须不断移动脚步，多方挑选角度，那也很难躲开青龙偃月利器的"势力范围"，怎么看人头好像都在刀下。刀下就刀下，游客坦然行走，并不胆虚。

生于黄河，死于长江

中国的关公崇拜，涵盖的"面儿"很广，东西南北，海内海外，帝王也崇，百姓也崇。百姓崇他英雄侠义，帝王崇他忠君爱主。本土皇上崇，外来的皇上也崇，朝野官民各取所需，一时祠庙遍地，香火弥天，关羽便由公而帝，而圣，而神而仙。此次南行，曾路经关公故里——晋南小镇解州，该镇归属运城，故运城人甚至其他许多山西人都以此为荣。解州近黄河，荆州傍长江，老天似有特殊考虑，便让关羽生于黄河，死于长江。这话好啊，谁说的？我刚说的，有比我早说的举手。总之中国两大名水伴陪关老爷头尾两程，相当给面子。

原载《文学港》2021 年第 1 期

汤世杰

夷陵有梅

小寒节气前一天，天气预报说气温高可七八度，那是说的中午，早上走在长江边，还是冷，虽只二三度，我还是忍不住想去看看江边那片蜡梅——在我心里，那该是欧阳永叔先生看过的夷陵梅。

顺着滨江步道往上游走，左边是长江，右边是一片梅园。时不时地，见哪株梅花开得好，就岔进去看上几眼——梅花的好就好在这里，天气这般凛寒，它有的也只是些细碎花朵，从不大红大绿地惑人，有心者须走到近处，去细细地看。那些将开未开的小花苞，拳拳地咕嘟着，紫褐色苞衣尚未脱尽，胀开的花苞却已莹黄地咧开，露出几丝酽红花蕊，柔媚得盈润欲滴，晶莹如剔透蜜蜡，恍若双双眉眼，探望着这个世界，让人轻易不敢去碰，只能看；且任你怎么挑剔，它也经得住你远近正反翻来覆去地看，萌萌的怎么都是个好——一代代人画梅写梅咏梅，姿态花色万千，各有经营，却都好看；梅不声不吭，还是那样好。你说不清那是怎样一种好，反正觉得就是好。

那天，我就那样地看着梅，看得惊喜、贪婪，用个雅词，就该叫赏梅了。

离乡日久，幼时我只在小城公园见过梅，人小，纯属凑热闹，不明就里。半世归来，我竟不知江边有个梅园——那早已不是我幼时嬉戏挑水打工时，宽阔寂寥的江滩，想起来甜美，更多的倒是苦与累。这回我的住处，出门几步就是长江——正应了黄山谷那句"出门一笑大江横"！沿江辟出的滨江公园，宽不过百十米，上下却有十多公里，满植各式花树草木，从春夏到秋冬，栾树桂花红枫银杏轮番地开开落落，还真像一条花带，或斑斓或清雅，时时都是供奉，献给一江流水，也温润一座小城。只当它是个休闲绿化带，就看低了。有2500多年历史的小城，不说离市区稍远些的，李白、杜甫游历过的三峡，白居易、元稹盘桓过，苏洵、苏轼、苏辙父子吟咏过的三游洞，陆游、范成大停舟踱步过的下牢溪，白居易泊岸歇息过的乐天溪，仅城区从上往下随便一数，就有欧阳修公园，有祭祀江天水神的镇江阁，有三闾大夫屈原纪念铜像，有抗战期间宜昌大撤退纪念碑、和平公园，还有据传为晋代文学家郭璞始建的天然塔，三国吴蜀大战留下的猇亭古战场——在在有史可查。我常去的这一带，一座跨江大桥直通江南，两座桥塔的人字形吊索，早晚总把影子或整整齐齐或疏疏离离地投进大江，任亘古流水将之化成波动不已的影像，让人于回眸间，总会无端地浮想联翩。

川有余水，海无满波。原以为，这年年月月奔流不息的大江，船有船的航道，人有人的码头，唯有船和人互为看客，哪知那几百株蜡梅，正静静地看着大江，也看着看大江的人呢？

某天我从街边往滨江绿地走，迎面一块巨石，竟刻着硕大的"梅园"二字，心想这里有梅园吗？原先我每去江边，大抵不是为看看江天和对岸青山，就是为看看银杏，读罢石上那段铭文，方知蜡梅竟是小城市花，植有大几百株蜡梅。原来，以古名夷陵的宜昌为核心的三峡一带，土壤、气候皆适宜蜡梅生长，早被植物学界认定为世界蜡梅原产地，夷陵、秭归、神农架等地皆有分布。宜昌近郊山野，就有几处大的野生蜡梅群。车溪蜡梅谷甚至还有第四纪冰川时期遗留的野生蜡梅群落——不选蜡梅为市花，能选谁呢？

说来也真是人老眼拙，在温暖的云南，看多了红梅白梅五彩梅，初时找来找去，竟没认出哪是蜡梅。寻寻觅觅，终于见到一株挂苞的，正想细看，一老乡亲走过来说，去那边看，梅都开了。过去一看，果然，花斑斓，香袭人。心想，一片有阔大江天作背景的梅，是幸运的；一道有梅陪伴的流水，也同样幸运。浩荡江天与疏影梅园，真乃绝妙搭配。从此便常去探看，时有感叹，即兴思绪亦纷至沓来——

江天雾晨，银杏谢幕，蜡梅登场，想起李白所言"屈宋长逝，无堪与言"之句，不免从心里发出一声轻轻的叹息……

上苍作画尽皆天成——背景阔大，江天隐约，浓浓晨雾中，一切都成虚幻，唯一树蜡梅泠泠香；

愿有一支梅，覆我额，伴我身，也将缕缕幽香弥漫天地，氤氲魂魄，如此，这残生这世间或将多些回味；

如果硬要我佩服点什么，我当选梅，就一支，几小朵，可诗可画，可让人愣愣地看上半晌，那缕幽香，还会让人没齿难忘……

就那样，有一天我突然想到，千年前，被贬到小城夷陵做过一年多县令的欧阳修，见过那些梅吗？

官场落魄横遭贬谪的欧阳修，也曾视夷陵为畏途，赴任路上，初到夷陵，都心情郁闷："闻说夷陵人为愁，共言迁客不堪游。"（《望州坡》）"春风疑不到天涯，二月山城未见花。"（《戏答元珍》）足见当时心境。"现实与美好的理想之间，总存在一种古老的敌意。"（里尔克）诗友梅尧臣等也无不为他担心："谪向蛮荆去，行当雾雨繁。黄

牛三峡近，切莫听愁猿。"（《闻欧阳永叔谪夷陵》）

　　欧阳修毕竟是欧阳修。时间顺流而下，生活逆水行舟。他不是只飞不过沧海的花哨蝴蝶，而是只鹰，不会坠落荒岛，溺于时波；他一直飞，飞在极致的孤独与寥廓里，也飞在爱与梦的微光里。"楚人自古登临恨，暂到愁肠已九回。万树苍烟三峡暗，满川明月一猿哀。非乡况复惊残岁，慰客偏宜把酒杯。行见江山且吟咏，不因迁谪岂能来。"欧阳修的这首《黄溪夜泊》，透露的已是另一番思量，以及对自己的勉励与告诫。大自然最能疗伤。我甚至相信，在夷陵，某个冬日，永叔先生定然曾独自面对过一条大江，漫天浓雾，满树梅花；凝神间，也势必想到了很多，思索至深。"群花四时媚者众，何独此树令人攀？"哦，蜡梅奉献出那些细碎花朵，虽只是它生命的必需，你去看它，倒既是对那生命的造访，也是对自己生命的反躬自省。夷陵冬日，浓雾如缕，他会问，谁将从雾色中走出来吗？波涛隐没，我不会尝试成为真实的我以外的什么了。我确认，蜡梅一样的我，才是我最终的归宿。谪居夷陵一年零六个月，欧阳修除为小城夷陵带来革故鼎新的改变，还留下了五十多篇诗文；日后人虽远离，仍不时提及在夷陵的日子，不时吟咏梅花。"去年残腊，曾折梅花相对插。"何也？在《和对雪忆梅花》一诗里，更大泼墨般地大写夷陵梅花：

> 昔官西陵江峡间，
> 野花红紫多斓斑。
> 惟有寒梅旧所识，
> 异乡每见心依然。

地域 | 171

那绝不是没有缘由的。人生逆旅，谁非过客？诗中那样的自负与自信，正是他在孤寂与沉思中催开的，蜡梅一般悠香如缕的诗魂。

难怪向来洒脱豁达的苏轼日后在《夷陵县欧阳永叔至喜堂》里写道：

> 夷陵虽小邑，自古控荆吴。
> 形胜今无用，英雄久已无。
> 谁知有文伯，远谪自王都。
> 人去年年改，堂倾岁岁扶。
> 追思犹咎吕，感叹亦怜朱。
> 旧种孤楠老，新霜一橘枯。
> 清篇留峡洞，醉墨写邦图。
> 故老问行客，长官今白须。
> 著书多念虑，许国减欢娱。
> 寄语公知否，还须数倒壶。

诗中历数欧阳修在夷陵的遗泽旧迹，赞颂之余，还劝先生倒壶续杯了——这世上，没有哪一种生活是微不足道的。

千年过去，梅花依然。如此说来，梅花的好，不独是姿态的萌，花色的雅，香气的幽，更是欧阳修悟到过，我正在领略的那种好：蜡梅不惧寒，暮岁才放花。流水浮幽香，一江送远槎。

——江边梅园的蜡梅，还在开。说来可笑，那之后，恍惚中忆及孟子所谓"予未得为孔子徒也，予私淑诸人也"的话，再去江边，那偌大一片梅园，竟以为是我向往的，一座开满"夷陵梅"的，可与永叔公闲聊的园子了。一如《和对雪忆梅花》末句所言："长河风色暖将动，即看绿柳含春烟。"待青山再添一分绿，流水更多一分蓝，春天就扑到眼前了吧？那时或可说，我眼中大江边的冬春夏秋，胜过你见过爱过的一切山川与河流……

原载 2021 年 2 月 27 日《文汇报》

江
子

日照寻鹤

一

我去日照，是去寻鹤的。日照有河以鹤为名，在莒县，也有楼以鹤为名，叫白鹤楼，在九仙山。

没去日照前，我就先入为主地想象，日照应该是一座鹤的城。鹤舞白沙，鹤啸九天，"鹤来松有客，苔去石无衣"，"鹤驭凌云人紫微，水盘山绕五云飞"，"晴空一鹤排云上，便引诗情到碧霄"，应该就是日照常见的景观了。

鹤是祥瑞之物，其形也美，其性也柔，其声也丽。它特别有仙气，所以被人们爱称为"仙鹤"。有鹤的日照，自然就是一座仙境般的祥瑞之城了。

可我一直无缘去日照。我是个南方人，而日照在北方。我跟北方的交集并不多，去山东的机会就更少。日照的鹤，很长一段时间里只能在我的想象中飞舞。

直到今年，我终于梦圆。

甫到日照，鹤河并没在参观行程中，我们去的是九仙山。只见满山的石头，这是完全不同于南方的山石王国。南方的山上，石头掩映在茂密的林木涌动的云雾之间；它们或立或卧，或挺胸或抬头，或颔首或张望；它们的身体，或滴答着水珠，或被青苔和植被簇拥。如此，石在掩映中就有了各种各样的形状，山就因此有了不同的气质与风韵。

可是九仙山的石头，几乎毫无遮掩，素面朝天，小的只有碗口大，大的一块或几块就会是一座小山峰。它们就这么大大小小地堆在山上，有的作醉卧状，有的侧耳倾听，有的仰面向天，有的低头沉思；还有的仿佛要出远门，可大概才走出了几步，就心生悔意，头就往回看了，脚步再也挪不动了；它们组合成各种各样的形状，左边的石群，多像几只海豹在偃卧，而右边的石头，又像是蛙群出深山；而远处，无数的石头散落在山坡的青草之间，仿佛一个庞大的边走边吃青草的羊群。

在九仙山，林木是匍匐的，石头才是山的真正主人。它们是静止的，可是在我眼里，它们都是可以呼吸的精灵。而且，石头的颜色都是白色的，不像是南方的山石，或是丹霞的红，或是草木掩映的绿。

二

可是鹤呢？我是为寻鹤而来的。如此的场景，有鹤翩跹，就完美了，就与我想象中的日照吻合了。可我发现，石头之间，山峰之间，不要说鹤，就是麻雀都十分鲜见。

当地朋友似乎看透了我的心思，把我带到了一块相对方正的巨型石头前，指着石壁上的字迹说，鹤就在这里呢。

我看到在距地八米左右的高处，有竖排阴刻的"白鹤楼"三字，字遒劲有力，有些扁，看着眼熟。左方有一行落款小字："熙宁九年九月轼"。

难道是知密州的苏轼吗？没错，正是他。

从资料得知，苏轼于熙宁七年秋被调往密州任知州。现在的日照，就在宋代时的密州境内。

苏轼一到密州，正值大旱，又有蝗虫灾害，百姓生活艰难。苏轼为救民于水火，即上书朝廷，请求减免税赋。他出台了蝗虫换粮食的政策，鼓励百姓捉蝗，帮助灾民渡过难关。

苏轼还积极推动密州办学校，兴教化，密州文风一时振起。他经常在街头巷尾田间地头访贫问苦，"城里田员外，城西贺秀才"，都是他的好朋友。

仅仅两年多的时间，苏轼就得到了密州百姓的爱戴。

苏轼走遍了密州的山山水水，这里的马耳山、九仙山等，还有楚汉相争时韩信与龙且大战潍水的潍河，都留有他的诗词，其中最有名的是思念弟弟苏辙的《水调歌头·明月几时有》、悼念亡妻的《江城子·乙卯正月二十日夜记梦》和《江城子·密州出猎》。

未到不惑之年的苏轼浪漫、深情、诗意，真诚而从容。他恪尽职守，体恤百姓，为政勤勉，又有一颗旷达闲适之心，爱与天地独往来。

有苏轼知州吟诵过的日照，是何等幸福的日照。

三

可是依然没有鹤。

900多年前，苏轼登临九仙山的时候，或许是看到过鹤的。当地朋友告诉我，这块石头之上，果真曾有过一座楼，专供往来的白鹤休憩之用。也许正是看到了这些可爱的精灵，苏轼欣然命笔，写下了"白鹤楼"三个大字。

可是现在，朋友口中的白鹤楼已不见踪影。我所看到的，就只是一块写着"白鹤楼"的石头。

如果说苏轼登临之时，白鹤翩跹，为何900多年后我来九仙山，却看不见哪怕一只白鹤？我之所见的九仙山，难道跟900多年前的九仙山有很大区别吗？

有没有可能，苏轼所见，也不过是满山似乎随时要走动的石头。

苏轼是浪漫的诗人，在他眼里，这些白色的石头，也许不仅仅是石头，还是满天满地的白鹤——它们在草间觅食、踱步、嬉戏、舞蹈。天地间都是白鹤金属般的嗓音和天使一般的倩影，都是他所期待的良善与美好。而那块他题写了"白鹤楼"的石头，乃至整座九仙山，就是他心中白鹤的故乡。苏轼对这块石头的题写，很可能不是实际场景的写实，而是他的想象与修辞。

有没有可能，苏轼写的"白鹤楼"中的白鹤，其实就是他自己。

苏轼何尝不是一只白鹤？他多情，喜欢一切美好之物。"我欲乘风归去，又恐琼楼玉宇，高处不胜寒。起舞弄清影，何似在人间"，与其说是苏轼遥寄弟弟苏辙的句子，不如说是一只白鹤的言辞。他悼念亡妻的《江城子·乙卯正月二十日夜记梦》，是一只白鹤对另一只白鹤的追念。他轻盈洁净的灵魂，他赤子般的一生，多像一只体态优美的白鹤，在中国历史文化的天空中翩跹。

这只中国文化中优美至极的白鹤，因为他与密州的缘分，也成了日照的精魂。

这么想着，我在日照，终是见到鹤了。

这么想着，看满山的白色石头，我的耳边仿佛听见了鹤的振羽和鸣叫之声，地上仿佛都是鹤的倒影……

原载 2021 年 5 月 13 日《人民日报》(海外版)

熊莺

天上的街市

　　他穿着黑色织锦，点缀着万字团花的藏式袍子，半身的袍子里衬着白布对襟的衬衣。他背对着大山，面朝山巅——眼前的那间石屋。门楣旁的店招，新娘似的遮着盖头。他是作家阿来。他的家乡——四川省阿坝藏族羌族自治州马尔康市，以他的名字命名的一批书屋——阿来书屋，这是第一间。他上前揭开盖头。

　　掌声在这样的高原山脊响起，细雨和薄霭很快将它们推向了一旁的空街。其实那只是一条小巷，最宽处不过五六米，窄处三四米，长不过六七百米，与繁华都市相比，一条接近天空的小街巷。

　　不节不日的也不是周末，空街无人。隐隐青山，秋色寂寂，窄窄的街面石板闪着幽光，光可鉴人。

　　"来，帮我拍张照吧。"一位外地作家说。作家立于小巷，依墙。他继续往深处退："再拍一张吧，后面要带上那两座碉楼。"我半跪在地上，是想把人物拍得高一点，而那个姿势，又自然形成了仰视那两座颓残碉楼的心理姿态。此地碉楼，《隋书》里形容："其国南北八百里，东西千五百里，无城栅，近川谷，傍山险。俗好复仇，故垒石为巢而居，以避其患。其巢高至十余丈，下至五六丈，每级丈余，以木隔之。基方三四步，巢上方二三步，状似浮图，于下级开小门，从内上通，夜必关闭，以防贼……"

嘉绒藏地——四川，马尔康市松岗镇的柯盘天街。站在这里，你不自由自主地呼出一口气。怎样的历史云烟呀，才孕育出了这样的天上街市，这些曾经象征权贵，又抵御外敌的寓所、避难所，抑或烽火台——这些碉楼？

1

马尔康市，一个县级市。曾由党坝、松岗、卓克基、梭磨四个土司的领地所组成，故旧称"四土地区"。它位于青藏高原东部。讲着嘉绒方言的这方藏地，历史上曾经"一官三妇齐朝贡"（清王铭《富有问维州者，走笔成竹枝词数首》之《四土》章节）。四位土司，三员女主。

1896 年，65 岁的英国旅行家、游记作家，英国地理学会会员，一位英国籍的"女主"伊莎贝拉·伯德，足迹遍及了北美洲，亚洲的朝鲜半岛、日本之后，又踏上了这片土地。她从中国上海出发，经汉口，过成都。那时的成都平原，"大约为 100 英里长，70 或者 80 英里宽。大约有 2500 平方英里"。"从任何一个角度看，平原都像一座大果园。其间点缀着柏树、雪松和竹林的地方则有雄伟的寺庙和雅致的农舍。"

那时的成都，丝绸细软店里，金银丝花的锦缎，流光溢彩，熠熠生辉，繁华种种。但她都不为之所动，她只在 1899 年出版的一本《长江流域旅行记》中淡然记下。她此行目的，是想获得一份通关文书，她要穿越岷江峡谷，翻越鹧鸪山，前往传说中的"四土地区"，去谒见传说中的那位昔日梭磨女土司的官寨。

那位传奇的梭磨女土司主政时（1799—1814），史书记载，清乾隆皇帝曾钦赐她匾额一方，上书"文官下轿，武官下马"。女土司将匾挂于官寨门外。

这份荣耀源自乾隆年间，清政府两次发兵大小金川，女土司倾其所有，解囊相助。而彼时的女土司，也正是"四土"之中，疆域最为辽阔，士气最为强悍，意气风发的一支。

兵荒、马乱、饥饿、困厄、文明冲突，种种阻挠与危险四伏，被深山人看着"会吃人的人种"，当这位外国老妇终于抵达那里时，她被远处的山冈所惊："我们看见一座紫罗兰色与金色交相辉映的巨大的双碉城堡，这里就是这个美丽首领梭磨土司的居住地。"

那是五月，山顶覆盖着刚落下的皑皑白雪。她看见，满山遍野满目鲜花，玫瑰、蔷薇、报春花、水仙，还有一种长在苔藓上的海葱。"掌叶铁线蕨以及其他蕨类植物爬满树干，纯白色的铁线莲的枝叶横挂在小路中间。"丛林葱茏，长长的青翠松萝足有 5 英尺长，挂满所有老树。她说，那是她人生所度过的最奢侈的一段时光。那里的妇女，容颜美丽，让她想到了圣母马利亚。她们头饰精细，百褶裙状如苏格兰高地妇女所穿的短裙。"男女佩戴珠宝，耳环、项链、珊瑚、玛瑙、绿松石。"而那座女土司的官寨，庄严气派，窗户斑斓考究，许多屋顶插着密密麻麻的经幡……

2

没能查到伊莎贝拉那时是否去过不远处的松岗土司官寨，今天的景区，柯盘天街。倒是数年后的 1908 年，同是英国地理学会会员，传教士、冒险家，英国人约翰·威斯顿·布鲁克，于此按下快门。于是松岗土司官寨有了一张照片，被尘封于英国皇家地理学会的档案馆里。

照片被购买翻拍回来，放大，悬在今天的柯盘天街游客接待中心的一整面墙壁上。

黑白的照片上初雪覆盖，又似残雪未消。一座碉楼耸立，官寨相依，巍峨。辨不清官寨屋基高度（没有参照物），有窗户的城堡，高五六层。布鲁克是从东面远处拍摄的，西侧的碉楼被隐在建筑物后。

照片上，错落的民宅、商铺、酒肆，一层二层三层，沿山梁逶迤下来，没有人物。仿佛当年，布鲁克所拍，就是一片石垒的庞大废墟与前尘幻境。

松岗，藏语称"嘉杠"，意为山梁上的山寨。松岗土司官寨，为昔年西藏吐蕃王朝派往嘉绒地区的一位军事首领——柯盘所建。相传634年，柯盘建官寨于另一道山梁。他的子嗣于1254年，又从那座山梁迁徙来此地。

官寨、碉楼，是权贵的象征。历史上，这片"四土地区"又被称作"千碉之城"。

土司，一个地方性权力机构。为方便下人、仆人、往来商贾投宿办事，沿土司官寨下的山脊，很快便有了这些依山而筑的碉房：食店、客栈、银匠铺、铁匠铺、民宅……

与之遥遥相对，官寨山脊另一端的尽头，一间小寺，川主寺。寺里供奉着治水先祖李冰父子、文财神、武财神，还有药王和酒王菩萨。

英国人布鲁克那时所见，当是怎样的景象呢？我们没有按原定路线，去参观卓克基土司官寨。那是一座宏大建筑，碉楼四合如峻。土司时代所有的繁华与富裕，集于一身。它是游人必去的景点。又更加如同土司时代，一处绝代的巨型舞台美术道具，抑或博物馆。

当地一位作家决定带我们去寻访梭磨女土司官寨的遗址。

县城细雨霏霏，一小时车程左右，山上已然飞雪。远处山峦连绵，银白一片。

有人家院墙的墙头晒着莲花白，清霜过后的莲花白应有另一番甘甜吧。村子无人，房前屋后空空静静。"阿尼，阿尼"（藏语：阿姨），叫了半天，一只小狗从屋里跑来，汪汪地几声之后，护卫似的脚前脚后相伴我们游览。

碉楼，伫立眼前。孤零零直冲云霄。一辆白色普通轿车泊在其下。

这是一个自然村落。村民们的院落，绕碉楼散开。如同碉楼的身影，一日之中依着时辰，四下里均匀散开。终于有人过来。老人说，自己是黑水县人，来这里生活几十年了。

"听当地老人讲，女土司并没有后人……"

"松岗官寨的末代土司，后来去了国外定居生活……"

老人带我们绕着民宅走，来到一处荒院。院子门头顶的瓦上，有枯萎的苔藓与干枯的瓦松。那里是观碉楼的最佳位置。

院内门旁堆着新打不久的柴火。老人指着碉楼，又往左指：从前是两座碉楼，另一座在那边。女土司的官寨，就在两座雕楼之间。

对，从前，这里一东一西有两座碉楼，分别位于官寨的两侧。碉楼高 29.8 米，共 9 层。碉基长宽，都约 7 米。碉顶四角，系着嘉绒藏式翘角。碉楼上多瞭望孔。官寨宏伟，退层式建筑高六七层。那正是英国人伊莎贝拉于 1896 年所见的那时的女土司官寨。女土司那时已然过世，但官寨依然在。官寨院内整洁，管家曾请伊莎贝拉替他维修过一只镶着红宝石、停摆多年的手表，又带话来，请去修过一台断了一根琴弦的钢琴。

我们站在当年女土司官寨的门外，或者，当年她就这样立于此，观日暮，也观山下梭磨河奔腾而去的方向，从杂谷脑（今理县）和黑水来犯的外族人。他们打着口哨，马队扬起满天黄尘，呼啸而来。相传这些外族人，会跳一种"武士舞"。对待被俘者，他们并不动粗，只是山摇地动地舞蹈，直至对方惊恐而殁。

美丽聪颖的女土司站过的地方，我们的身后，那时，一群红嘴鸦，倏地飞来，静静地站在雪片纷飞的碉楼，那些小窗一样的"瞭望孔"台前。

3

忘记了寻问"四土地区"之中最后一"土"，党坝土司官寨的方向。

于高原峡谷深处，马尔康市行走，你总有一种赶不上时间分秒步伐的落寞。这座城池，停留于时间深处，历史沟壑、褶皱的烙印太深太厚太浓郁了。它美丽斑斓、绚丽多姿。咽饮之间，只觉得时间邈然而过，追悔不及。每个景点你都不愿放弃。

柯盘天街，那日我流连忘返。

多年前我曾去过天街，人懵懵懂懂。那时当地人称它，"那个老寨子"。住户刚被迁走，政府正着手保护性打造景区。

车至山下，解栏进去。栅栏不宽，旧色的矮木栅，一弯铁丝钩着。只是用于防牲畜吧？山涧路上，时有被放生的牛马自在行走。

天地空寂。手伸进一户门旁的石洞，移开木闩，一间屋子被打开了。这样垒石而成的民宅几十户，队列似夹道建在山脊。家家墙后别一间玩偶似的小木屋，别奇怪，那是户户的卫厕。纹理粗糙笨拙的木门上，锁着各式不同匠人做的锁。那些锁，泛着木心《从前慢》时代里的旧泽，从前时间的慢——

> 车，马，邮件都慢
> 一生只够爱一个人
> 从前的锁也好看
> 钥匙精美有样子
> 你锁了 人家就懂了

　　再上天街，那日我没有再拍那些锁。锁，统一更换了。不少碉屋外面的石缝里长出许多细嫩的小生灵。门边，窗台边，一粒尘埃，凹凸的石缝间藏起一滴水，它们便蓬蓬勃勃地生长起来。寸草细花，葳蕤，葱郁。我拍它们于凛冽寒风中强劲的生命力。没有土壤，天地无缘而慈。我用手机软件去识别它们的名字。

　　川主寺那日开放。寺边如今多出了一间嘉绒藏人打坐的经堂。

　　寺外的香炉前，依山扩建出了一方观景台。阿来书屋前的山崖边，也伸展出了一方观景台。怎么看，你都觉得，布鲁克那张照片来自这个机位。

　　远方山头那两碉屋，在这高原群峦中，似龙的龙头，牛的牛头，羊的羊头上的犄角，"上与浮云齐"。

　　景点语音播放介绍，两碉屋之间的土司官寨当年毁于二十世纪三十年代。大火烧了半月，余烬又燃了三月。

　　如今这里已然是国家级 AAAA 级名胜风景区了。酒吧、民宿、餐饮，不一而足。

　　壁缝里开着的有金盏花、佛甲草、秋英。沿阶的盆栽有长春花、大丽花、长寿花、四季秋海棠。山径小道，野生着刺猬般浑身长着小刺的麻叶荨麻……

大丽花，那日于梭磨女土司官寨遗址，一位作家于村舍人家的花圃里摘下一朵，红红彤彤。我们用它为近景，去拍远处的雪山，拍长满铜钱色的厚厚的苔藓，立了数百岁的碉楼。潜意识里，是不是我们这一行人，依旧有期待——那所有故事与精灵，依旧能如这花般鲜艳活着？

曾经的梭磨女土司疆域，"鼎盛时期约6万平方公里，今马尔康、理县、红原、阿坝县和青海果洛、甘肃省的部分地区，均属其辖"（四川民族出版社出版的《嘉绒文化研究》卷一）。朝为青丝暮成雪，有时万般亦如人。1928年，因"后继乏人"，梭磨土司官寨，转瞬成冢，就此消亡。

4

作家阿来爱讲一段旧事。昔年，他从成都回家乡马尔康，上得客车，这又趑足。他背着背包一路步行，风餐露宿、电闪雷鸣中步行了半月。沿着河流逆流而上。从那之后他彻悟了写作这回事。

那半月到底历经了什么？马尔康这片仿佛被赋予了某种神性的大土。

再看松岗梭磨那些碉楼，它又恍然"法幢"。仿佛被赋予了某种神性的这里的老人们，生着满脸笑纹。年轻的男女清澈洞明，言语软慢。阿来书屋，阿来老师其人、其作，再思量，有时觉得，又好似嘉绒人家，寻常的"法器"一件。从汪洋之中隆起，而有这片高原，空山峡谷，而有马尔康。"挫其锐，解其纷；和其光，同其尘"，从古至今，人与人，人与历史，人与自然，一直在做着分分合合，各种分离和解的事。

至今仍能见到天地之初的一些动物植物的这里，青山绿水之间，它们，因缘和合，合而为一，相互相生，一直，见证着。

原载《散文海外版》2021 年第 2 期

寻访曹雪芹老宅

刘孝存

2001 年某一天，我听说广渠门内大街 207 号是曹雪芹随家人迁居北京的老宅。这老宅，就在当年蒜市口街的北侧——也就是缆杆市（旧称"揽竿市"）路北的 23 路汽车站附近，由抽分厂胡同南口往西数的第三个院子（乾隆年间，九门提督衙门之下的巡捕南营的参将衙门设在抽分厂）。这就是说，五十多年前，这个蒜市口 16 号院（明代，此地为蒜市口南。1965 年，蒜市口与其他街合为广渠门内大街），即后来的广渠门内大街 207 号院——我上学下学经常路过的这个地方，就是《红楼梦》作者曹雪芹在北京的家。

兴奋而又遗憾，当即准备前往。我先给依旧住在薛家湾的大哥打了电话，问曹家老宅的情况和具体方位。大哥回说，已经拆了。啊？再打听，原来因为广渠门到广安门的"两广路"拓建，曹家老宅于 2000 年 11 月 3 日开始被拆。失望之余，听说曹家老宅还要在北边不远处按原样重建，也就多少有了些慰藉。

曹家老宅究竟是什么样子？有关资料显示：1982 年，中国第一档案馆研究员张书才从馆藏清雍正年间的档案中发现了曹氏归京后的住址。负责查抄曹氏家产的绥赫德，根据雍正的旨意将北京的一处房产拨给了曹家，并给曹家（曹寅之妻）留下了三对夫妇的"私家世仆"。此宅在蒜市口北侧，是坐北朝南的三进院落。

前院是坐南朝北的倒座房六间，西部有坐北朝南的北房三间，二进院（中院）南墙内有一座四扇屏门（老北京传统四合院可能屏门外有"垂花门"），上书"端方正直"，院内有北房三间，东西厢房各三间；后院无房，是一座长方的小花园。此外，后院的西墙向内凹进一段。全院房总计十七间半。

蒜市口最早出现在明正德年间，以卖蒜的摊儿多而得名。后来其东有了草市，蒜市口和崇文门大街的相交处开了多家酒店。在中学时期，我上下学每每从这里匆匆过往，却是视而不见。

查看清乾隆十五年（1750）北京街巷胡同图，现今的广渠门内大街清代又称"南大街"。广渠门，俗称"沙锅门""沙窝门"，老北京南城胡同语音"沙货门"。

这"南大街"从西往东数的标注是：蒜市口街、米市街。北侧占地较大的地方是有围墙的步兵统领属"中营参将"署（明代为"抽分厂"）衙门，东为汪太医胡同（后改为汪太乙胡同，北接手帕胡同）。再东为缨子胡同，与其隔路相对的是标杆胡同。

1949 年左右，街标注为蒜市口，东为东草市大街、缆杆市大街。蒜市口街北的"中营参将"，更名为"抽分厂"，其东有缨子胡同、北河漕、大石桥；路南有石板胡同、标杆胡同、烟袋胡同、南河漕、火神庙大街。

到 20 世纪 80 年代，这条东西横向的大街已称广渠门内大街；原"抽分厂"变成"健康里西巷"和"健康里"，向东依次为刚毅胡同、缨子胡同、北河漕胡同、珠营胡同、南小市口街。现如今，这里高楼林立，街巷胡同自有天翻地覆的变化。

老北京四合院，观宅门可知家主的身份和地位。第一种为"屋宇门"。

其第一类：王府大门，设在整个府院中轴线的南端。亲王府大门为五开间，红漆门上有金钉（金黄色）63 个（横九竖七）。郡王府大门为三开间。

第二类：广亮大门（广梁大门）。其大门设在院落的东南角，门板附在中柱上，将屋宇式过道分为相等的前庑和后庑；门前挡有厚而长的木板，称门槛（俗称门槛儿）。门槛两端插在门枕石和抱鼓石（门墩儿）中间的凹槽里。大门上方有四个六角形、直径和高都在七寸左右的门簪；其门道两侧靠墙，分别放置巨木长凳，称"春凳"，为仆佣、护院所用。这种大门的院落，多为较高级别的官宦人家。

第三类，金柱大门。其门板附在金柱上，前庑浅后庑深；有四个门簪，大门前檐上装有"雀替"（南方叫"牛腿"）。此门示意居主为有一定品级的官员。

第四类，蛮子门。其门板附在前檐柱上，没有前庑，门簪四个，多为富裕人家。

第五类，如意门。前檐柱被砖砌鱼鳃墙包裹，墙中留门洞，门板附在抱框上，门簪两个，为中等人家所居。

此外还有墙垣门，也叫"随墙门""小门楼"，分为"花墙子门""清水脊"和"道士帽"。当年曹家的门是何种类型，我已经没有印象，如今推测当是如意门。

老北京王府的殿堂屋顶用绿色或蓝色琉璃瓦及筒瓦；官宦及商贾大户，院落的主要房屋屋顶多用筒瓦和板瓦。中等人家的房屋屋顶，多用板瓦（使用时两块瓦互咬，形成"阴阳合瓦"），接口处用筒瓦；有的房屋顶取"棋盘星"式，即在房屋上部及左右用板瓦，其余部分用灰抹平；还有的将耳房以麻灰抹顶。

资料显示，曹宅进大门往西拐的前院，南侧是坐南朝北的倒座房六间，前院北侧西段有坐北朝南的房屋三间。前院北侧北房之东，有"二门"，门内有四扇屏门，其上匾额书"端方正直"四字。内院（第二进院），有北房三间，东西厢房各三间，共计九间；后院，无房，是一横向的窄长花园。按照这一统计，前院和内院的房屋应是十八间。那么，其中必有一房属于半间，它可能是前院倒座房中西头的杂屋或"茅子"。当年的茅子（茅房）多在前院西头，内放"码子"（马桶），或在所挖坑中放置小缸。茅子多为半间房，也有的属于露天夹道，算不上"房"。还有的将茅子建在二进院内正房的西侧（院子的西北），敞口有盖顶。

红学家周汝昌在其《曹雪芹新传》中说，蒜市口的曹家老宅"共有十七间半房屋。在北京来说……一般是正（北）房五间，东西厢房各三间，南房三间，加上厨房、厕所或放置杂物之房等，恰好是这个数目字"。周先生将内院的正（北）房说成五间，也符合老北京四合院的设置——多数不很大的四合院，其内院的正（北）房为三间，但在其两侧各建有较矮的耳房一间，合起来正是五间。但耳房比正房要矮许多。北房五间，加东西厢房六间，为十一间；加上外院北侧靠西的三间北房及三间倒座房（南房），就是十七间了。如果内院东侧靠南有半间厨房，或者门洞算半间房，就正好是十七间半了。

从学者、研究者的讲述中，我得知了曹雪芹老宅的大概情况，也按照其说法画了几张院落草图。但不曾见过实物，毕竟是"纸上谈兵"，是推测式的想象。包括曹寅之孀——曹雪芹的奶奶，曹雪芹的父亲、母亲，若全都住在此院的房间，我们也只能臆测。

按照老北京平民百姓的规矩，长辈，也就是曹雪芹的奶奶应该住在正房；如果不计两侧耳房的话，正房三间，其西间为卧室，中为中厅，其东间是否为存放曹寅遗物之地，只能想象（曹頫带枷示众以后就没了消息，若他能挺过枷刑及牢狱、流放之灾，当住东厢房）。霑哥儿（曹雪芹）住在哪儿，是西厢房，还是随母住东厢房，不得而知。或许会有例外？曹家毕竟属于内务府正白旗，如从满俗，当有别于汉俗。

曹家虽为包衣，也隶属于满洲正白旗旗下。但正白旗的驻防地（包括家眷）在北京内城镶黄旗驻地之南，曹家被发到外城，混居在多为回、汉民平民居住的地域。这是因为内城满洲正白旗驻地难寻空闲院落，还是含有贬低之意？

光阴荏苒，2019年，距曹雪芹老宅拆除已近20年。早前我在网络上看到将启动建设曹雪芹故居纪念馆，并结合周边的卧佛寺、隆安寺等开发成红学研究中心的消息，不免怦然心动。8月14日，我和女儿到天桥剧场看法语音乐剧《巴黎圣母院》，观剧之前先到崇文门外磁器口，去寻找网络上说的——磁器口十字路口东北角地铁站旁的一段曹氏宅第老墙。

回想20世纪60年代我的中学时代，磁器口这一带印象最深的是马路南的23路汽车缆杆市站，那附近有一家街边洗澡池。更"著名"的是澡池西边的一家老豆汁店，据说豆汁是乾隆十八年（1753）"发明"的。

当时北京有一粉坊，做绿豆粉时发现绿豆粉浆生食酸甜可口，熬制以后更有滋味。后来有人将这"豆汁"就辣咸菜，再配上焦圈，就成为风味独特的小吃。卖豆汁人的挑子上，一头挑火炉、豆汁锅，一头挑有抽屉的小桌，装有筷子、碗、辣椒油和咸菜，走街串巷。至于当年缆杆市一带开没开豆汁店，就不得而知了。按照周汝昌先生的说法，生于雍正二年（1724）的曹雪芹乾隆十八年（1753）已经 29 岁。他喝没喝过豆汁，没有记载。时至当今，"两广路"拓宽之后，那家老豆汁店早已不见了。

到了磁器口，出地铁站东北出口，前后左右踅摸，没发现哪有一段老墙。再往十字路口方向走，见路口东北角被围挡圈了起来，圈内是正在建的十余层的高大建筑。也许，那段老墙被圈在围挡里了？沿人行道向东走，路边都是居民楼，没有发现抽分厂胡同。在楼房拐角处遇见一位老大姐，听说我想找两广路扩建前的曹雪芹老宅，热心地让我跟她上楼，她说楼上一位老大妈是这里的老住户。

跟着老大姐到五楼，敲开一家单元门。大妈家原先住在马路南面，也不知道路北的曹雪芹老宅。似乎是怕我们失望，她说附近有一位"红学家"，可以帮我们联系。

谢过老大妈、老大姐，匆匆吃过午饭，赶往天桥。看完音乐剧，回家又查网络，发现那段曹宅老墙是在十字路口东北角的地铁站通风口。又查，见卧佛寺和隆安寺都是围栏挡着，正在施工中。

2020 年 7 月，因疫情宅在家里，突然在网络上看到法国画家夏尔·乔德龙的《北京水墨风情》画册图片，发现其间有标为"曹雪芹故居天坛附近"的画页，心头不免一动——似乎是一西一北的两座瓦房，院子里有一棵高过屋顶的树；北房对面是高出院房的墙头一角，看不出是房屋还是门楼。画册说明："这本书以水彩画的创作方式，借助中国画工具——毛笔和墨汁，用黑白两色表现了记忆里的北京城……"在介绍中，可知画家"1993 年定居中国"，那么，关于曹雪芹故居的画肯定是在 2000 年 11 月曹家老宅拆迁之前所画。能够在画页上看到曹家老宅的原貌，实属万幸。只可惜，从半个院落两座不完整的破败房子上，很难看出曹家老宅的整体结构和规模。

今年 5 月中旬，我再一次来到磁器口，首先寻找十字路口东北角的地铁站通风口，我仍想找到那段曹家老宅短墙。东北角的高楼已经高耸，但外边的围挡依旧，我也没有找到通风口。

在我几乎不抱希望的时候，突然间，我看到路北有一条不知何时从北向南开拓的大街，名叫"西花市西街"。街西侧向北约百米的路边，从绿色的围挡中冒出了一排灰砖灰瓦——显然是新建的平房院落。我的眼前不由得一亮，这是不是复建的曹雪芹故居？

在绿色围挡中，有一个大铁门，这院落显然是不开放的。我走到门前时，大铁门突然开了，出来两个人。听话语，一位是送客的。我试探地问这里是否为复建的曹雪芹老宅？送客者答："是，但里边还没有陈设东西，不开放。"我赶快说："师傅，我小时候在北京第二十六中学，也就是现在的汇文中学上学，上学下学都从这里过，您看能不能让我进去参观一下？"师傅问我从哪来，我说从天通苑来。师傅说："既然来了，就进去看看吧。"

铁门内，是一条灰砖甬道，两侧是绿油油的草地。迎面的院落外围，是磨砖对缝的灰色围墙（院落倒座房的后墙）。东南院门有深红色门框，门框上方有两个六边形、黄边蓝心的门簪。门楣上顶着的是随墙（与围墙同高同形）的筒瓦屋顶，两列筒瓦间为滴水瓦片。敞开着的对开红漆大门，门板上无字；大门两侧的灰墙上开窗，窗口木框为深红色。大门外是三级台阶，红色门框两侧的下方，分别是竖长方形的门墩儿（又称"抱鼓石"），其上端雕有小狮子，方石上有花叶、蝙蝠一类的雕刻。

小时候走街串巷，我记得胡同里老北京普通人家的四合院绝大多数是黑漆大门，"门心"涂暗红，红底上写黑字对联，如当年我住家的院子大门上书写的是"忠厚传家久，诗书继世长"。普通百姓的院落用红漆大门，大约是在近几十年的事情。

此外，倒座房的后墙（同院墙），在老北京是不开窗的，标准北京四合院是一个封闭式的院落。曹雪芹的故居是清代的遗建，当年肯定不会开墙窗。

另外就是大门（屋式门洞）的屋顶与倒座房的屋顶同高，连成一线。按说有两个门簪的三进老北京四合院大门，应该安装"如意门"。而如意门（屋式）的屋顶，一般会高于院墙（倒座房的屋顶）。现今这新建"老宅"的大门，从外观看就是"随墙门"，但却没有随墙门（小门楼）的样式——既不是"花墙子门"，也不属于"清水脊"或"道士帽"。院门门框前的竖长方形抱鼓石倒是对的——老北京"如意门"或"小门楼"的四合院、三合院，常采用长方形抱鼓石；其石刻常见"二龙戏珠""麒麟送子""如意祥云""和合二仙"等样式。

复建的曹家老宅大门内，是覆盖屋顶的门道。右有面北的红漆窗、屋门朝门道的"门房"；左有与倒座房相接的红漆窗朝北、屋门朝门道的"门房"。一左一右的"门房"，使得这院落给人一种"机关单位"的感觉。老北京的四合院，也有院落大门之右建小跨院的设置，但那是自成一院的，其南侧多为两间倒座房，房门朝着小院，而不朝向门道。进院门，迎面的是上挂筒瓦的一面灰砖墙，应该是在东厢房山墙上镶砌墙面的"跨山影壁"。这影壁上没有字，大概是没完全竣工的缘故。传统老北京迎门的影壁，多在中心部位雕花，或置"福"字、"禧"字。

曹家老宅还没有对外开放，我能够进来属于机缘巧合，因此不便细看和做笔记。凭着手机拍的几张照片和浮光掠影的记忆，只记得进院门后，左侧是灰砖砌的月亮门，尽西头灰色院墙边栽着高过墙的竹子，其下是一丛绿化木和大叶的俗称"玉簪棒"的草花。小院南侧是红色门窗油漆一新的倒座房，中间为明间（堂屋），有门有窗，两侧是带半面木窗的"暗间"。它的对面，是与倒座样式相同的北房三间。这"一进院"，加上两间"门房"，共计八间房。

一进院北房北墙的东侧，就是"二门"了，但它不是我们惯常见到的两侧带有悬柱、悬柱下端有莲蕾样垂珠的垂花门，而是一道以竖瓦砌成花骨朵，上为灰色下刷白色的墙体中所开的"随墙门"——以深绿色门板组成的双开门。门内并没有"四扇屏门"，自然也没有上写"端方正直"的匾额。

二进院内，有正房（北房）三间，其两侧各建一耳房，再加东厢房三间、西厢房三间，共计十一间房。前、中两院的房屋加在一起，就是十九间了。

三进院内，有栽种花草树木的院子，还有记不清几间油漆一新的房子。前、中、后三院的房子相加，起码有二十间了。

传统的老北京四合院，正房比厢房、倒座房都要高，东厢房则比西厢房略高。此院与传统的老北京四合院相比，显得有些"狭窄""局促"。

曹家老宅还没有安置完备，我期待"曹雪芹故居纪念馆"开馆之日再次光临，也期望馆内能够按照当年的老规矩、老风俗精心设置。无论如何，能够复建伟大作家曹雪芹青少年时代生活过的老宅，令人欣慰，值得称赞。

原载 2021 年 6 月 27 日《北京青年报》

陈喜儒

泉州杂忆

"泉州：宋元中国的世界海洋商贸中心"日前获准列入世界文化遗产名录。泉州，是一本厚重的文化历史书，不静下心来，一字一句，仔细琢磨，很难得其仿佛。

但我两次去泉州，都是来去匆匆，未能尽兴。

第一次是陪日本作家代表团，访开元寺、清源山、晚品茶、观木偶戏、赏南音，宛如饕餮一顿文化历史大餐，五彩缤纷，囫囵吞枣。

南音，古朴幽雅，节奏徐缓，委婉深情，是历史悠久的古汉族音乐，素有中国音乐活化石之称。据考证：是两汉、晋唐、两宋等朝代的中原移民把音乐文化带到以泉州为中心的闽南地区，与当地民间音乐融合，形成了具有中原古乐遗韵的音乐形式。

据介绍，泉州南音演唱形式室内室外不同。室内为右琵琶、三弦，左洞箫、二弦，室外反之，但都是执拍板者中间而歌，这与汉代"丝竹共相和，执节者歌"的相和歌的表现形式一脉相承。但为何室内室外形式不同，询问多人，不得要领。伴奏的洞箫，称尺八。一位年轻的日本作家大惊说："怎么与日本的名称一样？莫非来自日本？"团长高井有一笑道："你说反了，日本的尺八，来自中国，你看完泉州三绝——茶艺、南音、木偶，就会明白日本文化来自何方。"

我第一次知道尺八，是在苏曼殊的一首诗中："春雨楼头尺八箫，何时归看浙江潮？芒鞋破钵无人识，踏过樱花第几桥？"那时不知尺八为何物，与日本年轻作家一样，以为是一种日本传统的民族乐器，洞箫的一种，后来陪小时候当过和尚的水上勉先生在中国旅行，向他请教，才对尺八的传播史、尺八的今昔以及与佛教的关系略知一二。

原来，尺八是中国传统乐器，竹制，因管长一尺八寸而得名，音色苍凉辽阔，唐宋时传入日本。如今在日本奈良东大寺的正仓院里，仍保存着中国唐代传去的八支六孔尺八。现在日本流行的尺八为五孔，是镰仓时代日本和尚觉心来中国杭州学禅期间，向同门居士学习吹奏带回的，后来觉心创立普化宗，传授技艺，将尺八吹奏融入修禅，称之为普化尺八。尺八传入民间后，逐渐发生变化，对内径和长度进行改造，音色更加完美，可吹奏古典乐曲，也能演奏现代乐曲，常与筝、三弦合奏，还可与西洋管弦乐队、电子风琴合作。这种起源于中国的传统乐器，南宋后，在中国逐渐流失，在日本却得以保留发展，不仅传承古乐，而且以崭新的姿态，更加丰富的音乐形式，展现在现代观众面前。

日本作家说，泉州有诱人的魅力，纵然是走马观花，也一辈子不会忘记。女作家下重晓子回国后撰文说："从饭店的窗口，就能看到古老的街市。红瓦屋顶上，屋脊两端高高翘起，伸向空中。听说屋脊的形状是仿照燕子的翅膀和尾部而建造的。从福州去泉州的路上，在高速公路两侧的墙上，也画着许多栩栩如生的燕子。泉州人不畏惊涛骇浪，漂洋过海，到世界各地谋生，之后衣锦还乡。燕状的屋脊，可能是他们决心荣归故里的标志和信念吧？也许有一天，我也会像燕子一样飞回泉州。"

第二次是陪黎巴嫩作家代表团到泉州，访灵山圣墓、伊斯兰教清净寺、九日山等。他们在阿拉伯人墓地徘徊良久，摄影留念。在博物馆，他们看到了摩洛哥旅行家伊本·白图泰游记的中译本，驻足良久，惊叹不已。白图泰在元代到过中国，他称泉州"是一座巨大的城市，出锦缎与丝绸"，泉州港是"世界大港之一，甚至可以说是世界最大的港口，港内停泊大船百余艘，小船无数"。团长、诗人朱佐夫·哈尔卜说："泉州是座有思想，有胸怀，充满诗情画意的美丽城市，使人流连，令人感动。我计划明年来考察采访，收集资料，写一部描绘古代阿拉伯人如何在泉州安家落户、生根发芽、建功立业的长篇叙事诗。我要告诉阿拉伯世界，在中国福建，有一片神奇的土地，有一个友好的城市，至今仍保留着我们先人的足迹，生活着我们阿拉伯人的后裔。"他转过头对我说："届时希望您也来，和我一起，欣赏泉州美景，品尝泉州美味，体验泉州生活，做几天地道的泉州人。"我欣然同意。

我是北方人，对南方的气候很不适应。每次因工作到南亚访问，热乎乎的气浪扑面而来，我就开始想念故乡的风、故乡的云。但到了泉州，不知为什么，不仅没有焦躁，反而醺醺然，陶陶然，忘记了炎热，忘记了疲劳，怡然自得，思来想去，似有所悟：泉州如酒，不管谁沉浸其中，都会如醉如痴，物我两忘。

泉州不大，但有浩然之气。在经济上，远在宋元时代，就是一座开放的国际大都市。马可·波罗在游记中说："大批商人云集于此，货物堆积如山，买卖的盛况令人难以想象。"那时，到泉州来经商、传教、创业、长期居住的外国人数以万计，到处可见外国人的宅第、店铺、教堂、庙宇。濒海开放的地理优势，放眼世界的海洋思想，海纳百川的广阔胸怀，造就了泉州历史的辉煌。但泉州人没有躺在祖宗的灿烂业绩中自我陶醉，自我欣赏，而是继承发扬兼收并蓄、博采众长的创造力、精神和传统，多元发展，自强不息，使泉州经济至今仍发展强劲。

在文化上，泉州自重自信。千百年来，多元文化在此和谐共处，并存共荣，形成了泉州独具特色的地域文化。以宗教为例，泉州被称为世界宗教博物馆。佛教、道教、伊斯兰教、天主教、基督教……凡十几种，都有石刻遗迹。在人类历史上，宗教冲突，连绵不断，酿成了一场场战争。但在泉州却出现了奇迹，各种宗教相安无事，相互融合，形成了多种宗教并存的独特风景。

在风格上，泉州谦和而宁静。它没有唯我独尊的霸气，也无暴发户的喧嚣，但你从市井风情，行人的表情和脚步，名胜古迹，都能感受到它的自尊自爱，它的曾经沧海的淡定从容，它的洗尽铅华的优雅和闲适，它的"此地古称佛国，满街皆是圣人"（朱熹）的超凡脱俗的气象……

中国有句老话，打铁先得自身硬。自身不硬，就没有自信，没有力量把铁锻造成你所希望的形状。这话套在城市上，似乎也适用。倘若泉州没有灵魂，没有志气，没有胸怀，也就没有泉州历史和现代的灿烂辉煌。

泉州古称刺桐城，但很遗憾，两访泉州，未见刺桐。

据说，五代时，节度使留从效主政泉漳期间，加筑泉州城，沿城环植刺桐树，使泉州成为被高大繁茂花红似火的刺桐环绕的美丽城市。泉州人钟爱刺桐，视之为象征吉祥富贵的瑞木，选为市花。但我晨起散步，寻找刺桐，询问多人，皆茫然不知。

下次再来泉州，一定选在刺桐盛开时节，在那热烈火红中，或可入物我同一之境？

原载 2021 年 8 月 14 日《人民日报》（海外版）

王子罕

缅甸的妙乌

初识缅甸是五六年前。在一本著名的旅游手册封面上，一盏火红的热气球正飞越一幢奇特建筑，这是由红砖和圆锥尖顶垒成的，地点是蒲甘。朝霞给这座庞大庄严的佛塔镀上一层艳而不俗的玫瑰色，让它在温婉的日光中熠熠生辉。

更让我浮想联翩的，是大佛塔背后青葱开阔的大平原，那一路延展、遥远的地平线与晨雾之间，竟密密麻麻点缀着不计其数的金色佛塔，它们与这座大佛塔有异曲同工之妙。距离的远近拉伸出深邃的透视图景，伟大与渺小在这幅画面中被展现得淋漓尽致。

于是，亲眼一睹缅甸蒲甘的日出，便成我心中的念想。

直到三年前，我得偿所愿。趁工作假期，我挤出一周时间游历缅甸。

去一个地方前，我总是竭尽所能做好十足的攻略，但翻遍网上的图文介绍，我竟放弃了最初的想法：不去蒲甘，而想专程去连当地人都知之甚少的小镇——妙乌。

妙乌位于缅甸与孟加拉国交界的边境邦——若开。这个边陲小镇曾是 Arakan 王国的首都，十六世纪时与欧洲各国通商，鼎盛一时。

如今却衰落成缅甸旅行社都不会专程组团去的小镇。

何以会如此？或因去妙乌实在不便。我从大城市曼德勒下飞机，要坐二十多小时的盘山路大巴才能到达。

大巴的座位上没有安全带，它奔驰在尘土飞扬的泥沙路上。车在黑夜的荒郊野岭行进，我战战兢兢，难以入睡，只盯着仅能照亮前方两三丈远的车灯，还有手里离线地图上五秒一拐弯的前行指示箭头。不过，这一切辛苦都是值得的。我去过六十多个国家和地区，每到一处，缘由和目的不尽相同，但关键是能触及我的内心深处，带给我纯粹的美感体验，妙乌就是这样一个让我灵魂为之所动的地方。

表面看，妙乌与蒲甘一样，都有万千佛塔。但放弃堪称缅甸旅游名片的蒲甘，专程去不知名的妙乌，主要是因为妙乌的佛塔多为石质，在时光的魔法下被染上一层古朴的黑色，这与妙乌佛塔圆润敦实的造型很相配，比起高耸且有棱角的蒲甘佛塔多了稳重，少了张扬。

另外，在人、自然与建筑的相映成趣上，妙乌之"妙"更胜一筹。作为山地小镇，妙乌的佛塔多位于小山顶或半山腰。摄影爱好者会喜欢这样的布景：佛塔连同绵延起伏的山脉、袅袅升起的炊烟晨雾、小而精致的农田，使拍摄日出日落时，镜头能轻松框进一幅饱含着层次的画面。

当放下拍照的执念，在村里闲庭信步时，那些曾经宏伟庄严的佛塔寺庙，就隐藏在无人清理的杂草、悠闲度日的牛羊群和饭点前飘起的炊烟中。有些塔顶由于年久失修而坍塌，暴露在微风中的佛像总是微笑凝视来往的世事变迁。不远处，便是刚收起的金黄稻谷，它们坦然铺开晾晒在小道旁，还有忙完农活后归家的赤脚老叟。路遇脸颊上涂着天然植物护肤品的特纳卡女子，她们无一不咧着嘴，向我露出质朴纯良的微笑。

与妙乌比，蒲甘广阔的平原和飘扬的热气球也是一道独特风景，但热气球本身是商业化的外来品，与传统建筑不太搭配，还有一种为迎合大众美感和需求特意做出来的突兀。妙乌则不同，它是没被污染的自然而然的存在，是一种从内里透出的质朴天然。

在妙乌，我遇见一对意大利摄影师夫妇，他们二十年来这里四次。据说，现在的妙乌和十多年前的蒲甘颇为相似，还没被商业化。交谈中，我们达成共识：风景固然重要，但更重要的是当地人简单纯粹的心灵。

此次妙乌之行，友善、腼腆、真诚的村民给我带来不亚于古迹风景的感动。在偏远的缅甸乡村，我竟有一种回家的宁适感。在这里，就算没有点亮夜路的电灯，没有伙伴同行壮胆，我也感到十分安全和踏实。

不过，我边走边想：这样的原色还能持续多久？随着这座宝藏山村不断在世界旅行者视野曝光，它会不会也开始变味？我看到有僧人为了赚钱，整日坐在景点摆好姿势，供游人拍照。还有人付费给僧侣，让他们当专职模特全程陪同游人。在妙乌的文面人部落，竟有人把老太太拉出来站成一排，毫无敬意地用镜头对着脸，咔咔咔拍上半小时。

走的地方越多，越感叹美好纯粹的东西不断让位于粗暴速成的经济利益。这也是为什么我不愿去已经成熟的旅游景区，更向往偏远的角落。

如今，数年过去了，缅甸留在我心灵底片上的，已不是手册上的蒲甘，而是一个人踽踽行走过的妙乌。

只是不知道，现在的妙乌是否值得我再跑一次。

原载《美文》2021 年 12 月

风采

朱秀海

昌江的春天

　　我没有在夏天的日子来过昌江，也没有在秋天的日子来过昌江，更没有在冬天的日子来过昌江，我只在春天的日子来到了昌江，那我就只能对您讲一讲春天的昌江，昌江的春天。其实就一句话，来吧，到春天的昌江来吧，不知道昌江这块宝地也就罢了，来不来随便您，但现在您知道了，不来，严重一点说，您以为自己人生已经非常完美，见到过世间所有的风景，且住，错了，您的完美人生打了折扣了，您还没有来过春天的昌江呢。

　　开始，只说去看木棉花。昌江的木棉，在海南，在南中国，乃至于在全部中国，据说无有可与之媲美之地，争锋之所。当然有人有异议，花是自家好，月是故乡明嘛。1979 年我在广西的中越边境参加对越自卫反击战，仗打了十几天，抬头一看，身边一株没有一片叶的树上绽放起了一朵朵火焰般的花，也就此知道了木棉，又称英雄花，红得像血，又娇艳欲滴，像一尊女神，明亮、热烈、狂野，凛然不可侵犯，还有那么一种不顾一切的精气神儿，天不怕地不怕，神不怕鬼不怕，睥睨四涯，小视万国，包揽宇宙，并吞八荒，一言不合，仗剑三尺，流血五步，何等气派。自那以后，南方也来，海南也来，却少见了当时肃然起敬的木棉花，有如此好事，焉得不往？走吧，去看这名气极大的昌江木棉花吧。

是春天自己先到了，昌江的春天，春天的昌江，当你弃车马，乘高铁，云征风驰，"咣当"一声，棋子湾站到，下车，出站，抬头，天蓝海碧，万物生发，满眼新绿，沉阔骄横，汪洋恣肆，深厚辽远，嘹亮中透出俏皮，不，错了，春天首先带来的并呈现在你面前的，直接撞疼了你的眼眉的昌江春天的花，不是一种而是千百种，全是盛开，全在怒放，群艳夺目，连山并海，波涛滚滚，横无际涯，遮天蔽日，主题是各种红：大红、朱红、嫣红、深红、水红、橘红、杏红、粉红、桃红、玫瑰红、草莓红、胭脂红、珍珠红、橙红、猩红、杜鹃红、枣红、灼红、绯红、殷红、紫红、袈裟红、喇嘛红，北京外语教学与研究出版社建筑外墙的颜色独特，叫作外研红，我想这里会不会有一种昌江红呢？一定有吧，一定有的。主要是三角梅，当然还有别的花，到了海南，到了昌江，即便你以为自己读书五车，满腹坟典，至少你的植物学知识要归零，即如三角梅，在别处是人家庭院里的娇花，在昌江，却成了漫山遍野深重绿色背景的标配，哪儿哪儿都是它，哪儿哪儿它都在放情绽放，不是一朵朵一枝枝，甚至不是一树树，而是跨天扯地，跨岭越山，花团锦簇，云蒸霞蔚——其实我不想用这个词，但实在没有更合适的词可用，就是云蒸霞蔚，有与新绿这一春天的统治色争夺王位之势。贾谊《过秦论》言秦孝公欲席卷天下，有包揽宇宙并吞八荒之心，昌江的三角梅，三角梅中的昌江红亦是如此。那新绿做惯了霸主，居然今天在昌江一地，在昌江的春天，被这所有的红逼上了绝境，如同武林盟主叱咤风云、小视天下了一辈子，却被一个从天涯海角突然冒出来的无名小辈逼到墙角，虽欲多让，面子上下不来，何况自以为有领袖群伦之责，深源不起，奈苍生何，我不杀伯仁，伯仁因我而死，于焉拔剑而出，呕血数斗，将世间所有的绿——纯绿、豆绿、墨绿、青绿、碧绿、蓝绿、黄绿、灰绿、褐绿、薄荷绿、橄榄绿、茶绿、苹果绿、苔藓绿、草地绿、湖绿、水晶绿、玉绿、松石绿、孔雀绿——尽情泼洒于昌江的山山水水，渊深海浅，峰高峦低，淋淋漓漓，无处不敷染，无处不披绿。还有日光，美人之美，看热闹不嫌事儿大，光临大千，普照万界，那些色重色轻的绿因它的助力愈加显得深沉峻拔，庄重明亮。然而山更绿，红得更艳，汹涌澎湃，势如破竹，袭人眼眸，动人心魄，直令人要喘不过气来了。

还没有说到别的花呢，甚至没有说到白的、黄的、紫的、蓝的、粉的三角梅，后者在别处至少我没有见到，却在昌江一睹为快，同一棵树上，且不是只有一棵树，是一个园区，一个种植基地，洋洋泱泱，蔚为大观，将望眼扯到极限。在这个基地里种植的还有兰花：春兰、建兰、墨兰、蝴蝶兰、鬼兰、翡翠兰、蕙兰、石斛兰、蝶恋花兰。蝶恋花，这没有什么啦，兰花我也养，但是昌江的兰花五彩缤纷，同一种兰开出了赤橙黄绿青蓝紫各种颜色，艳压群芳，馥郁氤氲。跑题了，本要说别的花，对三角梅不遑多让的花，当然认识的花不多，必须用一款识花软件来请教，虽然辛苦，汝焉知鱼之不乐。那一树艳黄的是黄花风铃木，那硕大且一朵朵火炬般耸出云霄叶间的是火焰花，而像火焰花一样一串串盛开在林间、花朵稍小却不减其美丽的是火烧花，有一种粉色的三角梅叫绿叶樱花，看上去不像三角梅而像是真正的樱花，它们和三角梅一样，在昌江都不是娇贵的花了，而是行道花。行道树却有一种三角梅那样的并吞八荒争雄竞霸之势，六国之争，函谷关谁与？而且干直枝繁，那花一朵都有小脸盆大，绽开如一团云，落地是一团火，血色殷然。山有多高，花有多高，世界有多辽阔，花的领域就有多广远。天倾西北，地陷东南，无往而不在，冲天一怒，须发上指，目眦尽裂。

这就是昌江的春天了，但心仍在花上。并不是所有的花都是可以随便让你亲近的，我说的是那些无所不在的野花，真正想说的是，你就是有一款识花软件，春天来到昌江，令你目不暇接的繁花岂是你能在短短两天内认识得了的？还有盛名远播的昌江木棉花，还有和春天的花一样吸引你的昌江的海。我在海南的暂居地距昌江只有短短两小时车程，这里的海水就比彼处的海水蓝得更清薄、更嘹亮。嘹亮这个词儿不是随便能想出来的，但到了昌江，看到了昌江的海，它自个儿就跳将出来了。其实还有一个词儿，是从一位名人的文章里刚刚读到的——薄脆。海天一色，有一种玻璃一般的蓝存焉，但又是两种不同的蓝，海的蓝像是被天上的蓝染成的，却比天上的蓝更浓稠，奇妙的是同时仍然显得比他处的海轻盈灵透，如同一匹无限广大的浮动的薄薄的丝绸，浮动着，摇荡着，却又不破，这就显出了薄脆。这样想下来，那句俗语是不是因为昌江有这样漂亮的海改为"蓝出于蓝胜于蓝"了？还有昌江的海风，在三月的暖阳下竟显得凉爽宜人，这让人意外地欢喜。因为海南三月已经有点热了，昌江居然有如此清凉的风，让你不觉要迎风而立，像鸟张开双翅一样张开双臂。呼吸这凉爽的海风，而海风也识趣，似要亲近你，要与你拥抱，将你包裹起来，还要情人般穿透你的肌骨，携你的灵魂远去，和这里的山和海永在一处。还有棋子湾的沙滩和礁石，落日晚霞，海天无际，栏杆拍遍，登临意，无人会。这时所有的昌江春天的花是不是已经失宠了？有句诗怎么说的：剩有梨花不足看。

哦，差一点忘了，我们是来看木棉花的，其实在这个属于昌江的大花园或者干脆称作昌江大花园的地方，木棉花早就在万花丛中现了真身，我们已经看到它了。江西作家江子有一句话：我们不是来看木棉花，我们是来出席一个看木棉花的仪式，这个仪式还没到，所以看见了也要视为没有看见。好在早饭后车子就要出发了，我们已经看到了昌江春天的海，现在又要看昌江春天的山，名闻天下的五指山的一脉，著名的霸王岭，春天的霸王岭。为什么要去看山？当然是因为昌江闻名天下的木棉花。不对，是履行一种看木棉花的庄严仪式，完成对于此次看花之旅的全部期待，经历最后的无论是情感还是过程的高潮，不如此，这次看花之旅就说不上圆满。

高潮就在这时候到了，我说的不是木棉花，而是昌江的春天，它从我们的入山行程开始时就猝不及防而又漫不经心地撞到脸上来了。上下六合之绿比不过山之绿，一年之中其他季节的山之绿比不过春天的山之绿。到了这里，我是不是要说一句：行过万里路之后，天地万山之绿都比不上五指山春天的山之绿呢？并不只有野花的世界，这一层开始想都没想，却在途中被它们惊到了。仍然有三角梅的份儿，黄花风铃木、火焰花、火烧花，各种兰花，却都成了野生的，蓦然回头，已经成了另一种三角梅，另一种黄花风铃木、火焰花、火烧花，城里人变成了乡下人，质朴、野性、风趣、自然，对了，好半天才想起最后这个词儿了——别有风韵。如果我自己也喜欢一切自然的存在，那它们就是五指山的野姑娘了，"清水出芙蓉，天然去雕饰"。雕饰还是有的，但那雕刻师已经是自然这位老手，老江湖，大匠不斫，随手勾画两刀，便胜却人间无数。当然还有木棉，它现在已经是主角了，但不露声色，不想张扬，一副和光同尘的样子，立于路边、崖边、田埂边、江边——已经看到苏东坡看过的昌化江了，居然是一条野性的大江，巨蟒一般曲折于五指山的重崖险嶂之间，却安静得像一个婴儿。既然进了山，有了这条大江，那就有了江岸和江滩，有了山的脚、山的腰和山的顶，这些地方的木棉树，各倚所立，各抱地势，高低参差，层层焉，重重焉，盘盘焉，矗不知其几千万落。长桥卧波，复道行空，不霁何虹？高低冥迷，不知西东。一日之内，一山之间，气候不齐，花却开得同样璀璨夺目，殷红如血，惊心动魄。低者如同谦逊的年轻人，虽然暂时栖身于矮墙之畔，身段可让年长者一筹，但生命中的那份红，那份热血，那种激情，那一种青春独有的精彩亮丽，对不起，不遑多让；那些高耸入云的老树呢，自有一己的辉煌与灿烂，树干高入云端，那火红的花也入了云端，这也不说明什么，因为它已经长了这么高，这么久，就在山巅和云间了，要不你又能要它怎么样呢？一棵老树不能因为老，余生就不要继续精彩，继续灿烂，有时候灿烂就是它的命运。它立在那么高的地方，下面是山，上面是天，危崖高千尺，上可扪星辰，仿佛世间就耸立着它这一棵开满花的树一样，其实那只是它生长到了那个位置，今天是它的好日子罢了……虽然还没有仪式，但已经看到了海一样的木棉花，不虚此行了。

其实想说的还真不全是昌江春天的花，而是在"乱花渐欲迷人眼"之际看到的花之外的昌江。在满世界炫目的绿的、红的色彩和光影之外，还有一个真正的昌江，昌江的春天。春天在昌江居然还是个收获的季节：大片香蕉林里的香蕉树上垂下了累累的果实，这些果实都被保护膜罩着，说是如此可以避免虫害，让它们具有更好的品相，可以在市场上卖出一个好价钱。和一片片的香蕉林连在一起的还有成熟了的甘蔗田，有的已经被收割，有的正在被收割，而一个嗜甜如命的人看到它们就想到昌江应该是个甜蜜的地方。春天的昌江还是个播种的季节，就在甘蔗田和香蕉林之间，山间平畴，泉水叮咚之处，你就能看到一片片正在插秧的秧田。农人正在劳作，而他们的身边，野花这儿一丛，那儿一树，再过去又是一片，自得其乐地绽放，而农人的劳作也就是在绿色和花的世界里的劳作了。还有放牛的年轻人，已经不骑在牛背上了，他们骑在摩托车上赶着牛群去放牧，一边瞧着手机上的稀奇。此行的目的地是有"中国第一黎乡"之称的王下乡黎花里，在我们走进浪论村和洪水村时，不但看到了最原始的黎族文化，还看到了被春天的昌江花笼罩着的新的黎家民居。当地政府为深山中的黎族同胞脱贫想了许多办法，譬如，帮助他们发展旅游，将山里的孩子们集中送到县城读书，毕业后他们就走出了大山，奔向了世界，同时也保护了这里的绿水青山。黄昏正在来临，我们坐在王下乡一处供旅游者休息的地方喝茶，向四周望去，忽然觉得有点熟悉，一篇文章中的文字在心里冒出来："晋太元中，武陵人捕鱼为业。缘溪行，忘路之远近。忽逢桃花林，夹岸数百步，中无杂树，芳草鲜美，落英缤纷。"这里可不就是"芳草鲜美，落英缤纷"？而且"土地平旷，屋舍俨然，有良田、美池、桑竹之属。阡陌交通，鸡犬相闻……黄发垂髫，并怡然自乐"。这里不就是我们在书中读到的桃花源吗？

第二天中午，我们终于在昌化江畔尼下木棉观景台完成了有仪式感的观赏昌江木棉之旅。虽然来得晚了点，错过了观赏的最佳时机，但仍然看到：江天之间，群山重重，大片的木棉树倚山而立，倚江而植，花开得如云如霞，气魄广大，非别处一树树一行行木棉花可比。这是世间真正的大景观，造物之巧自然要当其首功，而昌江人功亦不细。

来吧，来昌江的春天，到尼下观景台来看木棉花的海洋吧，看海洋中层层叠叠涌起回落的波涛吧，只有看到了它，你才会明白大自然对人类有多慷慨，不但给了我们衣食，还给了我们花，而昌江人是深深懂得这些的，不然也不会将这一座大自然的花园保护得这么好。不来当然也可以，但是，多遗憾呀。

我没有在夏天、秋天和冬天的日子来过昌江，我只在春天的日子来到了昌江，我就只能对您讲一讲春天的昌江，昌江的春天。但是谁知道呢，也许昌江的夏天、秋天和冬天也和昌江的春天一样美丽，我要是不来，就像你们不来看昌江的春天一样，那得多遗憾。于是，离开之时，我已经在想昌江的夏、秋、冬之旅了。到了那时，我也就能向你们讲一讲昌江的四季，四季的昌江之美了。

原载《天涯》2021 年第 6 期

叶
梅

流花溪

只知道，一条河会给一座城市带来最为活泼的灵性，所有美丽的城市都会有属于自己的河，时刻能叫出名字，让人亲切而又感怀的河。但未曾料想，在南方，面朝大海的榕城福州，穿行于三坊七巷、华林寺、乌塔、马尾船政遗址及林立的高楼、闽江口金三角经济圈之间的大河小河，竟然有156条。

大河如闽江，小河如这流花溪，或奔腾或涓涓流淌，汇成了灵动美妙的有福之州。

仓山区南台岛上的这条流花溪，在156条河之中应属最小的了。它的潺潺流水不足十里，地图上几乎找不到它的名字。但实际上它并非孤独的小河，它是闽江顽皮的孩子，乳汁饱满的母亲从武夷山向东而来，一路携着众多儿女，在即将奔向东海之前，更是奔腾跳跃，造化出一条条小溪。

这条寂寂无名的小溪，也是由母亲的呼吸和伸展而生发的。

虽是无名，但直接与闽江干流乌龙江古道相通，也有久远的历史，存活于小溪两岸的民间沃土里。兴旺之时，石板街上有酒库、海鲜店、肉桌、食杂店、米店、药材店、诊所、制衣店、木材商行；四周农家种些龙眼、橄榄、杧果、白沙枇杷、杨梅、黄皮果、柑橘、荔枝，那都是石板街上最受人喜爱的吃食。

福州的河流数不清，福州的故事说不完。

那天，我们来到流花溪公园门口，当地朋友指着溪边一排宣传栏，那上面有福州河流从前和现在对比的图片。凑近一看，让人吃惊。老照片上，有的河面长满水葫芦，水色浑浊；有的一团黑沼，冒着污浊的泡沫；有的漂动着白色塑料、烂菜叶子。两岸拥挤的高楼大厦与残破的平房、工棚一起，紧紧逼到了河堤跟前，若那河能发出声音，一定会哀号不已。

朋友说，早先他每天傍晚会沿河散步，但后来发现河里的味道越来越难闻，走一趟回来身上刺痒，就再也不敢跟着河走了。

我们相视无语。这样的情景并非福州独有，前些年即便是在北京，离我家不远的莲花河，夏天也能闻到阵阵臭味。从桥上经过时，不忍探头但咬着牙还是想看个究竟，只见发黑的河水纹丝不动，就像一个酱缸似的在发酵。我想扭头逃开，但腿却迈不动，心里一个劲地想，这可怎么办？怎么办才好啊？

赖以生存的河，都变成这样了，怎么向后人交代？娃娃们怎么活？

好在这福州，20世纪90年代初期，习近平总书记在此工作时，就极富前瞻性地提出了"全党动员、全民动手、条块结合、齐抓共治"的内河治理思路，还不止一次地指出："消灭城市黑臭水体，还给老百姓清水绿岸、鱼翔浅底的景象。"这些话深深地打动人心。近些年福州开展了有史以来规模最大的城区内河综合整治工程，通过对全市河流逐一"望闻问切"，人们把治理的目光从每一条河道延伸到与之关联的河道和支流，延伸到地下管网等污染源头，发现"症状在水中，根源在岸上，核心是管网，关键在排口"，据此提出系统治理黑臭水体的系列措施，每一条都可以说是惊心动魄。

首先将内河两侧 6~12 米的房屋建筑全部拆除。接着的大动作是埋设大口径球墨铸铁截污管，构筑城市截污的第二道防线，这在全国算是首创，之所以采用又大又厚的铸铁管，就是因为这东西经得起挫折，不会一碰就损，泄漏污染。这一来，福州全市共埋设了铁管 260公里，建起截流井 1011 座。打个比方，有点像吐鲁番的坎儿井，隔一段与地面有个通道，好掌控维护。

福州清淤采用的是"干塘清淤法"，不见底不算完，彻底干净，才算放心。清出来的河道淤泥约在 295 万立方米。这个数字是一个什么样的概念？ 100 立方米就似一座小山，1 万立方米就是一座大山，295 万立方米，是一座又一座大山，是愚公移山的山。这些愚公将山移到了该去的地方，化腐朽为神奇，变废为宝，养花种草，丑变作了美。

住在城市里的人在雨季都有过水漫金山的担忧，遇到极端情况，还会危及性命。福州全面排查了 2500 公里雨污管网，同时进行修复、更换、补充。与此同时，从源头上截污治污，全面治理污染源和城中村改造齐头并进。实施源头污染网格化排查，规范整治隔油池、沉淀池、排污口等设施，共排查整治污染源 3165 个，取缔小散乱污企业132 家。近十年里，陆续改造了 2500 万平方米旧屋区，治理了 415个老旧小区，不仅使雨污分流在原来的城中村得以实现，市容市貌大为改观，而且使原先居住于脏乱差环境中的市民大多住进了新房、好房，生活中添了阳光。

节源之余，还要开流。闽江每日潮涨潮落，通过智慧化调度，每天两次将奔流的 1650 多万立方米闽江水引入城区，加固、加高水系入江入海的闸门，让水多留。与此同时，打通断头河 13 条，建设 11 个大型推流泵站，让内河水流保持在每秒 0.2 米以上的流速，形成流动的循环水系。

水流动起来了。水变清了。

这些看似枯燥，但却凝聚无数心智、无数辛勤劳动的举措，换来了 156 条河流的新生。

那本是一个阳光斜照的下午，但来到流花溪边不久，竟飘起了雨丝，轻若游丝地飞下来，在空中悠悠扬扬的，不像是下雨，倒像是一道道撩人的羽纱。

于是，沿着溪边走去，满眼绿色。

河坡上长着小草，一片片绕着河堤，伴着小道，虽是初冬，草仍是绿油油的。三角梅也在开花，一簇簇红得似火，木棉树、黄花槐，还有被称作香港市花的红花洋紫荆，都在这小溪边，安然自得。

寻得一个好所在，一棵大榕树下，桌面似的山石，光滑如镜，四周散落着可坐的石头，喝了三泡工夫茶。伴着草木清香，这茶香似更为清幽。

眼前的清爽风景，是生态治理之道带来的。人们改变过去"三面光"的传统治理套路，在河畔种下垂柳，缓坡入水处种植芦苇、美人蕉，打造有深潭、有浅滩，长得出水草、藏得住鱼虾的生态河道，还大自然一抹本色。福州市成为首批"全国黑臭水体治理示范城市"，沿河建成一个个开放式的"串珠公园"、滨河绿道，市民们体会到了"推窗见绿、出门见园、行路见荫"的舒心惬意。

流花溪果然是溪水伴花，水波传香，每行一段，初来乍到的人都会有意外的惊喜。杨柳依依，荷印梦樱，十里花廊美不胜收。走过一座石拱桥，见到那棵已有上千年树龄的大榕树，树干如蟠龙盘踞，枝叶遮云蔽日，正是垂一方之美荫，来万里之清风。树旁的"榕树甲天下碑"成了网红打卡点，不时可见年轻人与树合影，青春与古老相映成趣。榕树不远处，有一座红墙斑驳的香积古寺，相传在唐朝曾盛极一时。如今，这古寺安然守望着流花溪的生机盎然，古榕树下那座名为新新亭的亭台里，休憩的市民一边欣赏美景，一边谈古论今。

我不由得想起京城的莲花河，近些年也经治理，也有了芦苇青草，流水声响，虽然没有这千般花朵，倒也有安逸和欣喜。

再从这流花溪看去，那福州的 156 条河流，水清、河畅、岸绿、景美。榕城福州，给祖国的东南沿海增添了十足的风韵。

原载 2021 年 1 月 29 日《光明日报》

彭
程

衡水湖二日

　　我也算是衡水人，但过去很长时间里，却并不知道衡水湖。

　　这不能完全怪我无知，因为衡水湖这个名字的历史并不长。我倒是很早就知道了它曾经的名字——"千顷洼水库"。那时我才十几岁，在家乡的县城读初中，当时的衡水还是地区建制，家乡是它的下辖县。虽然老家离水库只有一百来里路，却从来没有去过。这些年来衡水湖名气越来越大，不但经常见诸媒体，在京的老乡同学见面时，也时常会有人说到回老家时去了衡水湖游览，风光美不胜收。一开始我还以为是新景点，后来才知道它就是当年的千顷洼水库，但已经今非昔比。既然这般众口赞誉，看来没有理由不去看它一眼了。

　　于是在今年国庆假期的最后一天，自北京驱车三百公里，直奔衡水湖边，到一间事先预订的临湖酒店住下。先期到达的一对友人夫妇，已经备好了午餐迎候。友人祖籍也是衡水，已经退休，自称衡水湖是自家的后花园，来过多次了，还考虑在湖边买一套房子，以便时常回来住些日子。

　　吃过午餐，友人开车在前面引路，做环湖之游，据说全程有五十多公里。近年来颇有影响的衡水湖国际马拉松赛，就是以环湖公路为赛道。车一路开得很快，路两旁林木繁茂浓密，从枝叶交错虬结的缝隙间，能望见湖面，时而开阔，时而逼仄，水光潋滟，随着车轮的疾驰，或隐或现，一路向前延伸，仿佛没有尽头。在几处风景绝佳的地点，我们想下车观赏，却一直找不到地方停车，据说是为了保护湖区环境，有意如此设计的。好不容易才看到一个临湖村庄，便将车子拐进村口路边停下，徒步走下湖边大堤。

呈现在眼前的，正是典型的湿地景观。走下大堤斜坡，穿过几排高大粗壮的白杨树，向前走几步，便到了湖边，脚下的土地松软潮湿。临岸处的湖水清浅，数种水生植物恣生蔓长，高矮不一，一派芜杂。其间的主角是芦苇，根苗叶繁，向四面八方伸展，连绵一片，密密实实，如墙如垛，极有气势。浅黄色的苇穗随风摇曳，有一种鲜明的剪影感，可描可画。再向里面，百米开外，才是无遮无挡的湖面，波光闪耀，一望无际，让人顿感神清气爽，胸襟不由得豁然开朗。沿着水边恋恋不舍地走了半天，才掉头走回到停车的地方。路边有几家摊位，卖的是湖里的水产，有白鲢、鲫鱼、青虾、螃蟹、甲鱼等，装在盛水的铁皮盆桶里，不停地游动蹦跳。

望着这样一片浩荡大水，会很自然地想到去追溯它的往昔。北魏郦道元的《水经注》中，它被称为"博广池"，物产丰富，"美蟹佳虾，岁贡王朝，以充膳府"。它还有冀州海子、冀衡大洼等民间名字，因为水域的大部分，位于同属衡水市的冀州境内。地理学家则指出了它的起源。在漫长岁月中，这一带曾经分别是黄河、漳河、滏阳河、滹沱河等多条古河流的故道，水势最盛时，是一个烟波浩渺的大湖。物转星移，河流改道后，上游活水几近断绝，这片亘古大泽逐渐萎缩，近代以来更是退化为一片广袤的积水洼地，专业的名称是"浅碟形洼淀"。

这一片区域，很早就有了被开发的记录。据史料记载，早在隋代就曾经开凿水渠，引湖水灌溉农田。清代乾隆年间后，从直隶总督到冀州知州，几任当时的地方官员都先后在湖区挖河排沥，旨在开湖造田。清末曾经丈量湖内土地面积，这正是千顷洼名称的由来。新中国成立后的第一个机械化农场——冀衡农场，就建在这片洼地中，将排水造田推向了高潮。其后几经变迁，到了二十世纪七十年代，又改建成为一个引水蓄水排水结合、功能齐备的大型平原水库。当时，在县委工作的父亲去地区开会，目睹了建造水库的壮观场面，工地上人山人海，小推车川流不息，到处红旗招展，高音喇叭声声震耳。这也是那个时代常见的集体劳动场景。他回来后讲给家里人听，让少年的我向往不已。进入八十年代后，又引黄河水注入水库，从此衡水湖保持了长期稳定的蓄水状态。

随着全民生态意识的增强，人们越来越认识到，在广袤干涸的华北平原上，拥有这样一个湿地湖泊，是多么珍贵。近二十年间，为了尽快退耕还湖、退耕还湿，地方政府采取一系列强有力的措施，让湖区面貌发生了巨大变化。像实施生态补水工程，大幅度增加入湖水量，沿湖建造万亩森林公园，保持了水域面积的阔大，也使湿地功能逐渐得到恢复。如今，在整个华北地区，衡水湖是唯一保持了沼泽、水域、滩涂、草甸和森林等完整元素的湿地生态系统，是国家级自然保护区，也是华北平原第二大淡水湖，水面面积仅次于白洋淀。

从开湖造田，到退田还湖，这一逆向的变化历程映射出的，是时代意识的发展，人类生态观念的深化，对自身与大自然关系的再认识。

开车绕湖一周下来，天已黄昏。湖面从夕阳照耀下的浮光跃金，渐渐转入暮色笼罩，混茫一片。回到酒店稍事休息，又跟着友人走出酒店，来到不远处一家农家饭馆，吃了这里的特色菜铁锅柴火炖鱼。鱼是从湖里打上来的白鲢鱼，贴在铁锅内沿上的玉米饼子被烤得焦黄，是久违了的故乡味道。

第二天早上醒来，看到玻璃上蒙了一层水雾，显然是湖中水汽浓重所致。推窗远眺，晨霭中的湖面，轻雾飘荡，凝重空旷，又是别一种风致。早饭后，开车前行不远，就到了衡水湖湿地公园的门口。这里是衡水湖的外缘水面，开阔疏朗，水面密匝匝地覆盖了大片莲叶，满目碧绿，四面延展开去，莲叶间绽放着不同品种的荷花，浅红嫩粉，其华灼灼。

向更里面行走到尽头，便到了大湖堤岸边，这里有一座椭圆体的三层观景台，钢制结构，从远处望去仿佛一枚竖立的鸭蛋。沿着盘旋的阶梯上到最高层，凭栏远眺，将目光左右远近移动收放，整个衡水湖尽收眼底。事先我曾经看过资料，它的水域面积相当于 11 个杭州西湖。果然不虚此言，湖面浩渺无际，中间错杂分布着几个长方形的岛屿，树木丰茂蒙络，此外便毫无遮挡，一直延伸到水天相交之处。身边没有攒动的人头，视野中也罕见林立的楼宇，而是一派纯正的天然景色，一种质朴的原初风貌。

历史上，华北平原曾经有不少的湖泊，在衡水湖的周边，就曾经有宁晋泊、大陆泽、扶柳泽等大湖，但如今都已踪影杳然。衡水湖幸运地存留至今，是上天的恩赐，更要归功于人类的呵护。为了保护好它的生态，当地政府采取了一系列行动，诸如封堵污水入湖口，取缔数百家沿湖工厂，禁止网箱、拦网、围埝养殖，等等。特别值得提出的一项大手笔，是将繁忙的南北交通大动脉 106 国道改道了几公里，移出了保护区域。

我倚靠着观景台栏杆，准备以湖面为背景拍照留念，忽然有一阵扑棱棱的声音由远而近，一只个头颇大的鸟儿，从眼前一两米处飞掠而过，把人吓了一跳，扭头去看时，它已经飞临到湖面上，缩小成了一个黑点，须臾之间又踪影全无。

两天游览中，随时随处，都能看到大小各种鸟儿的身影。衡水湖的地理位置和优质水体，孕育了丰富的多样性物种。这里栖息的鸟类就多达三百多种，其中有多种珍稀品种，如丹顶鹤、白鹤、黑鹤、金雕、大鸨等，是国家一级保护鸟类。每年在这里筑巢繁衍的夏候鸟有数十万只，越冬的雁类有数万只。鸟类对环境有着苛刻的要求，因此这种现象强有力地表明，这一片广阔的湿地湖泊，的确起到了良好的生态涵养作用。

这一切当然不是白来的，背后有着大量心血的投注。我从网上看到过一份当地政府颁布的文件，内容是加强衡水湖生态保护和综合治理，其中的"恢复鸟类栖息地"一个单项，就有如下具体要求："依托原有人工养殖鱼塘，通过地形改造、植被恢复、蓄水调节、周边觅食区营造等措施，恢复成鸟类栖息地，成为芦苇沼泽、芦苇苔草沼泽、草甸、翅碱蓬盐沼和裸滩、觅食地等多样性生境类型，以满足湿地水禽多样化生境需求，分别为鹤类（灰鹤）、鹭类、雁鸭类、鸻鹬类、鸥类等创造各自理想的觅食和栖息生境。"后面列出了具体的责任单位名称。列入这份文件中的其他项目，如加强蓝藻预警工作、开展蒲草平衡收割、实施生态浮岛项目等，也都十分具体细致。

可见只要有清醒的认识，有强烈的决心，并诉诸笃实有效的行动，就一定会有收获。大自然的报答，就更会是如期而至，毫厘不爽。你不由得愿意想象，大自然也仿佛具备某种人格，对人类给予的呵护关爱，会用自己的方式予以感谢。眼前这些梦幻般的美景，就是它践诺的体现。

走出湿地公园，便踏上了返京的路。匆匆二日，尽管不过是浮光掠影，却足以成为我内心长久的萦系。车轮疾驰，衡水湖的美丽风光落在后面，但并没有消失，而是牢牢地收藏在了心中，镂刻一样。桑梓之情，故园之思，因为这一片泱泱大水，而被唤起，被强化。今后的日子里，我一定会再来，一次次地走进它的千顷碧波，万亩芦荡，走进它的朝晖夕照，大美气象。

原载 2021 年 11 月 15 日《中国环境报》

陆
春
祥

山中这片海

　　夏至前一日傍晚，滂沱大雨过后，我站在汀南丝语客栈前的沙滩上静静地看海。海天同蓝，海平如镜，海面上有三艘间隔着的小船，平静地张着白帆。鸥鹭展翅交叉翻飞，远山青翠如洗，括苍山脉逶迤连绵。木栈道下方，一片金黄色的优质沙滩，长达千余米，沙粒柔软细腻，棕榈树、沙滩椅、帐篷、瞭望塔，有孩子在追逐嬉戏。

　　然而，这片海却生长在连绵的云和山中。我去过无数次大海边，山中看海却是第一次，特别新奇。这片狭长的海，其实是由一条江截流而成，江叫瓯江，浙江省第二大江。这片海平面，往上下游尽情铺展。瓯江缓缓向东流去，直至流入宽阔的东海。

　　浙江丽水云和县地处瓯江上游，面积不到 1000 平方公里，森林覆盖率却达 81.5%，基本上是一个藏在森林中的县，而紧水滩等三座水电站的建设，又将瓯江云和段截成数个庞大的天然湖。青山与碧湖，白云与梯田，云和向世人展示了它独特的金名片。眼前这片海，地处石塘镇长汀村，因 1990 年石塘水电站建设而成"十里云河"。

十里云河

海面，远山。云雾升腾起来了，没几分钟，迅速将海面和群山弥漫。

如果说山水是云雾的生母，那突变的气温就是云雾的催生婆。雨后看云看雾，成了云和山中的日常，无论春夏秋冬，云雾随时随地生成。

云雾其实很难分辨。我虽看过英国人平尼写的《云彩收集者手册》，知道一点积云、层云、卷云等知识，但面对眼前的云雾，只能基本判断为对流云，气流上升膨胀，充分冷却，一部分水蒸气会凝结成云，但依然不太看得出名堂。在我眼里，那些低层天空的云雾，自由散漫得很，忽隐忽现，常常不守规则。比如，第一缕云雾是如何产生的？即便你盯着云雾看，刚刚还碧空如洗，不知道什么地方突然钻出一缕云雾，薄薄的，淡淡的，似轻烟。不过，我依然认定这第一缕云雾，是这一山一海云雾的母亲，起先它会随空翻滚，几个转身，它就拉拢起一支强大的队伍，不一会儿，就满山满海，势不可当，那种气势，就如明景泰元年（1450），云和坑根石寨银矿矿工王景参揭竿而起反对矿主压榨一样，他们怀着同样的不满与愤怒，迅速集结起数万矿工，王景参，就是起先的那一缕白云。

看云雾，我最欣赏的就是它们完成集结后的恣意。有时，它们将整个山头山谷箍住，如铁桶一般，或者索性让山头消失，有时，它们会如固执的男子，明明对方没意思，却仍满山缭绕追着跑。如飞鸟，如跃马，如苍狗，没有哪一团云雾会重复相像。下午，我们上梯田景区索道，上去时晴空万里，下来时云雾钻进了我们坐的缆车厢中。前一晚，我住梯田景区的云逸院子，晨6时，起床写作，

6 点半前，晨光高照，6 点半后，突然抬头，浓密的云雾已经扑到了我的窗前。站起身，朝山下的梯田望，一片迷茫，只有鸟鸣声依然清晰。

王景参起义后的两年，明朝政府析丽水县的浮云、元和两乡，另行设治管理，两乡各取一字成"云和"。有云有和，云代表环境，和代表理想，自此，云和以一种童话仙境般的姿态，深藏在浙南山中。

追着云的步伐，我到了云和，到达时已华灯初上，在浮云大桥旁的一家旅店住下，迫不及待地出门看夜景。浮云桥下浮云溪，浮云溪坝两侧已成宽阔的绿道。陪同的云和县委宣传部林部长告诉我，云和 11 万人口，80% 都居住在县城，许多高山村民被集中安置到功能齐全的社区。这里的木制玩具，占中国市场的 70%，村民大多进厂当了工人，是个典型的小县大城。看来往穿梭健步的云和人，脸上都带着微笑，我想，这应该就是云和之原意了，云彩祥和，所有的人，都向往这样的环境。

汀州吹打

海面上泛着细碎的波光，夜幕下的长汀海滩，也开始热闹起来了。

一队人着节日盛装，吹吹打打而来，大小唢呐、二胡、板胡、锣、鼓、钹，刚劲奔放，鼓点紧密，节奏感极强。他们的身边一下子围上了不少游人，这是一场特别的沙滩表演，原始，豪放，激越。

这表演的是什么？看我有点疑惑，云和文友练云伟兄笑着解释："这是'汀州吹打'，是我们云和特有的一种器乐演奏形式，浙江省级非遗项目，它与闽西汀州有关。长汀村民的先辈，都来自清朝康熙年间的闽西汀州，因怀念故乡，他们将所迁居的村也叫作长汀。"难怪，我一进长汀村，就感觉名字有点特别，似曾相识，以为和闽西的长汀是巧合，不想，还真和汀州有关。福建的长汀，一直是古汀州府的所在地，世界客家人的"首府"。长汀人移居云和大山，念念不忘故乡，汀州吹打在长汀早已失传，不想，种子却在云和这边继续生长。

一边看表演，一边听介绍。云和汀州吹打，多在婆亲、丧葬及各类民间集会等场合演奏，它复杂且有系列，比如，婆亲，就有《开场白》《杀牲调》《送担调》《入门调》《上宴调》《敬酒调》《下宴调》等一系列不同的曲调。曲目按婆亲过程逐次展开，开场吹"过家溜"，杀牲吹"上山虎"，送担吹"鱼公乐"，入门吹"双义对"，上宴吹"到青林"，敬酒吹"状元敬酒"，下宴吹"一枝花"。看着眼前沙滩上的欢快场面，我完全能感受到婆亲复杂过程中的仪式感、喜庆感、喧闹与活泼一直持续，宴会结束，参加婚宴的客人出门时，每人手上拿着一枝山花，寓意简朴而美好。

长汀，瓯江边的村子，叫汀，完全合适。这里酒店客栈的名字，也全部带"汀"字，汀海、漫长汀、汀水伊人，一种浓郁的思乡情结在水边漫延。

夏至长汀

在船帮博物馆，我看到了一张长汀村的老照片：在一块约两平方公里的长方形水边平地上，沿山脚皆为参差的泥墙瓦房，村边是墨绿色的草和树，再往下是一片宽阔的石沙滩，瓯江清澈，曲折流向前方。下游石塘电站建造后，长汀村原来的石沙滩全部被水淹没。

2015 年，长汀村完成村庄整治，这座瓯江边的村庄，已经与原来完全不一样，干净整洁，古色古香，但村民们总觉得少点什么，原来，缺的就是沙滩，沙滩上有村民们从小到大的美好记忆。村民们强烈的自发愿望，县镇的极力支持，精心科学的规划设计，村前那片狭长的空地，就还原成了像模像样的"阳光沙滩"。所有的细节都表明了长汀人的眼光：沿水边修建两公里长的路灯带，房屋外墙统一勾画，亮化夜景，音响配套。无论从哪个角度看，长汀沙滩，一点也不亚于海边的某处沙滩，甚至更好。脚下这些细沙，确实来自大海边，带着浓郁的大海气息。沙滩五一假期开放，3 天时间，3 万多游客的喧闹声，彻底将长汀寂静的夜空掀翻。

夏至日清晨，细雨一直下。我和客栈主人坐在檐廊下的石凳上聊天，他姓钱，小个子，黝黑的脸，显得精明。我笑着说，钱老板运气好，正宗的沙滩阳光房。他似乎很满足：是呀，村里的沙滩火了，老婆与儿子就回村了，原来都在外面开店，客栈一般的时间订不到房，尤其是暑假，基本都是大人带着孩子来玩水玩沙，漫步负氧离子充足的森林。没有看到服务员，老钱笑笑：规模不大，我们没雇外人，儿子总管，老婆做服务员，他兼厨师，鸡自己养，鱼自己抓，菜自己种。我笑问：一年能赚多少？他答：几十万吧。

与钱姓老板一样，长汀村迅速发展起十几家不同类型的民宿，还有村民自主经营的各种摊位几十家，年接待游客已达 40 多万人次，不到 300 人的小村，80% 以上都在从事旅游业。我走进村头的一家客栈，汀水肴。老板身份很特别，他不是长汀人，来自北京。此家屋主以前在北京打工，租住的就是他家房子，一来二去，大家都成了朋友，北京人来长汀游玩后，脚就挪不动步了，决定租下原来租户的房子开客栈。真的是一桩美好的事情，我没有更多询问中间的细节，我想，撇开经营这个层面，长汀人的实诚、善良及眼前这片山水吸引了北京人，这才有了这段佳话。

天空间歇放晴，我又踱至海边，举目四望，沙滩与海面，远山与蓝天，均让人心情怡然。海在山的深处，夏至山中这片海，正合时宜。

原载 2021 年 7 月 9 日《新华每日电讯》

陆
梅

千山归一山

　　掐头去尾，我在信宜待了四天。这四天，留在我脑中的记忆，就是围着山转。第一天，从山脚到山坡，看到满山坡的李子树，李子正披红挂银，蓄积能量等待最后的成熟，深浓绿意中裹藏着一个产业的秘密；第二天，由山麓到山腰，沿石根山台阶一级一级往上攀，停下来喘息回望，眼前青山连绵，千峰叠嶂，村落点点；第三天，继续山中行行复行行，见识松林下的南药经济；第四天，车子盘山绕行数十里，直达海拔最高峰大雾岭，登顶之际，山雾弥漫，山风浩荡，好比山的隐衷，云开山脉不轻易露峥嵘；中午，缘山而下，在一处简易茶场停留，不意邂逅一款神奇石崖茶，给短暂的山行留下一缕清劲余音。

　　如果不是朋友邀约，地处粤西的信宜，于我大抵是一个盲点，中国有多少这样的县级市养在深闺待人识？说是城市，从属于广东茂名的信宜，更像是散落在青山绿水中的村和镇。我就是这么走进信宜的。这是一座被青山环抱也被青山涵养的城市。时间护佑了它，一切都刚刚好，绿水青山就在那里，没有因为走得太快而来不及刹车，整新如旧推倒重来。

先说李子。我在无锡吃过甜如蜜的樱李，熟透了的果肉破一点皮直接吸，甘美如饴。我也吃过李子的阔亲戚布林，个头超大，颜色深黑，摆在超市里很诱人。据说布林是中国李和欧洲李的杂交。我也吃过母亲栽植的江南土李，宅前屋后随意长，个头参差，吃到甜的那是鸟口留情。信宜的李子有名有姓，姓三华李，名银妃。"三华"原是个村名，但不在信宜，在韶关翁源县。翁源县的三华李是"中国国家地理标志产品"。二十世纪七十年代初，三华李"嫁"到信宜钱排镇，历经试种、扩种、改良、再扩种和品牌升级，一路风雨，终成正果。名唤"银妃"的三华李，有自己的颜值和个性，身价也由"三元一斤"涨到"三元一口"。钱排地处云开大山腹地，平均海拔超过500米，是典型的"八山一水一分田"地区，气候高寒，平均气温18℃，比邻近乡镇和信宜市区低三五度。因着早晚温差和山间缭绕的云雾，生长在钱排镇的三华李，表皮天然裹着一层薄薄的银色果粉——银妃就这样被形象地叫开了。

但是银妃很低调。如果不是身处信宜，恐怕我这辈子都无缘谋面。眼前这坡那坡满山翠绿的李子林，据说绵延10万余亩，总产量13万吨，产值近17亿元，带动全产业链产值过21亿元。每年收获季，钱排的三华李银妃悄然火热，也只有周边地区的游客趋之若鹜，因为他们知道，去晚了，餐饮住宿一房难求，养眼的银妃都直奔电商物流，定向发货。三华李供不应求，产品深加工方面只好暂时"难展拳脚"，虽然产业链的辐射早就启动，一个名为"信宜三华李现代农业产业园钱排园区"的规划也在推进建设中。假以时日，依托产业园，钱排的三华李就不只是一个银妃、一片山林、一颗果子。因三华李而受惠的，也不只是一时一地的小富。

接着说茶。不管你爱不爱好喝茶，对中国茶，大抵都如数家珍。

喝过的好茶，也难计其数。所以走进大雾岭自然保护区的天池茶园，但见水泥平台上一排两层简陋砖房，我实在没把它当回事。作为制茶重地的大敞房一览无余，清晨采摘的一芽两叶厚厚一层散布在筛网上，趋近看，叶片大而黄，黄中透一点绿，叶片太老的缘故？一台炒茶机轰隆隆响，几个旋型火炉摇来摆去正烘炒杀青，屋里弥漫着一股烤茶的香。两个老茶工一站一坐，坐着的，闭目养神看护茶炉；站着的，负责出炉、冷却、晾青，偶尔双手一抄，竹篓里的熟茶上下抖擞，人工散温。上前探问，站着的和坐着的都没什么话，偶尔吐出一两个听不真切的词，心思只在茶上。

那就喝茶吧！屋外几个姑娘已泡好了茶，茶汤金黄澄绿，倒在一次性小杯里，阳光下闪出翡翠般的色泽。提起一杯，茶汤入口，一股甘甜清香顺着喉咙，落胃、沁脾，身体的每个角落都被惊醒了——这茶真香！脑海里搜索比对，竟找不出一款同它接近的茶。"姑娘，这是绿茶吗？"我问了个傻问题。姑娘含笑举起一个茶罐给我，明前"天池崖茶"，茶叶已揉捻成紧致颗粒状，罐口的茶香扑鼻而来。眼见她一泡又一泡，每出一泡茶汤都不变色，一样的滋味甘甜，齿颊留香。这香也奇异，前一秒还似幽兰，瞬息间，鼻翼里又析出一股馥郁，裹挟着山野的清劲、超拔、和……和什么呢？竟然寻不到一个能准确形容的词。总是差一点，接近了，又不尽像。耐冲泡像半发酵的高山乌龙，苦尽甘来的狠劲像苦丁茶，层叠的茶香又像……哎，哪样都不像，就是它自己。

我是回家后看到石崖茶的介绍才恍然大悟的——信宜人可真能沉得住气，原来生长在"粤西第一峰大雾岭"的野生石崖茶，属茶中珍品，是目前发现在自然植物中黄酮类含量最高的植物——黄中透绿是其本色，清香甘甜源自珍稀的黄瑞木——古老的山茶科植物的采枝培育。"我们不是重技术制茶，只是地道传承古人自然法则。"这句话好似一个宣言——沉得住气，是信守自然、遵从山野的朴素哲理啊。老茶工的寡言笃定，茶主人的隐身不知处，茶姑娘含笑以茶相待，原是他们心知肚明。在他们的身后，6万株山茶苗氤氲在海拔1200米的云雾里，滋养浇灌它们的，是高山莽荡云海和云海间的两个天池。

我有点好奇，这天池崖茶以怎样的频次进入人们的视野？如果不上大雾岭，我大概这辈子也无从知晓，人间还有一种茶，如此惊醒了我。

再来说说山吧。我其实是被山吸引才来信宜的，朋友说起"大雾岭原始次生林"，我脑海里跳出的是密林深处无处不在的苔藓、灌木、高树……以及隐秘的眼睛。然而山有千种万般表情。倘若从高空俯瞰，整个信宜被群山环绕，云开山和云雾山两座山脉跨过其境，境内七成多为山地。其中云开山脉由罗定市延伸入信宜市，呈东北—西南走向，连绵两百公里。周边与广西北流、岑溪等交界，山脉错杂，万壑纵横，原始次生林、箭竹林、高山草甸隐现其中。从历史博物馆里看到的信宜，是古代山地俚僚人生活的家园。虽历史古久神秘，但我更感兴趣的是现在，住在山林间的村民，他们的今天怎么样？他们的孩子怎么看自己的家乡？现代文明给了都市人去山林或海边小隐的便利，大自然慷慨地献出一切，山川、草木、鸟兽、河流、村庄、古道……可是行色匆匆的旅人，被山水治愈的同时，有没有从山民的角度，感受他们的迫切？甚而从山水的角度，维护文明对它们的规训？

沿盘山路，我看到坡地边很多新砌的水泥楼，两层或三层，还停留在半拉子，钢筋森然扎向天空，屋顶平台裸露，黑漆漆的砖墙不知是资金短缺留下的沧桑，还是此地雨水丰沛朝夕就催老了新房？很多窗门洞开着，人不知去向，主人或建筑工人，一个都看不到。偶尔闪过几个低头弯腰的老妪，在山间坡地侍弄瓜果蔬菜。如果不是有几个奔跑着的孩子活跃了空气，我以为这是一片荒村。

我在平塘镇马安村的村委会看到第一书记、书记和村长的照片，都很年轻英俊，模样居然神似《山海情》里的黄轩。办公室墙上贴着一些条约、责任书，其中有一条说是解决了邻里之间的纠纷，谁家踢了谁家的篱笆之类，一些家长里短被斯文简明地填写在了公告栏里，这让我感受到村庄的日常和乡约传统的气息。马安山有大片竹海，森林覆盖率 85%，属热带湿润型季风气候，冬暖夏凉。穿行在苍翠欲滴的竹林里，阵阵清凉的风扫去燠热，很多游客徜徉其中。登顶海拔 1300 多米的马安山时，又看到一群游客，兴致勃勃带来了全套茶具，凉亭里，茶香呼应着笑声引得我驻足观望。原来他们中的一拨人爬到了对面山头，凉亭里的人正用手机遥控拍照的表情。山就在对面，那么远又那么近。

这真是一个有趣的时间游戏：城里的人跑到山里来，山里的人栖居到城里，他们互相建设，绿了青山，兴了家园。当年的知识青年跑到乡村，扮演的是文化启蒙者的角色，今天的都市青年跑向乡村，是希望乡村的山山水水拂去身心疲惫，以短暂地安放自己。乡村提供了一个精神寄托的功能。多么好啊，行进中的中国大地正重拾和恢复着过往因为走得太快而丢失了的东西。

自然有它生生不息的创造力，尽管涌向城市的村民带不走山水，但是山水不会辜负任何一个主动拥抱它的人。这也是时间的秘密——终有一天，那些呼啸着奔来跑去的孩子要长大，那一幢幢窗门洞开的半拉子楼房要封顶，还有山林从未止息过的生命与生机，我在洪冠镇看到漫山遍野的"林下套种"，数千亩套种在松林下的益智、八角、砂仁、巴戟、南肉桂、土茯苓、草豆蔻……正以"一村一品"的规模推动着南药的发展。精神功能和物质生活互为表里，也痛痒相关，有些变化在不知觉中，你看到的，只是行进中的一个局部。

邀请我的那位朋友正是信宜人。他从信宜的池洞镇走出，读书、考学，安营扎寨在了广州。当他以"重新发现故乡"的心情面对千山万壑时，想得更多的，是时间和命运吧？千山归一山，眼前所见，就是我们心灵里的故乡。

原载《信宜文艺》2021 年秋季刊

杨海蒂

锦州的南山

　　在中国，"南山"多得数不清，有几座格外著名：《诗经》中的终南山（节彼南山，维石岩岩），《史记》中的祁连山（留岁余，还，并南山，欲从羌中归，复为匈奴所得），陶渊明笔下的庐山（采菊东篱下，悠然见南山），苏轼向往的南屏山（卧闻禅老人南山，净扫清风五百间），南宋学者胡宏敬仰的衡山（甘为稼圃南山下，长谢周公愧孔丘）……最著名的当数"寿比南山"，可见"南山"在国人心目中的地位。

　　位于渤海北岸、"辽西走廊"东端的锦州也有一座南山，何以得名无从考证，似乎就因为它坐落于城南。这座历史悠久的"城中山"，最早叫松山，因为松树满山遍野，据说是商代箕子给取的名。商纣王残暴无道，为宠信狐妖妲己，挖掉一个亲叔父比干的心脏，另一个亲叔父箕子"亡命辽东，后到朝鲜"，周武王兴兵伐纣，纣王兵败，商朝灭亡，箕子大义将治国要略传授给周武王，却不肯出山为官。三十四年前，南山出土商代"青铜戈"，经中国科学院专家鉴定，此戈并非作战兵器，而是珍稀的国宝"权杖"——商王朝最高权力的象征，它证得箕子的确履及南山。顺便一提，孔子高度评价箕子，柳宗元亲撰《箕子碑》颂其功绩。

说来惭愧，直到置身于锦州，我才算弄明白：古时候广义上的辽东，包括东北三省、俄罗斯远东地区以及朝鲜半岛大同江以北；现如今狭义上的辽西，特指辽西走廊，即从锦州到山海关之间的狭长地带，在冷兵器时代，它不只是兵家必争之地，它可是兵家死战之地。

锦州是国家历史文化名城，西汉朝廷在此设置了历史上第一个县级行政建制——徒河县。辽代是锦州历史上的高光时期，辽太祖耶律阿保机"以汉俘建锦州"，锦州之名始于此时。盛产锦绣的锦州逐步成为辽东的中心，而今辖区内依然屹立的皇家建筑、佛道寺庙等人文盛景，大多建于辽代，它们是历史的遗存，也是文明的密码，使我真切地体察到古人那湮没久远的足迹。

"锦绣之州"扬名遐迩，历代统治者对辽东觊觎又忌惮，隋炀帝诗句"我梦江都好，征辽亦偶然"就与征讨辽东有关。不过，古时候想从江南到东北，那可是艰难困苦加险阻，好不容易到达辽东，官兵眼前是茫茫一片大"辽泽"——"南北千余里，东西二百里"，该是何等绝望。

秋气肃杀，寒风在南山松林间飒飒作响，好在有和暖的阳光照拂大地。我们坐在高高的土堆上面，听文化学者、渤海大学教授刘鹤岩先生讲前朝旧事。

锦州是辽西走廊的重要节点，南山是守卫锦州的巨大屏障，曾经，多少风云人物在此挥戈驰骋，多少英雄豪杰在此鏖战沙场。南山在清代叫罕王殿山，这得从清太祖努尔哈赤说起。相传，努尔哈赤为探听明军实力，投身于辽东总兵李成梁帐下，后来被李追杀，连夜出逃到锦州南山，睡在山顶巨石上，化身青蛇方得脱险。遥想当年，努尔哈赤的军队锐不可当，飞扬的铁蹄和喋血的宝剑，把往日耀武扬威的将领吓得魂飞魄散，仅为六品官员的袁崇焕挺身出列、勇当危局，凭着袁崇焕的神勇与担当，硬是将努尔哈赤挡在山海关外整整二十一年！

每到历史紧要关头，总会有人不计世俗得失"国而忘家，公而忘私"：岳飞"抬望眼，仰天长啸，壮怀激烈"，文天祥"人生自古谁无死？留取丹心照汗青"，于谦"粉身碎骨浑不怕，要留清白在人间"，袁崇焕"策杖只因图雪耻，横戈原不为封侯"……有他们的存在，国家才有前途；因他们的奉献，民族才有希望。

袁崇焕，这个一提起就让我心如刀绞的悲剧英雄，锦州的城防工事是他派人修建的，载入史册的"宁锦之战"是由他坐镇指挥的。努尔哈赤去世后，继承汗位的皇太极率大军围攻宁远、锦州，在袁崇焕的部署下，名将赵率教在松山—锦州—大凌河一带严阵以待，皇太极屡战屡败，明朝取得"宁锦大捷"。

然而，历史自有它的安排，明朝注定要灭亡。兵部尚书孙承宗是"辽东三杰"之一，是"锦州八景"勘定者（巡视过松山），最要紧也最要命的，他是袁崇焕的老师。在明朝，师生关系就是政治关系，忠臣孙承宗与宦官魏忠贤的博弈，导致两大阵营的政治搏杀，光风霁月之心怎敌鬼蜮伎俩，奸臣得道、小人得势，阉党逢君之恶，崇祯忠奸不辨，袁崇焕大难临头。行刑台上，即将遭凌迟的袁崇焕遗言铮铮："一生事业总成空，半世功名在梦中，死后不愁无勇将，忠魂依旧守辽东。"

赤胆忠心，惊天地泣鬼神！

袁崇焕与岳飞、文天祥、于谦并列为名垂青史的英雄，后来，康有为饱含深情为袁崇焕庙题写对联："其身世系中夏存亡，千秋享庙，死重泰山，当时乃蒙大难；闻鼙鼓思东辽将帅，一夫当关，隐若敌国,何处更得先生。"谙熟历史的康有为的学生梁启超,对袁崇焕尤为推崇敬仰:"若夫以一身之言动、进退、生死,关系国家之安危、民族之隆替者,于古未始有之,有之,则袁督师其人也!"

又一阵朔风吹来,松涛阵阵,如诉如泣。我看见风儿掠过,我听见这片土地叹息,生命挽歌苦涩沉重,我的心灵漫无依泊。

南山等待着见证千古兴亡,明、清还有精彩大戏要在南山上演。松锦大战,明、清各投入十多万人马,最后战场就在松山一带。皇太极驻跸松山,亲自指挥、亲自部署,松山城被清军攻陷,蓟辽总督洪承畴被俘。据清朝正史记载,起初表现得很硬骨头的洪承畴,终于被皇太极的规劝感化,加之以袁崇焕为"鉴",最终"识时务"而归降清朝。松锦之役奠定了清军入关的基础,具有历史转折意义。

说到清兵入关,国人第一反应就是吴三桂"冲冠一怒为红颜"。一代战神袁崇焕蒙受千古奇冤,洪承畴、吴三桂叛明降清,明朝焉能不亡?袁崇焕被一刀刀凌迟时的哀号,奏响了大明王朝的丧钟,崇祯皇帝上吊结束了生命,中国历史结束了一个朝代。清代著名诗人吴梅村,以洪承畴兵败松山为题材写下诗词《松山哀》,又以吴三桂与陈圆圆为题材创作了《圆圆曲》。康熙、雍正、乾隆、嘉庆、道光等清朝皇帝,只要前往盛京祭祖,必定驻足锦州、登罕王殿山。他们留下了几十首关于锦州和南山的诗词。

岁月暗淡了刀光剑影,南山远去了鼓角争鸣。当历史推进到二十世纪,锦州再次展现出英雄城的风采。九一八事变爆发,全中国第一支抗日义勇军在锦州诞生,锦州成为中华人民共和国国歌《义勇军进行曲》的发祥地;一九四八年,国共三大战役拉开序幕,首战辽沈战役的主战场就在锦州,南山也迎来了历史辉煌。解放军占领南山阵地后,革命洪流摧枯拉朽,解放军从一个胜利走向另一个胜利,中华人民共和国的第一缕曙光在锦州的南山升起。

南山全称为"南山生态运动公园"，是锦州市民的休闲中心，虽然古战场遗迹犹存，金戈铁马已为轻歌曼舞取代。

苏联作家阿·托尔斯泰在他的《苦难的历程》中写道："岁月会消失，战争会停息，革命也会沉寂下去。"是的。革命，不就是为了让人民过上和平、安宁、幸福的生活吗？

原载《民族文学》2021 年第 2 期

韩
小
蕙

新旧归去来

　　我可真是糊涂，不知为什么以前一直妥妥地以为，陶渊明的"南山"是在陕西境内，秦岭一带。直到不久前走江西，在九江市柴桑区参观中华贤母园，眼见得"陶母园"内拾级而上的长长青条石高处，有一座翠柏相伴、幽幽古风的陶公衣冠冢，才无比震惊地发现了自己的谬误：原来陶渊明归隐的草庐，居然是在庐山脚下，浔阳江边，他悠悠然见到的"南山"，原来竟是闻名天下的庐山群峰——哎呀，真不知我这古典文学是怎么读下来的！

　　当然，名人故里之争，于今也是惯常之事，在世界级大名人陶渊明身上，也不可避免地上演着，据说至今仍有庐山周边的 5 个县域，都在言说自己是陶氏故里。这也没太大关系，倒是在文学史上，还有更大更原则的争议呢，即对陶令公的"归隐"七嘴八舌。主要意见有两派，一是认定了陶渊明的"不为五斗米折腰"，乃是宁折不弯的真隐；二怀疑其是为了讨得更高要价，而表演的一出"曲线救国苦肉剧"。我个人认为，这"苦肉剧"的代价也未免太大了，归隐后，昔日不愁吃穿的官宦阶层陶渊明县令一家，逐渐陷入了同普通农民一样的赤贫生活状态，最后竟严重到陶的两个儿子都饿死了，这若真是

"表演秀"，你也演一出试试?

不过咱们也别抬杠，这并非我本文的主旨。我想说的是，陶渊明的归隐是发生在东晋，距今已过去一千六百多年，算是古代的"旧归"。我此文着笔在于"新归"与"今归"，此乃真正撼动我心的"威武雄壮"和"活色生香"。

一、威武雄壮的"新归"

柴桑区即原来的九江县，初见这个名字，我强烈地以为它不如"九江"好，因为又"柴"又"桑"的，都跟庄稼是一个家族，天然地带着土气。当然也还好，虽说它确属农业文明的产物，但也有山一样高水一样长的历史了，新石器晚期便有先民聚居。秦始皇二十六年（前221）分天下为三十六郡，将此地分属九江郡。过了20年，轮到汉高祖掌权的第六年（前201），始置柴桑县，隶豫章郡。至王莽新政，又改回郡名为九江，县曰九江亭。

这也就是说，早在两千多年前，就已有了"柴桑"这个地名了，傲立于浔阳江边，已是农业经济很发达的鱼米之乡。后来，三十年河东三十年河西，在"九江"和"柴桑"的名字颠来倒去之际，这片地域就踽踽走到了20世纪二三十年代。时当积贫积弱的旧中国，柴桑已衍变成山高林密、交通极不发达的偏僻穷困地区。1927年"南昌起义"后，中共赣北工委领导下的赣北游击队，在此创建了岷山革命根据地。以刘为泗、辛忠荩、喻照光、林修杰、张源健、田文灼、徐木秀、欧阳学端、吴官煜等一批坚定的共产党人为骨干，隐身在柴桑的山野流泉，发动贫苦农民起义，建立苏维埃政权，顽韧地点燃着星星之火，耐心等待着燎原大火烧红神州的那一天……

我们的汽车在光洁的盘山公路上滑行了一个多小时，终于在一处小山坳停下。两边是青翠得让人心里发甜的大片绿树，它们毛茸茸的小叶片上，正滴下一颗颗晶莹的露珠，我想问询当年血与火的斗争情景，但它们显然都太年轻了。一回头，看到一个直上直下的山崖处，矗立着一座烈士纪念塔，拔腿登上去，心情越来越被悲痛压迫得沉重起来。塔是20世纪50年代建造的，砖和石都已有了风雨的剥蚀，但发黄的塔壁上仍清晰地显示着60位烈士的名字——半空中，传来风声的沉痛诉说："为了共和国的成立，烈士们流尽了最后一滴血……"

"中共赣北工委与红军游击大队部旧址"，是一幢横排三间的旧石屋，今天仍朴素地停留在20世纪中叶。我在低矮的小屋内久久盘桓，斑驳的墙上悬挂着一位位烈士像。伫立，凝望，行注目礼，默默地念着他们的名字和履历：

林修杰（1901.1.13—1927.12.14），赣北红军创始人。四川南充县人。1920年赴法国勤工俭学。1923年经周恩来、李富春介绍加入中国共产党。1925年到莫斯科东方大学学习。1926年回国参加北伐战争。1927年任中共九江地委书记、赣北特委书记、鄱阳县苏维埃主席。领导了星子等地起义，并与方志敏一起创建了赣北红军和游击根据地。1927年12月被敌人逮捕杀害。

刘为泗（1908.12.19—1939.2.24），九江县人。1927年年初加入中国共产党。1932年受湘鄂赣省委指示到德安樟树桂家垄组建中共赣北特别支部，任特支书记，同时任赣北红军游击队队长。1938年将赣北红军游击队改编为赣北抗日游击大队，任大队长，亲自指挥了著名的蔡山垄伏击战等多次战斗，使敌人损失惨重，闻风丧胆。1939年在国民党反动派制造的"岷山惨案"中，被当场杀害于洼里陈村……

张源健（1905.7.14—1928.6.28），江西萍乡人。1924 年考入黄埔军校，同年加入中国共产党。1926 年任叶挺独立团三营连长。"南昌起义"后受江西省委指示，到岷山小阳朱家垄创建赣北革命根据地，成立赣北红军游击队，任队长，1928 年在战斗中牺牲……

……

这些烈士，全都是二三十岁的好儿郎，在生命最华彩的年纪献身。最年轻的张源健牺牲时年仅 23 岁，放到今天，还是一个在大学里悠悠然泡图书馆的学生娃呀，真不能不让人仰天长啸！

在这幢基本保持了当年素颜的旧址里，我还意外地看到了一张照片，是夏明翰烈士与妻子郑家钧的夫妻照，摄于 1927 年春的武昌。夏明翰身穿浅色棉长袍，戴一副大框眼镜，站在妻子身后。郑家钧身穿黑色宽袖袍，一张青春的脸上双眉锁着，一副焦虑的神色，仿佛对夏明翰面临的危险深深担忧。二人郎才女貌，文雅高贵，像极了在大学里教书的年轻先生。我不知这张照片为什么会挂在此地，也未在展板的文字说明里找到答案，但后来在中华贤母园内的"九江红色历史展览"图板上，看到了更多熟悉的名字：谭平山、李立三、邓中夏、叶挺、聂荣臻、贺龙、彭德怀、滕代远、周建屏、黄公略……他们那时都在一生中最好的青春年华，风度翩翩，才华横溢，若为个人奋斗，从政能当大官，经商能致大富，做学问能成宿儒，教书能成为名教授……但他们为了推翻旧社会，一个个抛家舍业，放弃追求荣华富贵，"归隐"到了"路隘、林深、苔滑"的深山僻壤中，同国民党军队、地方军阀恶霸、土豪劣绅、叛徒、特务、土匪，后来又有日寇和伪军，作殊死斗争。风餐露宿，吃野菜穿草鞋，脑袋拴在裤腰带上，随时面临灭顶之灾……这青春与血火的撞击，这生命与牺牲的较量，这"入仕"与"出仕"的天壤之别，是陶渊明的"旧归"所远远不能比拟的——这群天下为公的共产党员，真正是走在了古今历史的最高点上！

眨一眨眼，就像做了一场梦，我回到 2021 年的柴桑。脚下平展展、熙熙乐乐的一条条街道，托举着欢蹦乱跳的孩童们在踢球嬉戏滑旱冰，托举着气定神闲的大爷大妈们在下棋跳舞聊天侃大山，托举着一幢幢大玻璃幕墙的华厦可着劲儿地生长，托举着川流不息的大车小车像大水漫灌似的淌满了大街小巷，托举着 21 世纪的 GDP 强国梦幸福好日子——发展，生长，实现，加速，飞升！

梦里梦外，昨天的威武雄壮与今日的日新月异比翼齐飞；岁岁年年，"为有牺牲多壮志"与"敢教日月换新天"风雨兼程。今后的路还要继续走下去，仍是宇宙、天地、社会、历史、人！

二、活色生香的"今归"

现在，我站在一望无际的花海中，听月季花、蔷薇花、紫藤花、玫瑰花、太阳花、牵牛花、金盏花们银铃般的笑声，看她们婀娜多姿的舞蹈，嗅她们吐出的各种清香奇香淡香浓香雅香，品她们仙风道骨的傲娇姿容，醉她们开怀大笑顾盼之间的优雅与贵气……哦，被上百亩花海簇拥迎迓的感觉，真仿佛来到了仙境一般。

花儿，大概是世间最受人喜爱的仙女了，除非是邪恶的魔鬼，但凡女人、男人、老人、孩子、东方人、西方人，没有人会对花儿说"不"。花之美，给大自然、给人类历史、给社会生活，增添了不可或缺的美元素，不可想象离了花儿，人类的世界会是怎样一片荒芜？

这是在柴桑区的"中国美丽休闲乡村"毛桥村，该村最亮眼最吸引人的，就是这大海一般壮阔的"花溪谷"。不远处，苍苍庐山群峰作为花海的背景，更平添了苍劲与娇艳、雄浑与纤巧、刚硬与灵动、父爱如山与母爱如水的空间对比度。清风拂过，碧蓝如洗的天空上，飘来了一朵又一朵仙容万千的白云……那个美啊，那天地间的大壮美，只能用"绝色"二字来感叹！

而更让我欣喜不已的，是听说了最新的一组数字：全毛桥村693户3035人，去年今年，"归"来了两千多人，其中大部分都是在外打工的青壮年，孩子和老人倒有不少留在乡镇或县城上学。这种劳动力"倒流"现象，对这个昔日村集体经济薄弱，村生态环境极差，人口外流严重，难以让人看到希望的小山村来说，真好比是多年断了流的山间溪水，终于迎来了"振兴乡村"的及时甘霖，复又汇成"飞流直下三千尺"的动人景观！

话说从全国的经济发展来看，江西这个山多林深的内陆省，一直无法与靠海吃海的广东、浙江、福建、江苏等沿海开放省份相比较。昔日，村村户户汇成的打工大军，年年春节刚过，就候鸟一样悲壮地辞父母别幼儿，转战沪、广、深、闽、浙，去挣外面的"俸禄"。前几年我曾几度来到江西，眼见多地村村空在，很难看到几个青壮年的身影，用"凋敝"二字概括之，悲楚凄怆之情难抑。现在，"美丽乡村"之路，豁然打开了发展的引擎，青山绿水，竹篱茅舍，嬉嬉钓叟莲娃，成为招蜂引蝶和招商引资的"万人迷"，也一个又一个唤回了在外面混世界的"陶渊明"，再不是"田园将芜胡不归"，而是家乡好景胡不归，父母妻子全在老家，谁不愿意守着家门口做营生呢？

一大群村妇在月季花大田里忙活着。但见她们灵巧的手上，握着一把把特制的剪刀，上下翻飞，手起花落，将一朵朵开谢的月季花剪去。打断了她们唱着歌儿的劳作，她们才不恼呢，一个个笑嘻嘻，七嘴八舌："月季，月季，就是月月都是花季，前提是必须及时把开罢的花朵剪去，越剪才越开得盛哦……"

几位壮汉在旅游功能区忙碌着，有的在给"农耕文化展示馆"抹墙，有的在为"咖啡屋"和"游泳馆"搭凉棚，有的在细心查验"花滑索道"的隔离网，还有的在排练迎宾的民间鼓乐表演……再说一遍，家园好景胡不归？这么多活儿都等着人手来做，不但解决了本村的就业，还要"招工啦！招工啦！来我们这儿打工吧，好吃好住好待遇啊……"

真是爽爆了，谁能想到这昔日之火天血地的革命老区，昨日之贫天穷地的困顿山乡，今天变成了这么一幅绚天丽地的活色生香图景，焉能不让我手之舞之，足之蹈之，激情满怀地写下这篇《新旧归去来》！

旧，陶公渊明之归隐，是抖落了一身官场尘埃的千古一人，可圈可点，高山仰止。素心归来！

新，共产党人之归向，是打碎旧世界建立新中国的浴血奋斗，可钦可敬，景行行止。初心归来！

今，本土农民之归乡，是改革开放建设新农村的繁荣盛景，可喜可贺，心向往之。民心归来！

时代潮流，滚滚向前，金日子银日子好日子，"更在瑶台十二层"……

原载 2021 年 7 月 29 日《天津日报》

卓然

梦断嵛山

1

嵛山，也叫嵛山岛，泊在东海边。

东海宛若一匹蓝绸，嵛山恰似缀在蓝绸上的一颗碧螺。

四月初，夏尚浅。淡淡的水雾，凉凉的风，裹挟着那一个嵛山岛。那是一个有生命的岛，是一个有灵性的岛，是东海水滋养的一个岛。它优美，秀丽，轻盈，灵动，它像一个"旖旎仙花解语，轻盈春柳能眠"的豆蔻女孩，浅笑盈盈，坐在东海的波涛上掐浪花，掐一朵，扔回海里，再掐一朵，再扔回海里……

那天，我要在美丽的嵛山岛度过一个初夏之夜。时间是四月初八，恰是释家的浴佛节。俗语有"月光菩萨"之说，我希望能看到东海之上有菩萨一样的明月浴海而出，即使没有满月，能有一弯眉一样的新月，也会带给人无限欢悦。

夜色朦胧。凭栏既久，只见近处是山，远处是海，山海之间，都有渔火微茫。嵛山岛就像点了许多盏渔灯，颠簸在大海中的一只小船，船头船尾飞溅着洁白的浪花，悠悠然驶向远方。海鸟已经睡了，东海在暮色中努力把一条又一条白练推到沙滩上，然后就像完成了一个神圣的使命，又悄然退回到海的深处，洁白的浪花也顿然消失在海滩上。此刻的崂山，静悄悄地立在东海之上，又恰似一位静观东海的女神，伫立在幽柔的暮霭里，安闲而淑静。如果有明月相照，该是多么柔美的海边风情画啊！

然而天气却让我失望了。水雾蒙蒙，没有天光，也没有月色……

我只好讪讪地回到青草与山花围绕着的小木屋，打开前窗后窗，让淡淡的草香、郁郁的花香，充满小木屋，催我入梦。

海边的梦，应该是蓝色的梦，神秘的梦。

2

说来奇怪，刚刚触到枕头，我就进入了梦乡。都是蓝色的梦，而且是一个梦接一个梦。一个梦一个窗口，一个窗口就是一幅蓝色的油画。一幅幅蓝色的油画让人振奋，让人感觉神秘异常。

梦中所游依然是白天登过的太姥山，移步换景，也依然是白天的印象。青草幠了的曲径，云雾萦绕的柳杉，绿荫浓蔽的香樟，枝叶密实的竹林，向幽深的山涧急急奔去的溪流，绿波漪漪的湖泊。云影徘徊，金鳞翕忽，一只孤单的小金龟游衍在碧水盈盈的湖面上。绕湖都是花岗岩栏杆，凭栏有时，我问那只孤身只影的小灵龟觉得孤独吗，小家伙不理我，还把脖子梗了，眼睛望着远方。

顺着金龟目示的方向望过去，远处是一座孤峰，上面有一座孤冷的楞伽宝塔。宝塔始建于大唐，七级八角倒也平常，只是实心塔身为国内罕见。望着楞伽宝塔，我忽然明白了一个道理。古人说："德不孤，必有邻。"孤塔、孤峰、孤龟，众孤相伴以德，友情必能穿越千古，更何况还有香烟氤氲的国兴寺相伴。

国兴寺虽然只是部分残存，但规模却依然浩大。大雄宝殿前有碧湖一汪，湖边草地上斜躺着三百六十多根八棱花岗岩大石柱，像三百多位古代的壮士，在风雨中枕藉而卧。真是，"笛里谁知壮士心"？还有几根石柱，说什么也不肯倒下，带着历史的创伤，傲傲然直戳苍穹。那些石柱也有过自己辉煌，它们也曾经做过亭台楼榭的梁柱。然而，当年的光辉已经不再，如今只能无可奈何地横尸荒野。

站在那一根根横斜无序的石柱前，我很难想象，古人是如何凿取那么巨大的料石？又如何把那么粗粝的石料雕琢成如此动人心魄的石柱？又是用什么样的工具把那硕壮的石柱运到了这里？今天，如果有人想扶一根石柱起来，倘若不用吊车，你就是百十个人也别想挪动它。我暗暗问自己：这三百多根石柱还能站起来吗？还能站成原来傲然于世的模样吗？

国兴寺与楞伽塔、太姥雕像，相邻在"瑶山"深处。瑶山，也叫"才山"，是尧时的山名，后来有了太姥之贤，尧便改瑶山为太姥山，作为褒奖，作为纪念。

然而，登太姥山拜太姥，未见太姥难免让人惆怅。楞伽塔下的小路上，走过来一位僧衣飘飘的和尚。我合十问道："尊敬的上人，你知道太姥在哪儿吗？"和尚没有说话，直指大山深处，意思是说，太姥种蓝去了，"只在此山中，云深不知处"。

夕阳西下，倦鸟还林。国兴寺的和尚们已经燃了晚香，趺坐嗪经。钟磬悠扬，绕过竹林，浮在柔波细细的湖面上，依然是悲天悯人的余音袅袅。在夕照里，听那哀筝般的诵经声，遥望着山头上那一对石头夫妻，难免心生感慨。感慨之余，我便趴在佛殿的台阶上写下一首五律《辛丑初夏访太姥不遇》：

山青怜水绿，路远许花黄。

林倦忘归鸟，云残恋夕阳。

清钟随皓月，老尼漫焚香。

太姥种蓝去，诗成夜未央。

吟咏罢，我仰头望望中天明月，继续我的太姥山寻幽。

石奇、峰险、洞趣、雾幻……堆翠的山，揽云的峰……一步一景，一峰一象，真不愧"海上仙都"！既是仙都，就谁也说不清其间隐藏着多少仙踪，潜传着多少神话。神话是山与峰的生命与精魂，如果没有神话，没有故事，山隈峰峦也仅仅是一堆石头。有了神话和故事，山才有灵气，峰才有神骨，山峰才有宸气缠绕的生命和灵魂。

岗峦遥列，峰回路转。绿荫森森中，我终于见到了太姥。高大的塑像，面对大海，襟抱洒然，态度风流，标举着大山的风貌，秉持着大海的精神，太姥不老。

太姥曾是一位壮毅勤谨的村姑，因为种蓝，人们便叫她蓝姑。我对着太姥折腰致敬，也轻轻叫了一声"蓝姑"，蓝姑就笑了。蓝姑笑着从高台上走下来，引我去看蓝。

一垄一垄的蓝，一亩一亩的蓝，山山岭岭都是蓝。天蓝蓝，地蓝蓝，蓝蓝的福鼎，蓝蓝的闽东。

有感蓝姑种蓝，我填了一阕《水龙吟·谒太姥》：

嵯峨雄秀齐云表，岩岫雾缠岚绕。仙姿神韵，龙蟠凤翥，猿啼虎啸。把酒临风，月明皓皓，海风浩浩。有雁荡南望，武夷东顾，鼎三足，平三岛。

筑圃种蓝仙姥，凭谁吟，风神月貌。香薰万法，芬醒真如，慈襟懿藻。芬漾蓼蓝，透香茶白，海山相照。尔来揖太姥，潇潇风雨，故园情调。

3

蓝姑对我说，蓝并不单单叫"蓝"，原本叫"蓼蓝"，是一种茎叶饱含蓝汁的野草，经人工栽培，可以做蓝色染料，也可入药。

我对蓝姑说，我知道蓝，是母亲告诉我的。从"蓝"中提取的染料叫"靛青"，提取的过程叫"打蓝"，不打不成蓝。我曾写过一篇散文《母亲蓝》，述说母亲如何用靛青染成蓝布，夏天给孩子们缝短褂，冬天给孩子们缝棉袄。我们一年四季都穿蓝，邻居管我们叫"蓝娃"。"蓝娃"——我的童年；"蓝色"——我童年的记忆。柔美的蓝，和平的蓝；母亲的蓝，太姥的蓝……

听我这么说，蓝姑似乎就泪水潸然了。是激动吗？是感慨吗？是欣慰吗？蓝姑又笑了，扬一扬手，便招来一阵清风。我知道，那是尧风，是南风，"南风之熏兮，可以解吾民之愠兮"。南风漾漾，轻轻拂过我的头，那是蓝姑的爱抚。蓝姑爱抚孩子，爱抚天下。因了这旷古的爱抚，我感动得号啕大哭……

白发萧散，我居然在东海边的梦中哭醒了。

时正宵分，我已经毫无睡意。从床上爬起来，掀起竹篾窗帘，向小木屋外面张望。万籁俱寂，连一声虫鸣都没有，非常平静，平静得就好像将要有一场暴风雨来临。

将雨未雨的夜，其实并不平静……

我重新躺下，虽然依旧没有睡意，但我非常想重新入梦。只有在梦中，才可以与蓝姑对话，只有与蓝姑对话，才可以启迪我的智慧，触动我的灵感。

迷迷糊糊中，蓝姑果然来了。

蓝姑头戴的斗笠还滴沥着雨水，她把带着泥土的锄头放在小木屋门口，对我说，要我跟她去茶山看白茶园。我对蓝姑说，白天我已经去过茶山看过白茶园了。

蓝姑一下子就严肃了，蓝姑严肃地对我说，你以为去了一次白茶园，你就采到了你所要的"风"吗？你以为去了一趟白茶园，你就理解了白茶园吗？你以为粗粗转一次白茶园，你就能写出一篇关于茶的好文章吗？蓝姑说得我张口结舌。

看我尴尬，蓝姑就笑了。蓝姑笑着说，我只是希望你把感情倾注给茶山，把心交给茶山，心与福鼎共寒暑，心与茶山共日月。只有如此，你即便写不出天地文章，也不至于文字拙劣。如其不然，别说你这样一位远方来客，即使久居茶山的老茶人，也不敢说自己就读懂了茶山，理解了福鼎。他们天天种茶，采茶，喝茶，品茶，侍奉茶，摆弄茶，研究茶，把自己的心完全操在茶树上，尚难探其幽微，尚难识其妙理，尚难摘其天趣。所以他们聘请了专家、学者和教授，帮他们探究茶的仙梵玄奥。你一阵风似的，轻轻飘过，浮光掠影，你能理解茶山吗？你能读懂茶山的万千分之一吗？

说到这儿，蓝姑又缓了口气说，你既然是作家，是诗人，你当然一定知道得比我多，见识得也比我多。但我还想问问你，你知道这每一座茶山、每一棵茶树、每一片茶叶、每一朵茶花，都是有生命、有灵魂、有思想、有感情的吗？你想过与它们对话吗？你能与它们进行心灵的交流吗？你能与茶树一起话春秋、话秦汉、话唐宋吗？你肯定不能。不管知识多么丰富，你肯定不能够与茶山对话。尽管你一生都爱喝茶，但你没有能从每一滴茶水中体验到茶的品行与气质的能力。你与茶山茶树没有共同的生命意识，你与茶山茶树的灵魂无法相融。就说太姥山种植的福鼎白茶吧，通人性，有灵性，也有神性，不但好饮，还能治病，还能防疫，人们说它是"一年茶，三年药，七年宝"。福鼎白茶品质为什么饮誉海内外？太姥山的山势、石头、土壤、空气、海风、山风、山岚、海雾、云、霞、光，以及四季的雨水、泉水、溪流、气温，地上的竹林、花草与香樟、柳杉，池里的乌龟与金鱼，寺庙里的香火与晨钟暮鼓，等等，对茶树的生长，对茶的品质，都有哪些影响？我自唐尧时期，就在这山上山下侍弄茶树，到如今我都不敢说自己弄明白了，你仅仅去茶园转了转，就敢说自己考察过茶山了吗？……

我无言以对，只悄声跟了蓝姑，再登茶山。

4

白茶园那个象征性的"山"门，门楣上是诗人汤养宗先生书写的"天池龙泉"，字体骨清、儒雅、古朴，浸润着初绿的茶风，带着茶山的风姿与放逸。

进入山门，那么多伺茶姑娘，我一时分不清谁是蓝姑，谁是茶姑了。但见洁白的裙裾飘飘，像云，又像风。每一位茶姑都像仙女，都是蓝姑的后进，奔波在蓝姑曾经奔波的山路上，继续着蓝姑的事业。

坐在茶树环抱的茶场，品大荒茶，做大荒梦。"梦里不知身是客"，喝茶，品茶，论，说茶，居然到了醉茶的境界。世人皆道酒能醉人，我这才发现茶也能醉人。醉茶的状态与醉酒大不同，不是飘飘然，昏头昏脑，而是悠悠然，神清气爽。

荒野，老树，茶园，茶山，白毫，银针，太姥白，绿雪芽……

醉了，醉了，我真是醉了。我不知道该怎样才能亲近白茶树，识得白茶树的真谛，我也不知道该怎样准确表达出我对白茶树的感觉，只好写了一首五绝《致茶山》：

> 天池凹石上，树下绕龙泉。
> 把盏云来去，同君共悠然。

每一位作家、诗人都认养了一棵白茶树，我也在一个小小木牌上签了我的名字，还留下了一首七绝《题福鼎大荒老树白茶》：

> 老树白茶宜大荒，云濡雾润莽苍苍。
> 香茶一盏歆天地，福鼎山高水也长。

我把小木牌挂在白茶树枝头，我想，从此之后它就是"我的白茶树"了。在我生命的旅途中，在我的感情世界里，它便与我的命运交结在一起。想到此，我又激动了，就给"我的白茶树"起了个名字："坤元白茶树"。

"坤元"是我的本名，因为是父母给我起的名字，我轻易不让他人呼叫。今天我慨然地分享给了"我的白茶树"，表明我已经和它谊如兄弟，情同手足了。

《周易·上经·象曰》："至哉坤元！万物资生，乃顺承天。坤厚载物，德合无疆。含弘光大，品物咸亨。"

《周易·上经·象曰》："地势坤，君子以厚德载物。"

"坤厚载物，德合无疆"，一直是我的座右铭，现在分享给"我的白茶树"，是我对这片"大荒茶山"的希望与祝福。

将要离开白茶山，难免回头相望。因为分别，"我的白茶树"也动了感情，每一条茶树枝、每一片叶子，都在抖动，都在对我招手。我立即转身回去，扑向"我的白茶树"，我告诉白茶树，我会回来的。即使"道阻且长"，我也会遣一缕魂魄归来，守着茶山，守着"我的白茶树"，守着太姥山的明月清风。

5

白鹇矫翼，黄鸟嘤鸣。蓝姑捐了锄头，扛了茶篮，走出了我的梦，走进了太姥山深处。蓝姑给福鼎留下的不仅是神话传说，也不仅是民间故事，她给福鼎人留下了一座神奇的太姥山，留下了无尽的物质财富和精神财富。太姥山是闽东一鼎。是福鼎，是永远的福，是永远的鼎。

蓝姑又去开辟蓝圃茶园了，蓝姑又去栽蓼蓝种白茶了。

我从蓼蓝垄中穿过，我从白茶树丛林中穿过，抱一抱蓼蓝的清凉，掬一掬白茶的芳馥，我从梦中醒来。小木屋外，晨雨如酥。昨晚没有看到海上明月，早晨也没有看到海上日出，但我并不遗憾，因为我在嵛山做了一个蓝色的梦。

将要惜别嵛山了，海轮已在催发。回望嵛山，渔村被山崖半遮半掩，海湾中泊着点点渔舟。相聚三日的文朋诗侣，纷纷与嵛山揖别，蒙蒙细雨中，都在频频挥手。我以一阕《一剪梅·别嵛山》，祝福嵛山，祝福朋友：

山海金兰相契俦，山任鸟鸣，海任鱼游。海花无不恋山丘，半个渔村，一片渔舟。

夜宿崟山梦断愁，木屋沉沉，竹树幽幽。平明揖别不羁舟，风雨漫天，一路清流。

原载《海外文摘》2021 年第 9 期

朱
鸿

大地与大雅

　　人类的生活发生在大地上，它的历史也起于大地。乌托邦尽管是好的，可惜它既不能落实在大地上，也不能进入历史。当然，人类是先有爱情，再有历史的。

　　大地上存在着幸福，也涌流着苦难。历史之味，并非淡味，是因为历史由幸福和苦难交汇而成。尤为重要的是，大地见证了人类为争取正义、尊严和自由所进行的斗争。

　　凡是探索并表达人类命运的文学作品，都具大雅的质性。大雅以求仁颂德为正声，不过它对揭露和讽喻也予以宽容。无论如何，大雅是禁暴止邪的，推进文明的。

　　当我如是想的时候，颇不踏实，怕这些思考属于苏东坡所反感的大言滔滔。然而低头细推，它也不无根据和道理。

　　中国文学的源头，便是正声，或曰大雅。闻一多认为，宋人以前的中国文学史，实际上是诗史。这是对的，而且诗史的源头在周人。读周人的诗，往往会读出一种诚正的力量，一种温暖的气息，一种健朗的风骨。

　　我要在此展示一些周人的诗，这不仅是论证的必要，实在也是情不自禁，喜欢了。

> 凤凰鸣矣，于彼高冈。
> 梧桐生矣，于彼朝阳。
> 菶菶萋萋，雍雍喈喈。

此诗以岐山一带的芳草之丰，梧桐之茂，凤凰之鸣，反映了周的一种生气。周取代商，而君臣不疑，而礼度将兴。

> 大风有隧，有空大谷。
> 维此良人，作为式谷。
> 维彼不顺，征以中垢。

周厉王好利，芮伯以此诗刺之。凡事皆有原因，所以从善必明，用佞必暗。周厉王不听，遂只能出奔于彘。

> 民亦劳止，汔可小愒。
> 惠此中国，俾民忧泄。

此诗为民呼吁，因为吾民辛劳至极。让吾民得以歇息，使他们的愁闷得以抒发，这也有利王畿的治理。

> 岂曰无衣，与子同袍。
> 王于兴师，修我戈矛。
> 与子同仇。

王师将战，彼此为友，彼此迎敌，遂可以共用其袍。此诗反映了在周天子命令下，秦兵伐戎的英雄气概。

> 关关雎鸠，在河之洲。
> 窈窕淑女，君子好逑。

此诗以渚上有鸟而鸣为发端，引起感慨：姑娘如此之美，宜做君子的配偶。原始爱情是淳朴的，坦率的，也是健康的。

周人的诗，誉为诗教，固然在其有温柔敦厚之功，也在其体会之真，语言之直，不扭捏，不畏缩。正声出于源头，如黄河之水自天上来，虽然逾高山，穿峡谷，浩浩于黄壤之中，其一直保持着大雅的质性，从而累积为中国文学的一种正宗，一种主干，一种传统。

我要趁机指出，在此一一展示周人的诗，并非余不懂引文简用精释之技，不懂抄文公或掉书袋可鄙。我这样做，是在尝试复调散文的写作，就是要凿空现代汉语与古代汉语，以丰富散文作品的信息。这种尝试从1991年发轫，已经进行了三十春秋，效果冷暖自知。我以为，不从古代汉语中汲取营养，是当代作家的一大损失。其营养既有措辞，更有观察途径和思维方式。对此，谁觉悟早，谁受益多。文学作品要取媚于众，向下走，要触摸神思，弥漫神气，产生神采，向上走。

荷马的文学作品谓之史诗，它也是欧洲文学的一个源头。作品叙述希腊联军和特洛伊的十年战争，凡欧洲文学史上一再表现的正义、尊严、自由、个性、英雄及爱情，都在这里有所表现，遂处于源头。凡此也是正声，也具大雅的质性。这当然也是欧洲文学的一种传统，而且深有影响。

文学批评家用欧洲文艺理论分析中国文学，实际上也可以用中国文艺理论分析欧洲文学。艺术从来都是交流的，文化从来都是交流的。

水到渠成，我不得不强调，凡是优秀的世界文学，都不失大雅的质性。这也准确地对应了我的所思：文学作品的使命，在于探索并表达人类的命运。

然而文学作品在遨游历史的时候，也会丢掉大雅。或认为大雅藏起来了，也是可以的。总之，有一个阶段，文学的正声便会中止。李白曰："大雅久不作，吾衰竟谁陈？"如此慨叹，究竟是多少年没有正声了？这也是算得出来的。李白的前辈陈子昂说："文章道弊五百年矣。"正声沉默，就是文章之道的败坏。问题是，五百年始于何年，终于何年？苏东坡赞韩愈有言："文起八代之衰。"显然，自三国至隋，正是八代，近乎四百年，号称五百年。这所谓的八代，文学作品罕有大气，不管是诗还是散文，其风格越来越趋向雕琢、纤弱和颓靡。

这种大雅沦丧的局势，在有唐一代振兴以后，还会沦丧。不仅中国如此，欧洲的中世纪也没有什么杰出的作品。正声会沉默，主要是由社会风气导致的。

艺术，包括文学，是否有金石之音发出，通常取决于社会的昌盛或幽闭。社会蒸蒸日上，大雅遂兴，社会如渊如冰，大雅遂灭。当然，文学多元得过分，乃至杂乱，或文学堕落成了工具，也是都会逼走大雅的。

余从事文学工作几十年，或远或近，或深或浅，同游于当代作家之中，也审视着这个群体。当代作家也是生活在大地上的，基于此，他们不能不适应自己赖以生存的气候和土田。这个群体多是人类命运的探索者和表达者，勇敢且艰难地努力着。遗憾的是，急功近利的考虑也如湿气一般浸润了个别作家的灵魂。

欲获文学奖，并无不妥。然而个别作家羡慕文学奖似乎太甚，或国外的什么奖，或国内的种种奖，梦寐以求了。探索并表达人类命运的文学作品，其必是正声，获任何奖都是光荣的。不过那种图谋获此奖，盘算获彼奖，琢磨并顺从文学诸奖所设立的标准，由于脱离了正声，即使获了奖，光荣也不饱满。文学诸奖，几乎没有纯粹的，唯艺术的。其中有思想倾向，或渗透着意识形态。试问一声，是否存在无意获奖的呢？再试问一声，是否有为获奖而明里暗里地经营于内外，周旋于上下的呢？欲获文学奖无过，更不是恶，但文学若以获奖为目的却是文学的异化了。大雅不作，如此大雅能作吗？

文学批评家也归于当代作家之中，要他们有正声也不容易。从文学作品出发，不管作家的地位高还是地位低，著名还是无名，付酬还是无酬，只要有闪光，便当为其开路。文学批评，应该以此为天赋的责任。

对人类命运的探索和表达，是从淋漓着家国情怀开始的。作家若规避了茫茫大地，对人类命运的关切，恐会流于空洞。大言滔滔，其病便患于斯。从家国出发，向人类命运升华，情怀才会是浓厚的，有血有肉的，从而气壮山河，境界超拔，卒为大雅。

在中国，早就形成了一个大雅的传统，也代有这样的文学作品。

家国情怀最壮烈最豪迈的一个方面，便是为了她，不惜一切，敢于牺牲。"风萧萧兮易水寒，壮士一去兮不复还。"是荆轲和着高渐离击筑所歌。"脱鞍暂入酒家垆，送君万里西击胡。"是岑参送朋友赴边塞而吟。"只解杀场为国死，何须马革裹尸还。"是徐锡麟的慷慨之诵。

汉高祖刘邦也是有家国情怀的，其以天子的身份回到其沛，不禁忧乐共生，遂唱起来："大风起兮云飞扬，威加海内兮归故乡，安得猛士兮守四方。"

商之丧，箕子一定有摧胸破肝之痛。过殷墟，他见华丽的宫室已经长了庄稼，难免想到昔日的贵族生活。感慨万千，又恨又悔，遂以诗为哭："麦秀渐渐兮，禾黍油油。彼狡童兮，不与我好兮！"

作家天生敏感，对离乱的反应也至为强烈。杜甫就是这样，其家国情怀也溢沸在他的诗里。

安禄山的士卒占领长安以后，他也陷于叛军的横暴之中。国残家危，悲惨之至。他不能批评唐玄宗，不过自己的忧患总要倾诉，伤恸总要舒散，并要为明天呼唤吧！

> 孟冬十郡良家子，血作陈陶泽中水。
>
> 野旷天清无战声，四万义军同日死。
>
> 群胡归来血洗箭，仍唱胡歌饮都市。
>
> 都人回面向北啼，日夜更望官军至。

唐军被叛军打败，杜甫惋叹，不过他还是肯定唐军是义军，并盼他们收复长安。

> 国破山河在，城春草木深。
>
> 感时花溅泪，恨别鸟惊心。
>
> 烽火连三月，家书抵万金。
>
> 白头搔更短，浑欲不胜簪。

一千二百六十四年以后，在长安读杜甫此诗，我仍感到他深沉的凄哀。家国相连，士不能不愁，愁得他瞬间白了头。

陆游也有离乱，他也用诗表达了家国情怀，其曰："死去元知万事空，但悲不见九州同。王师北定中原日，家祭无忘告乃翁。"

陆游的诗理性、明白，唯缺了杜甫的顿挫感和喷薄感。杜甫的诗是燃烧了自己的，遂能震撼灵魂，历久弥新，是大雅中的大雅，正声中的正声。

资料显示，有一首歌，是舜一边弹着五弦之琴，一边唱着的："南风之熏兮，可以解吾民之愠兮。南风之时兮，可以阜吾民之财兮。"舜呼吾民，甚为亲切。他愿其民欢乐，愿其民富裕。民为贵是中国文化思想中非常重要的观念，舜所宣示的就是此观念。这首歌也是大雅中的大雅，正声中的正声，也许还是最早的大雅，最早的正声。

对文学应该宽容，允许有多种多样的艺术风格，我欣赏这种态度。考察中国文学史，仅诗史，起码有宫体诗、应制诗、隐逸诗、香奁诗、湖畔派、新月派、象征派、现代派、七月派、九叶派、朦胧诗派和口语诗派，不一而足。小说块头大，骨架大，转换慢一些，不过自近代、现代和当代以来，也有了鸳鸯蝴蝶派、新感觉派、荷花淀派、山药蛋派，尤其有1978年以后的伤痕小说、反思小说、改革小说、寻根小说、先锋小说、新写实主义小说，乃至在身体上做文章的小说，多矣！在逻辑上，任何文学表达都不失人类命运的元素，然而在实践上，唯具家国情怀的文学表达，会径向人类命运，而且能最大限度和最大力度地包举人类命运。杜甫的诗如此，托尔斯泰、马尔克斯、米兰·昆德拉的小说也如此。王维的诗妙，川端康成的小说也妙，不过他们的作品毕竟少了家国情怀，遂对人类命运的关切，分量不足。

当代作家继承了丰富的中国文学传统，久有大雅之熏陶，又能接受世界文学的启示，此乃难得的幸运。当代作家也有智慧和勇气斩断种种功利主义的纠缠，并亲密自己的大地，以饱满的家国情怀探索和表达人类的命运。大雅面世，并非无期。愿天保佑你！

原载《人民文学》2021年增刊

陈长吟

万掌山情思

一

夕阳像个天才的大画家，肆意挥洒出七彩云霞，把天空晕染成瑰丽的图景。在这黄昏热烈的仪仗中，飞机降落在普洱市城外。

车出机场，穿过市区，驶向万掌山。在植物园旁边，开始入林爬坡。我心中直纳闷，难道今晚住在山中吗？是守林人的木屋，还是当地居民的土房，抑或是野外帐篷？不知环境怎么样，山地上有蛇吗？安全吗？

山名万掌，连绵无尽，小车在蜿蜒陡峭的山间公路上持续爬行，我的疑惑越来越重。想询问接机的人，但又不好意思。幸好十几分钟后，车在公路拐弯处的一个木楼前停下了。

下车，扫码，量体温，拿出身份证登记，我被分配在文化创作园D栋A位居住。乘专用电瓶车下坡拐进一个山谷，几分钟就到了。

我一看，真的是一排木屋，但不是守林人那种简陋狭小的木屋，而是现代时尚的建筑体。它们背靠森林，面向公路，门前有一条流水淙淙的细溪。过了小桥，踏着石阶，走上离地面几十厘米高的木屋。

推开门，直呼爽，房内全木结构，简洁干净，沙发电视卫生间一应俱全，还有一套品茶的紫砂壶和杯子呢。进到里间，见床罩上印着"亚太森林组织普洱基地"一行字，哦，这就是我此行的目的地。

放下行李，擦把脸，休息尚早，我便步出木屋，随便走走。

沿门前公路向上走，拐过两个弯，就来到下车处，原来这儿是接待中心，也是生活中心，木楼里有前台、餐厅、会议室等，全部简洁而朴素，这可能是亚太组织的特点，也是森林小镇的特色吧。

步到木楼背后，眼前豁然开朗，只见一面椭圆形小湖，如明镜般闪烁在四山的怀抱中。似月牙样的湖中小岛上，插了十几面亚太地区各个国家的旗帜。沿着湖的周围，布置着十几座具有各个国家建筑特色的木屋，泰国屋、缅甸屋……色彩鲜明，风格各异，环湖而居，显得和谐美丽。

看介绍，这儿原是云南普洱市国有万掌山林场，仅有 50 名职工，且管着近 50 万亩山林，主要是防火护林，加上少许的多种经营，属于偏远的冷僻地带，很少有人来。被选中为亚太森林组织普洱可持续经营示范暨培训基地之后，国家和地方政府投资开发，于是，老林场焕发生机，以小湖为中心，在几条山沟修了公路，盖了木屋，分为民族风情园、文化创作园等几个板块，还有森林体验步道等，成为持续经营、培训交流、森林康养、文化体验等功能为一体的示范小镇，吸引更多的人来这儿享受"绿海明珠""天然氧吧"的大自然的恩惠。近日，基地将正式挂牌，我们便是第一批体验者。

沿着森林步道，我绕回住处。

这间木屋建成不久，还散发着淡淡的原木的清香。窗外鸟鸣如潮，我竟然安睡入梦。

二

天亮了，我拉开纱帘，透过偌大的落地玻璃窗望出去，晨光熹微，山色如黛，一片寂静。

我穿衣起床，准备去野外散步，拉开房门，一股带着草香的清新的空气吹进来，让人肺腑舒畅。正要往前迈步时，却见门里卧着一个硕大的绿壳虫。

我收回脚，蹲下去观察：它微黑的嘴巴，小头，外壳碧绿闪亮，仿佛披着一件硬挺的风袍。

奇怪，这绿精灵是从哪儿爬进来的呢？我检查了一下门窗，关闭严实。再看屋壁，绝无缝隙，连苍蝇也飞不进来呀。难道它是天外来客，或者林中之妖吗？

我不想惊动它，便反身而回，拿电热壶接水烧开，用工夫茶具泡了一块普洱茶饼，坐在沙发上品了两盏。再看它，还卧在门口，没有动身的意思。

我把它放在门外的草地上，它慢慢地爬向草丛深处。

三

行走在森林之中，我看到一个景象：巨大的藤缠树。

藤缠树本不是什么稀罕景象，在世界各地的密林中似乎都能看到。但我们常见的，是在粗粗的树身上，盘着细细的藤条。藤只是后来者，是依附物，是装饰品，很容易被拨离。

但普洱老山里的藤缠树看起来非常震撼，只见那100多厘米粗的主树昂扬向上，那几乎与树身一样粗的藤条柔软有力，抱着树身旋转而起。柔藤在这儿不是依附物，好像是主树的外围，是拥护者，是伴侣。主树也没受缠绕的影响，依然粗壮如斯。

我思忖，按照它们同样的粗细程度和年龄判断，应该是有了树的时候，也有了藤。树与藤两相互挽，共同生长，都接受了阳光雨露、土壤地气的滋润，一起壮大起来。它们紧密拥抱，但又互不影响，分工不同而又密切合作。它们不知经受了多少风雨，可从不分离、韧守到底，才形成了这旷世风景。

在以往的概念中，藤缠树似乎是贬义，树是栋材，藤是无用之物。我们对藤的认识和理解，是不是带着太多的人的功利呢？

眼前的藤缠树，给人的感觉不是痛苦，而是生命的欢娱。

对于大森林里的自然法规和生存规律，我们可能还需要进一步来感知和探索吧。

四

云南林科院树木所的张教授，带我们去看万掌山思茅松林区。

思茅松百年前才被发现命名，它树干端直不扭曲，主体供建筑、枕木、矿柱等使用，树干可采松脂，树皮可提取烤胶，全身都是宝。

在一片整齐年轻的林子前，张教授教给大家一个识别松树年龄的办法——数树台，一台半年。我数了数树身上的台桩，面前这片林子也就五六年吧。

张教授问："你们觉得这片林子怎么样？"

大家纷纷发表意见，有人说很齐整是片好林子，有人说太密了恐怕影响生长。

张教授说出结论："这不是好林子。不好有三：首先是树种单一，其次是过于密植，最后是不分老幼。"

张教授说，好的林子要大树小树一起长，杂树野树在其中。

看来，这树的世界与人的世界有许多相同之处。人也要避免近亲生育，也喜欢新鲜血液，也需要老幼相携，人们的生活更需丰富多彩。

林学家们对万掌山的部分森林进行优化改造，把过密的树木伐去，植进金丝楠、山毛榉等杂树，营造杂交、粗壮的生长环境。

谈到播种，林学家进行了一个诗意表达：花是钩心斗角的谋略家，种子是各显神通的旅行者。

在万掌山，我见到了一批森林工作者，从林场的技术工人到高级工程师，从实习的年轻学生到经验丰富的教授，还有亚太森林组织的领导和干事，他们生活简朴，工作认真，谈起大山和森林来，总是充满真挚的情愫。

在后来召开的座谈会上，我把林学家的两句话改为：林业工作者是用尽心机的谋略家，文艺工作者是各显神通的旅行者。

五

在万掌山几天里，常食用一种黄色的植物，熬汤有它，泡茶有它，人们似乎都稀罕它呢。

一打问，才知道这就是石斛，从北方来的人不甚熟悉，可南方的朋友们却津津乐道。

原来石斛来头大了，乃中国古代的九大仙草之一。它散香、入药，有益胃生津、滋阴清热解毒之功效。它的口感较好，常用来代茶饮，与麦冬、绿茶配伍，可以利咽；与女贞子、枸杞子、菊花配伍，适于肝肾阴津的滋养。

听说市场上的石斛很贵，但我在万掌山却处处能看到，它们常常生长在大树的躯干上，望上去一疙瘩绿丝条。过去，山里人为了取石斛，会把树木砍倒。现在不让伐树了，林场便发展树下经济，用地面上的筐子育种，再把石斛棒子用绳子拴起来，挂在青杠树的腰上，它就能够生长。归其因，还是这儿的空气好，水分足，气候适宜。

在试验林园，我看到一大片朝天直立的树身上，挂满了横七竖八的石斛棒子，蔚为壮观。

对于这种立体种植、附生方式，亚太森林网络管理中心夏主任有个生动的譬喻：上门女婿。

林密好纳凉，树高引鸟来。这苍苍莽莽的万掌山的大森林里，究竟藏匿着多少有趣的事物，恐怕谁也说不清哪。

原载 2021 年 9 月 4 日《西安晚报》